光文社文庫

ジャンプ
新装版

佐藤正午

JN020700

光 文 社

目次

ジャンプ

第一章　失踪まで

一杯のカクテルがときには人の運命を変えることもある。

しかも皮肉なことに、カクテルを飲んだ本人ではなく、そばにいる人のほうの運命を大きく変えてしまう。

これは『格言』ではなく、個人的な教訓だ。

あるいはもっと控え目に、僕自身のいまの正直な思いだと言い替えてもいい。

僕がこれから語ってゆく事件の内容は、結局のところ、その教訓ないしは思いに集約されるだろう。

僕は常にそのことを頭の隅に置いたまま、五年にわたる事件の経緯について語りつづけてゆくに違いないから。すなわち、僕が飲んだ一杯のカクテルが、僕のそばにいる人の運命を現実に変えてしまったのだと。

たとえば、これは直接事件とは係わりのない話だが、世の中にはこんなエピソードも埋もれている。

あるとき彼は恋人とデイトをして、別れ際にウインドーに飾られた一足の靴に目をとめた。そしてそれがどうしても欲しくなった。が、金の持ち合わせがなかったので恋人に代金を立て替えてもらい、その靴を買うことにした。今度会うときに返してくれればいい、と言って彼女は嫌な顔ひとつせずに立て替えてくれた。

そこまではよかった。

ところがその晩、なけなしの金を彼に貸したせいで、彼女はタクシーで帰宅する予定だったのをバスに変更した。そして後に判明したことだが、バスの車中で思わぬ懐かしい顔と再会したのだ。それは彼女の中学校時代のボーイフレンドだった。結局その偶然の再会をきっかけにして、のちに彼女は彼のもとを去り、中学校時代のボーイフレンドと一生をともにすることになった。

このエピソードを、僕は事件の経緯のなかで出会ったある初老の男性から聞かされた。三十五年も前の昔話として。

「この話の核心は靴だね」と彼はそのとき僕に語った。「一足の靴を欲しがったせいで、自分は大切な恋人を失ったわけなんだね」

でもそれは違うのではないか。

この話を聞かされたときに僕はまずそう思った。この話に核心があるとすれば、それは靴ではなく、彼のもとを去った彼女の意志、彼女の選択のほうではないかと。

でもまた一方で、それはまさしく彼の言う通りだとも僕は感じた。

この話の核心は靴だ。

三十五年前の夜、一足の靴を彼が欲しがらなかったら、彼女の財布にはタクシー代を支払えるだけの金がそのまま残り、彼女はバスに乗らなかった。中学校時代のボーイフレンドと偶然出会うことも、それがきっかけで後に彼のもとを去ることもなかっただろう。

少なくとも、彼女に去られた男にとっての、この話の核心は靴だ。僕にはそのことが理解できる。そう見なすことで、すでに過去に決着をつけてしまった彼の気持がよく理解できる。

なぜなら、僕にも同様に、この事件に独断でも決着をつけて、つまり出来事をすべて過去のものにしたうえで、物語を語ってみたいという気持がいま歴然としてあるからである。

もちろん、一杯のカクテルが人間の（それもカクテルを飲んだ本人ではなくそばにいる人間の）運命を変えてしまうという言い方は、これから僕の語ってゆく事件の核心からも遠く外れているかもしれない。でも、たとえどの程度核心を外れていようと、何かを話し始めるにはある地点に立つ必要がある。ある地点に立って、そこから目に見えるものを見て、そして自分なりに頭を使って考えたことを語ってゆくしか方法はない。

だから、僕はやはりこんな語り出しで物語を始めたいと思う。

ときに一杯のカクテルが人の運命を変えてしまうこともある。

僕はあの晩、聞いたこともない奇妙な名前の、強烈なカクテルを飲んだことをいまだに後悔している。

1

蒲田《かまた》駅に着いたのは夜十一時から十二時の間だった。

それくらい僕の記憶は不確かなのだし、その夜僕の酔いはすでに脚に来ていた。

「だいじょうぶ?」とそばに寄り添ってガールフレンドが囁《ささや》いてくれた。

蒲田駅の寂しいほうの出口から外へ出て、第一京浜にかかる歩道橋を渡りながら、南雲《なぐも》みはるは(それがガールフレンドの名前なのだが)、何度も何度もおなじ囁きを繰り返した。

「三谷《みたに》さん、だいじょうぶ？」

「だいじょうぶじゃないよ。しけの海に漁に出たみたいに足もとが揺れてる。みんなあのアブジンスキーのせいだ」

「調子に乗って何杯も飲むからよ、吐きそう？」

「何杯も飲んじゃいない、僕が飲んだのは一杯だけだ」

「一杯と半分よ、それに……」

「みはる、いま僕のことを三谷さんて呼ばなかったか？」

「気のせいよ。それに、実質二杯ぶんくらいは飲んでると思う、あのお店のグラスは他所《よそ》よりも大きめだから」

「三谷さんて、他人行儀な呼び方はやめてくれって言ってるだろ？　純《じゅん》之《の》輔《すけ》とか純くんとか名前で呼ぶか、せめてあなたと……」

「だいじょうぶ？　ねえ、吐きそう？」

「ねえ、吐きそう？　ってもう一回聞かれたらほんとに吐くかもしれない」

僕たちは南蒲田のほうへ歩道橋を渡りきり、パチンコ屋の手前で右に折れて、駅前通り商店街に入った。

あとから思えば、このとき南雲みはるは自分の持ち物であるデイパックのほかに、片手に僕の旅行用の鞄を提げてもいたはずである。彼女のマンションまで、僕はその旅行鞄を持ち運んだ記憶がまったくないから。

実は翌日の月曜から、僕は仕事で札幌と仙台へ出張することになっていた。

羽田から朝一番の飛行機に乗る予定でスケジュールが組んであったのだが、その飛行機を逃さないために日曜の晩から彼女の部屋に泊まりこむアイデアを僕が思いついたのだ。羽田空港までの交通の便を考えると、会社の独身寮からよりも南雲みはるのマンションから出かけたほうが何倍も早い。

彼女のマンションから京急蒲田駅までは歩いて七、八分の距離しかない。京急蒲田駅からなら新設された羽田空港駅までは目と鼻の先だ。

南雲みはるは僕の頼み事をすんなりと聞き入れてくれた。理にかなった頼み事をはねつける女は経験上あまりいない。彼女はこう言った。月曜は、あたしも免許証の更新に警察署へ行く用事があるからいつもより早起きしなくちゃいけない。だからちょうどいい、一緒に朝ご飯を食べて出かけましょう。

で、僕はこの日曜日の夕方、三泊四日ぶんの出張の支度をして、旅行鞄持参でいったん南雲みはるの勤め先のある横浜まで出向き、そこで彼女と落ち合った。

落ち合って、ふたりで中華街で晩飯を食べ中国の酒を少しだけ飲んだ。僕はあんまりアルコールに強いほうじゃないけれど、南雲みはるはいける口だ。食事のあと、なんとなく飲み足りない顔つきが読みとれたので、もう一軒だけどこかに寄って帰ろうか？　と僕が提案した。

すると彼女が、だったらあたしがちょっと知ってる店があって、そこは日曜日もやってると思うと言った。

彼女がちょっと知っているというのはカクテル・バーだった。長年バーテンダーを務めた夫に昨年先立たれたとかで、未亡人がひとりで客の相手をしている一種独特な雰囲気のカクテル・バーだ。そしてそこで僕を、「アブジンスキー」とかいう聞いたこともない奇妙な名前の強烈なカクテルが待ち受けていたわけなのだ。ちなみに雰囲気がどれぐらい独特かといえば、カウンターのなかの未亡人は割烹着姿で客の注文に応じてシェイカーを振った。

駅前通り商店街に入り、南雲みはるに寄り添われてしばらく歩くと、右手にコンビニの明かりが見えてきた。かなり酔ってはいたけど僕はそこでひとつ記憶をよみがえらせた。

「何か買っていくものがあったんじゃないか？　飲んでるときに確かそんな話をしたよね？」

「そうね」南雲みはるが軽くあしらうように言った。「確かにしたわね。あなたのミネラルウォーターにあなたのコーヒー豆にあたしのはその他もろもろ……」

「僕のリンゴは」

「リンゴ？　リンゴはまだ季節じゃないんじゃない？」

「いや、そんなことはない。近ごろのリンゴは一年中季節だ……確か、この話は電車の中でもしたんじゃなかったか？」

「そうね、確かにしたわね。いまのは三谷さんがどれくらい酔ってるのか試してみたの」

「自分の好物を忘れるほど酔ってはいないさ」

「わかったわ。じゃあリンゴも買い物のリストに追加。でもコンビニならもうひとつ先にもあるから」

「おい、いままた三谷さんって呼ばなかったか？」

「気のせいよ」

僕たちはファミリーマートの前を通り過ぎ、またしばらく歩いた。

商店街の道幅がやや広くなり、やがて今度は左側にコンビニの明かりが近づいた。

「ここで待ってて」と南雲みはるが立ち止まって言った。待つように指示された場所のすぐそばには飲料水の自動販売機があった。

　そこで僕はポケットから財布を取り出し、財布の中から千円札をつまみ取ろうとした。たったそれだけのことに時間がかかるのを見かねたのか、横から南雲みはるがコインを挿入口に入れて、

「何が飲みたいの？」と尋ねてくれた。

　欲しいと思っていた飲み物のボタンを僕は自分の手で押した。鈍い音とともにウーロン茶の缶が取り出し口に転がり落ちた。それを拾い上げ、プルトップを開けて一気に飲んだ。期待した味とはかなり掛けはなれた代物だった。

　そのとき携帯電話の呼び出し音が鳴り響いた。その音は僕のスーツの内ポケットからではなく、南雲みはるのデイパックから聞こえてくるようだ。

　咄嗟にそれだけのことを判断すると、僕は自動販売機の脇のスペース（ほの暗い陰になったあたり）へ回りこんで、片手を自動販売機の側面、片手をごみ箱のへりについた前かがみの姿勢で、吐いた。

　ウーロン茶と間違えて一気飲みしたカルピスウォーターをはじめとして、横浜の中華街で腹に入れたものをあらかた吐いた。胃の中のものをすべて、と言い表したくなるほどに吐き続けた。呻いては吐き、吐いては呻いて、ようやくそのサイクルが一段落し、ハンカチで唇を拭いながら、いまさっき南雲みはるにかかった電話は誰からなのか？　こんな時

間に、とあらためて考える余裕も生まれた。

電話を終えた南雲みはるが背後に立った。だいじょうぶ？　と声をかけられる前に僕のほうからこう言った。

「ちょっとだけすっきりした」

「スーツは汚してない？」

「だいじょうぶ」僕は胸もとを確認して答えた。「ネクタイも汚れてない。用心して吐いたから」

「ここで待ってて。すぐに買い物をすませてくる」

南雲みはるがサンクスの店内に消えた。

言葉通りに彼女はすぐに買い物をすませて戻ってきた。そしてここでも僕は自分の旅行鞄を持ったおぼえがない。

記憶をたどると、僕は南雲みはるから手渡されたコンビニのビニール袋を片手にぶらさげて、彼女とともにマンションまで残りの道をまた歩きだした。

サンクスを過ぎてまもなく左の脇道に入った。それから呑川《のみがわ》という名の川にかかる橋の手前でまた脇道に入ると、すぐそこが南雲みはるの住む五階建ての白いマンションだった。

五階建てと言っても、一階にあたる部分がまるまる駐車場になっているので、住居は二階より上の四フロアぶんである。

しかもマンションの前はかなりの坂道で、その坂道より一段低い土地に建物があるので、見方によっては駐車場が地下、二階が普通の建物でいう一階という表現も成立する。

事実、駐車場の横手に開いたマンションの入口から、二階へ上がるための階段はほんの数段しかない。入口の壁にはステンレスの郵便受けが十二個取り付けられている。つまりこの賃貸マンションには各フロアに部屋が三つずつあるわけだ。

南雲みはるの部屋はいちばん上の階の503号室だった。

そして、このマンションには二階から上へ昇るためのエレベーターはなかった。

僕たちはまず郵便受けのそばで一息ついて、これから五階まで階段を上ってゆくための心の準備をした。少なくとも僕にはその必要があった。でもそのとき南雲みはるは何か別の考えにとらえられている様子だった。

彼女は郵便受けの扉を開き、中から郵便物を無造作につかみ出した。それ自体は、帰宅したときの日課といった感じの仕草で、まったく不自然なところはなかった。

ところが彼女は手にした郵便物には目もくれずに、ふいに考え込むような顔つきになった。

「どうした？」

「うん、何でもない。ただ、ちょっと忘れ物をしているような気分になって……」

「きみもか？」と僕は思わず声をあげた。

実はそのとき本当に、僕自身何か肝心なことを忘れているような気がかりに襲われていたのだ。

「三谷さんも？」と南雲みはるが尋ね、ほとんど同時に彼女の携帯電話がまた鳴り響いた。

いま確かにきみは僕のことを「三谷さん」と呼んだぞ、と指摘しかけたところで、僕はひとつ言い忘れていたことを思い出した。

「思い出した」と南雲みはるが呟いた。「リンゴだ」

「リンゴ？」

「あたしリンゴを買うのを忘れてきちゃった」

「そんなことより」僕は今度は忘れないうちに質問した。

「さっきサンクスの前でかかった電話は誰からだったの。ほら、いまもまた鳴ってる」

僕は彼女の手から郵便物の束を奪い取った。彼女が空いた手でデイパックのポケットから携帯電話を取り出して受信ボタンを押し、耳にあてた。

でも彼女は一言も喋らなかった。ただの一言も喋らないまま電話を終え、僕にむかってため息をついてみせた。

「誰？」と僕が尋ねた。

「誰だかわからない。それに途中でバッテリーが切れたみたい、充電しないと」

「でもしばらく声を聞いてただろう。相手が誰かくらいはわかっただろう？」

「無言電話なのよ」と南雲みはるが答えた。

「無言電話って……？」

「最近よくかかってくるの。さっきのもそう、こちらから何を言ってもぜんぜん応えてくれない、いまのもきっと同じ人だと思う」

「心当たりは」

「ない」彼女はあっさりと答え、気分を変えるためか微笑んでみせた。「それより、あたしリンゴを買ってこなくちゃ」

「いいよ、もうリンゴなんて」

「ううん、よくない。毎朝リンゴを齧るのが三谷さんの日課なんでしょ？　特にお酒を飲んだ翌朝はねって電車の中で話してくれたでしょ？　出張の前にいつもの日課をやめちゃったりしたら、仕事にケチがつくかもしれないでしょ」

それは確かにその通りなのだった。そういった日課があるので独身寮の僕の冷蔵庫には一年中リンゴが入っている。それに言われてみれば、出張前にいつもの日課を欠かすのは験《げん》が良くないかもしれない。

「じゃあ僕が買いに行くよ」

と思い直して言ってみたときにはもう、彼女が部屋の鍵の付いたキーホルダーを僕に差し出していた。

「先にあがって待ってて。駆け足で行って戻ってくるから」

「一緒にいこうか」

「一緒に？」南雲みはるが悪戯っぽい笑みを浮かべた。「走れるわけないじゃないの、ここに来る途中もまだ足もとがふらついていたのに。かえって足手まといよ」

僕は何度かうなずいて、階段のほうへ視線を投げた。ここから五階まで（まともな階段は四階ぶんになるが）昇ってゆくのもかなり骨が折れそうだった。

「部屋にあがってまた吐きそうになったら、トイレでお願いね」

「そうする」

「じゃあね」

と彼女は片手をあげて、笑顔を僕に見せた。

「リンゴを買って五分で戻ってくるわ」

南雲みはるが手を振って夜道に消えると、僕の足もとに僕の旅行鞄が置かれていることに気づいた。

それを僕はコンビニのビニール袋と一緒に右手に持った。左手は彼女に届いた郵便物と彼女のキーホルダーでふさがっている。

実を言えばこのときもまだ、何か肝心なことを忘れているような気がかりが頭の隅に居すわっていた。でもそれも買い物から戻った彼女の顔を見れば、そして翌朝まで彼女とふたりきりで過ごすうちには自然に思い出せるだろう。そう自分に言い聞かせて階段へむかった。

503号室は五階のいちばん奥の部屋だ。開放廊下を端まで歩いてドアの前に立ち、深呼吸をしてキーホルダー付きの鍵を使った。

しけの海のような揺れが戻って来ていた。頭の周囲に濃い霧がたちこめている感じだった。吐く物などもう何もないはずなのに、吐き気の根っこと思われる感触が胸の奥にピンポイントのように残っていた。

ドアを開け、まず旅行鞄を玄関の上がり口に放り出し、それから靴を脱いだ。初めてこの部屋を訪れて初めて靴を脱いだときの新鮮さはないが、でもまだここに来るのは二度目だ。照明のスイッチのありかは見当がつくし、トイレがどこにあるかくらいも知っている。

でもそのほかの細々《こまごま》としたことはよく知らない。

1DKの、広さにすれば六畳ほどのDKに上がり込み、そこにしばらく佇んで、吐き気がピンポイント以上に膨らむ様子のないのを確認した。それからテーブルの上にコンビニの買い物と彼女の郵便物を置き、DKよりもやや広めの奥のフローリングの部屋に入り込んだ。

そっちの部屋に立つと最初に僕はスーツを脱ぎ、横浜で飲んでいたときから緩めていたネクタイをほどき、ベランダにむいた窓を開けた。空気がよどんでいて多少息苦しさも覚えたし、蒸し暑いような気もしたのだ。でも夏ももう終わりかけでエアコンをつけるほどの暑さでもない。

窓を開けると新鮮な空気が流れこんだ。同時に、微かに潮の匂いを嗅いだと思ったのは気のせいかもしれないけれど、でも目の前を流れる呑川をずっと下流までたどってゆくと、東京湾にたどり着くはずだ。

川面がちらちらと赤く輝いているのがふと目に止まった。ベランダに出るために置いてあるサンダルを履こうとしてみたが僕の足には小さすぎる。靴下のままベランダに出て、川面の赤い輝きに目をこらした。

それはネオンの照り返しだとやがて気づいた。僕たちがさっき歩道橋で渡ってきた第一京浜のもっと西寄り、京急蒲田駅を越えたあたりに聳《そび》えるビルの、ローン会社の赤いネオン看板がこのマンションの前を流れる川の水面に反射しているのだった。

蒲田駅からここまではそれほど近いのだ。普通に歩いて七、八分ということだが急げば五分もかからないかもしれない。

明日の出張に備えて今夜ここに泊めてもらうことにしたのは正解だ、と僕はあらためて思った。ここからなら、いくら寝坊しても新千歳行きの飛行機に乗り遅れるようなへまは仕出かさないだろう。

そう思いながら部屋の中に戻ろうとして、ベランダに洗濯物が干してあるのに気づいた。洗濯物といってもハンカチとタオル類だけなのだが、洗濯挟み付きのプラスティックのハンガーに何枚か両端を止めたかたちでぶらさがっている。

僕はそのハンカチやタオルを取り込むべきかどうか少しだけ迷った。でも、もちろん、そんな所帯じみたまねをたった二度しか訪れたことのないガールフレンドの部屋でやってみせるのは馬鹿げている。

腕時計を見ると時刻は十一時半と十二時の間だった。リンゴを買って五分で戻ると南雲みはるが言ったとき、僕の腕時計が何時をさしていたのか判らないので、あれから何分経ったのかも見当がつけにくい。もう五分以上過ぎたような気もするし、もうじきその五分が経過するところだという気もする。ちょうどいま彼女は一階の郵便受けのそばを通り、五階までの階段を駆け上がろうとしている最中かもしれない。

実際、ベランダから部屋の中に入り直して彼女のベッドに横たわりながら、下のほうから階段を駆け上がってくるヒールの音を聞いたようにも思った。

でもそれは空耳に違いなかった。今夜の彼女はヒールの固いパンプスなど履いていない。彼女が履いていたのは底の分厚いスニーカーだった。

いまのは空耳だ、と僕は思い、彼女のベッドの彼女の枕に顔をあずけた。そのときもなお、気がかりは心の片隅にあったと思う。何か肝心なことを忘れているようで、それが何かは思い出せないもどかしさ。でもそんなもどかしさも彼女がまもなくここに帰り着いて、ベッドで眠りこんでいる僕を揺り起こしてくれれば、そしてお互いの顔を見合わせて一言二言話をすれば解決するだろう。

僕は目をつむった。そのまま彼女が起こしてくれるまで眠っていたいという誘惑に勝てそうになかった。

何か肝心なことを忘れている。そんな気がすることはよくあるけれど、それが肝心なことであったためしはない。きっと解決してみれば些細な忘れものに違いない。彼女が今夜買い忘れたリンゴのように。

もうじき僕の些細な忘れものが何かも判るだろう。彼女の顔をもういちど見れば、もういちど見て、言葉をかわすうちに、それが何か、何だったのか、思い出せるはずだ。もうじき、リンゴを買って彼女が帰って来れば……。深い眠りに落ちてゆくまえにそう思った。

それから僕は夢を見た。

短いけれど奇妙な、物悲しい夢だ。

のちに、繰り返し見てはうなされることになるその夢から醒めて、僕は彼女のベッドで身体を起こした。

その姿勢でいちど身震いをしたのは、室内の温度が眠りについたときよりもよほど下がっていたせいだと思う。ベランダにむかった窓が開け放したままになっていた。

僕はベッドを降りて窓を閉め、閉める途中で外の空が乳白色に明けているのに気づいた。朝だ。目をこすって腕時計を見るとすでに五時半を示していた。

そのあとで僕はようやく我に返り、誰もいないベッドを振り返った。そうだ、僕はゆうべ出張に備えてここに泊めてもらったのだ。

でもこの部屋の住人はどこだ？

僕のガールフレンドは、リンゴを買って五分で戻るはずだった南雲みはるはどこだ？

僕は部屋を出てＤＫへ歩き、テーブルの上にコンビニの買い物と郵便物がきのうそこに置いたままの状態で依然としてあるのを見た。玄関の上がり口には僕の旅行鞄が横倒しになっていた。これもゆうべ僕がそのような状態で置き去りにしたままに違いない。ユニットバスの扉を開けて覗いてみたけれど、中は無人だった。昨夜から今朝にかけてそこを使用した痕跡もないように見えた。

僕はまた奥の部屋へ行き、中央に立ってしばらくあたりを見回したあげくにベッドに腰をおろした。落ち着け、と自分に言い聞かせた。外はもう朝だ。何がどうなっているのか、落ち着いてよく考えてみろ。

でも落ち着いて考えたところで、その朝の僕には何がどうなっているのか皆目判らなかった。

その朝が、彼女とそして僕にとっての人生の分岐点になることも、もちろん当時は予想もできなかった。

2

月曜の朝に僕の取った行動については、のちのち何人かの（南雲みはるにかかわる）

人々から、さまざまな形での非難を浴びることになった。

どんな形であろうと、彼らが一度は僕を責めてみたくなるのも無理はない。僕のほうとしても、その朝、何通りかあったはずの選択肢の中から最も適切なひとつを取った、と言い切る自信はないのだし、他人の非難は非難として甘んじて受けるしかないと思う。

ひとつ告白しておくと、もともと僕には懸案の問題をひとまず先送りにする悪い癖がある。

それもできるかぎり先送りにして、ある日あまりにも先へ送り過ぎたことにふと気づいて後悔する、という悪い癖がある。あるいは悪い癖などではなく、男としての大いなる弱点と言うべきなのかもしれない。いずれにしても、過去の記憶を隅々まで探り、自分という人間を自分の目で冷静に分析した結果なので（べつに胸を張るわけではないけれど）隠しておくつもりはない。

ただし、それはプライベートに関することで、仕事は別だ。

仕事においては、僕は意識してその弱点を表に出さないように努力している。だから社内で、僕を評して「優柔不断だ」とか「ある面でだらしない」とかの言葉を思いつく上司や同僚はひとりもいない、はずである。独身寮の部屋に、たまに、汚れた洗濯物がたまることはあるかもしれない。でも会社のデスクにやり残した仕事のファイルがたまることはない。

地方の高校を卒業して、東京で四年間の大学生活を送り、何のコネもなく自力で試験に受かって得た仕事なので、そしてできることなら社内での順調な昇進を、昇進でなくても順調な昇給を期待してもいるので、そう簡単に個人的な弱みを見せるわけにはゆかない。僕の弱みを握っているのは、大学時代と、大学卒業以来いままでにつきあった数人の女性だけである。

彼女たちの誰かなら、僕を評してこう言うかもしれない。「ああ、あのひとね。いいひとだけど信頼できない。いざってときに、優柔不断で、ずいぶん歯がゆい思いをさせてくれた。いまもあんまり変わらないいんじゃない?」

それは認める。

その朝、南雲みはるが部屋に戻っていないのを知り、次に、僕がとりあえず真っ先に考えたのは出張のことだった。

僕が乗るべき飛行機は六時四十分羽田発の札幌行きＪＡＬ五〇一便である。

腕時計はすでに五時半を示していた。

搭乗手続きにかかるぎりぎりの時間を考慮すると、どうしてもここから一時間以内に羽田まで行かなければならない。

僕はまずそのことを寝起きの頭に言い聞かせた。

残された時間はあとどのくらいあるか？

着替える時間は要らない。

なぜならゆうべ酔っ払って南雲みはるのベッドで寝込んでしまい、いまそのときのままの恰好で目覚めてベッドの端に腰かけているからだ。ワイシャツの皺が多少気になるけれど仕方がない。彼女のアイロンを借りて伸ばしている暇などは当然ない。

荷物をまとめる時間も要らない。

なぜならあらかじめ（三泊四日ぶんの）必要な物を詰めた旅行鞄はいまこの部屋の玄関の上がり口に転がっているからだ。

三十分、と計算して自分に言い聞かせた。

京急蒲田駅から羽田空港駅まで電車でむかうにしても、あるいはいざとなればタクシーを利用するにしても、六時までにはここを出なければならない。そうしないと六時四十分発の飛行機を逃してしまう。

六時まで、あと三十分、と時間を区切って僕は南雲みはるのことに頭を切り替えた。

むろんシャワーを浴びる時間も、顔を洗う時間も、コーヒーを沸かす時間も、ワイシャツのアイロンも、整髪も、髭剃りも、それからいつもの日課であるリンゴも抜きで……。

リンゴ、と僕は口の中でつぶやき、ゆうべの記憶を再確認した。
一、南雲みはるはゆうべリンゴを買いにコンビニへ出かけた。
そこで僕はまたDKへ歩き、テーブルの上の買物袋の中身を念のために点検してみた。ペットボトルのミネラルウォーター、コーヒー豆、紙パックの牛乳、食器洗いの洗剤、ロッテのチョコレート……。

やはりリンゴはない。なくて当然なのだ。この袋の中身は昨夜ここまでふたりで歩いてくる途中にサンクスに寄って買った品物だ。そのあと彼女はこのマンションの入口から、買い忘れたリンゴのためにひとりでサンクスまで引き返したのだ。

(じゃあね)

と彼女は片手をあげて、夜道を駆け出した。

(リンゴを買って五分で戻ってくるわ)

あれから五分どころかもう五時間以上が過ぎている。

僕は彼女の笑顔と、彼女の台詞《せりふ》と、彼女の駆けてゆく後ろ姿を思い出した。ふたたび奥の部屋に戻り、ベッドの端に腰をおろした。そしてあらためてこう考えた。
二、南雲みはるはゆうべリンゴを買いにコンビニへ出かけたまま五時間以上経ったいまも帰って来ていない。

三、なぜだ？

次に僕はスーツの内ポケットを探り携帯電話を取り出した。眠っている間に彼女が電話をかけてきて、それに僕が気づかなかった可能性もあると閃《ひらめ》いたのだが、着信の表示はなかった。

その次に、登録してある南雲みはるの携帯の番号を押してみると、コール音が一回鳴り終わらぬうちにつながったけれど、つながった先は「留守番電話サービスセンター」で、聞こえたのは感情のこもらぬ女の声、いわゆる音声ガイダンスだった。

それをいったん切った。メッセージを残さずに通話終了ボタンを押し、また前夜の記憶をひとつ確認した。

ゆうべ蒲田駅からこのマンションまでふたりで歩く間に、南雲みはるの携帯に二度電話がかかってきた。二度とも（彼女の説明によれば）無言電話だった。

そして二度目の無言電話が切れたあと、彼女はこうも言わなかったか？

（途中でバッテリーが切れたみたい、充電しないと）

四、だとすればいまも彼女の携帯は充電の必要がある状態のままだろう。こちらから何度かけても「留守番電話サービスセンター」につながる。それが理屈だ。

そう思いながら見渡すと、ベッドとは反対側の部屋の隅に、天板が折り畳み式になったライティング・ビューローが据えてあった。折り畳んだ状態であれば、それは「木製のアップライトのピアノ」といったシルエットにも見えるはずだが、いまは天板が降ろしてあるので、「本棚付きの机」といった本来の用途の姿でそこにある。

その机の上に携帯電話の充電装置らしいものが無造作に置いてある。僕はそばへ寄って手に取った。まちがいなく携帯電話の充電器だった。

五、やはりそれが理屈だから、いまここから、僕のほうから彼女に連絡を取る手立てはない。

六、従って彼女のほうからここへ、この部屋の電話か、もしくは僕の携帯へ連絡があるのを待つしかない。

この部屋の電話は、ライティング・ビューローのそばにまず化粧用の引き出し付きの鏡が置かれ、その横の「小物入れ」もしくは「下着・ハンカチ等の収納用」といった感じの、上中下と三段に仕切られた籐の箪笥の上に載っていた。

コードレスの子機が親機と合体した状態でそこに置かれている。親機が常にそこに置かれた状態なのはACアダプターを差し込むコンセントの都合だろう、と僕は電話のそばにしゃがんで想像した。もちろん親機には留守番電話の機能も備わっていたが、録音メッセージの件数の表示は0だった。
七、しかしいまのところ彼女からこの部屋へ、また僕の携帯電話へも連絡があった様子はない。
八、なぜだ？
僕は三たび台所へ歩き、あたりを見回してみた。が、台所を見回したところで何らかの手掛かりがつかめるはずもない。思いついたのはテーブルの買物袋の中身をとりあえず冷蔵庫に収めることだった。

その作業を終えて腕時計に目をやり、あと二十分だと自分に言い聞かせた。

あと二十分で、「三、なぜだ？」と「八、なぜだ？」の両方の疑問を解かなければならない。羽田へ行く前に、とりあえず気持の整理をつけておかなければならない。彼女はなぜリンゴを買いに行ったきり帰ってこないのか？　しかもなぜここにいる僕に連絡もしてこないのか？

昨日から履きっぱなしの靴下のまま台所に立ち、片手をテーブルについた姿勢で僕は考えた。二つの疑問ではなく、今朝の出張のことを。

六時四十分羽田発の飛行機は新千歳空港に八時十分に着く。空港から札幌市内までバスでおよそ一時間と計算して、支社へは遅くとも九時半には顔を出せるだろう。それはむこうの連中もちょうど動き出す時間帯にあたるし、言ってみればぎりぎりの頃合いなのだ。一便でも遅らせれば、きょう一日の予定がすべて先へ先へとずれ込んでしまう。「本社の三谷ってやつは時間にルーズだな」という評価にもつながりかねない。やはり予約してある便に乗らぬわけにはいかないのだ。

でも、それにしても、リンゴを買いに行った彼女が帰ってこないのは、しかもこの時刻になっても連絡をしてこないのはなぜだ?

腕時計は五時四十五分を指そうとしている。

タイムリミットが迫りつつある。取り急ぎ、どんな解答でもいいから見つからないかと頭を働かせた。頭を働かせているうちに、ひとつ犯したミスに思い当たった。冷蔵庫を開けて、さきほど闇雲に中に詰め込んだ品物のうち、食器洗いの洗剤を取り出して流しに置き直した。

それから舌打ちをして、今度はろくに考えずにユニットバスの扉を開けた。

食器洗いの洗剤を冷蔵庫にしまうような寝起きの頭をいくら働かせても無駄だ。とにかく冷たい水で顔だけでも洗ってしゃきっとしよう。そのとき僕はそう考えたのだと思う。

だが気が急《せ》いていたので、鏡に映った自分の寝起きの顔をつくづくと眺める余裕もなかった。洗面台の前に立つとすぐに水道の蛇口をひねった。あと十五分、と心につぶやきながら、ほとばしり出た水を両手にすくって顔に当てた。

顔を洗っていくらかしゃきっとしたあと、約十五分の間に僕が考えてみたこと、そのあげくに出した結論、についてここで詳しく説明するのは気が引ける。

実は、のちに、そのことを正直に話してみたときに、何人かの人々から非難を浴びせかけられるはめにもなったのだ。

もちろん僕はその朝、僕のガールフレンドである南雲みはるの行方を心底気にかけていた。六時四十分発の飛行機の心配よりも、まず何より彼女の安否を確認するほうが先じゃないのかと何度か迷いもした。

でも、結局のところ、六時には僕は旅行鞄を提げて彼女のマンションを出てしまったのだから、そして羽田から予約した飛行機に現に乗ってしまったのだから、いまさら何をどう説明しても言い訳になるだろう。

だから見苦しい言い訳はこの際あと回しにして、ここでは、約十五分の間に僕が何をどう考えたかではなく、何をしたかをかいつまんで報告して話を先へ進めようと思う。

顔を洗ったあと、僕は台所のテーブルの上の郵便物を点検した。

ダイレクトメールと公共料金の銀行引き落とし通知の葉書があわせて四通あった。それとは別に私信が一通だけあり、淡いブルーの封筒の、宛名書きの文字から推測すると差出人は女性のようだった。ただし肝心の差出人の名前は、封筒の裏にも書かれていなかった。

次に、食器棚の左右の引き出しを開けて中を調べ、それから奥の部屋に戻ってライティング・ビューローの上下の引き出しを調べ、下のほうからガムテープを見つけ出した。

最後にベランダ側の窓の鍵をかけ、レースのカーテンだけを引いて、台所のテーブルへ引き返した。昨夜彼女から預かったキーホルダーを取って部屋の鍵だけをはずし、残りはまたテーブルの上に戻した。

そして腕時計で六時一分前を確かめると外へ出た。

開放廊下に立ち、旅行鞄を足もとに置いて、部屋のドアに鍵を差し込んでロックした。旅行鞄を持って階段のほうへ歩きかけたとき、微かに電話の鳴る音が聞こえた。彼女の部屋の籐の小物入れの上に置かれた電話が鳴っている音だ。

まちがいない、と僕は思い、でもほんの一瞬、立ち止まって耳をすましただけで、もう一度ドアの鍵を開けてその電話に出ることまではしなかった。

すでにタイムリミットは過ぎている。あの電話をかけているのが南雲みはるであればいい、いや、きっと南雲みはるに違いない、彼女は何らかの理由でリンゴを買いに出たまま帰れなくなった、いまその理由を僕に知らせるために電話をかけているのだと、そんなふうに、自分に都合のいいことくらいは考えてみたかもしれない。

だが帰れなくなった理由とは何なのだ？

僕はそれ以上考えることを自分に禁じて階段へむかい、階段を降り続け、一階の郵便受けのそばに立った。

旅行鞄に軽く貼っておいたガムテープの切れ端をはがし、彼女の部屋の鍵をその上に載せた。郵便受けを開いてボックス内の天井に鍵ごとガムテープを貼りつけた。

その方法は以前、別の女性とやはり同じようなすれ違いの朝があったとき試みたことがあり、そのときはうまく通じたのだが、今回、南雲みはるがあとで帰ってきたときに効果があるかどうかは判らない。

でも、いまはもうそんなことを心配している場合ではない。時刻はすでに六時をまわっている。

僕は旅行鞄を手にマンションの外に出ると、いちど朝の空気を深く吸い、速足になって蒲田駅をめざした。

3

南雲みはるのマンションを僕が次に訪れたのは、それから五日後、週末の土曜日のことである。

月曜、火曜、水曜と札幌・仙台への出張を無事にこなし、木曜の午前中には笹かまぼこの土産を持って東京に戻った。その足で出社し、木曜の午後と金曜いっぱいで出張のリポートをまとめ、自分のデスクにたまりかけていた仕事を急を要するものから順に片づけた。

その頃までに、南雲みはるの行方に関して判明したことがひとつだけあった。

実は火曜の午後、暇をみつけて仙台から横浜の彼女の勤め先に電話をかけてみると、

「南雲は今週いっぱい休みを取っています」

という思いがけぬ答えが返ってきたのだ。

もちろん僕は本人の口からはそんな話は聞いていない。

で、驚いて、いったいその休暇願はいつ提出されたのかと訊ねてみると、そう訊ねられたことで今度は相手のほうが驚いたらしく、

「休暇願ですか？」

と鸚鵡《おうむ》返しの返答をしたあとで、受話器の送話口をてのひらで覆う気配があり、しばらくして戻ってきた女の声は、

「申し訳ありません。そういうことはこちらでは判りかねます」

と答えただけだった。

では、判る人と代わってくれ、ともう少しねばってみる手も当然あったのだが、僕はそうしなかった。

その休暇願が、たとえば突然の身内の不幸とかで月曜日の午前中に提出されたものだと、できれば想像する余地を残しておきたかったのだと思う。これも言い訳のひとつには違いないが、出張期間中だけでもそのように想像して、仕事を乗り切り、帰京して落ち着いたあとで、やはりそのような経緯だったと納得することになるだろう、そう自分をごまかしてもおきたかったのだと思う。

なにしろ、出張中に判明した南雲みはるの行方についての手掛かりといえばそれだけで、札幌からも仙台からも彼女のマンションにかけた電話は一度もつながらなかった。しかも依然として、彼女の携帯に何度電話をかけてみても、応答するのは「留守番電話サービスセンター」の音声ガイダンスでしかなかった。

土曜の午前中、独身寮のある阿佐谷《あさがや》から新宿へ出ていったん用事をすませ、山手線で品川へ行き、そこから京浜急行に乗り換えて蒲田へむかった。

蒲田駅に降り立ったのは午後一時を少しまわった時刻だった。

六日前の日曜の夜、反対方向の横浜からの電車を降りたときに比べれば、僕は（あたりまえだが）完璧にしらふだった。

あのときと同じように駅の東口から出て、あのときとは違ってしっかりとした足取りで第一京浜にかかる歩道橋を渡り（羽田空港駅の方角へと続く線路の踏み切りを同時に越え）、「BE―1」という名のパチンコ店の手前で右に折れ、入口に「駅前通り商店街」と看板のある通りに入った。

あの晩よりもかなり人通りの目立つ商店街をしばらく歩くと、右側にファミリーマート、それからまもなく道幅がやや広くなり、今度は左側に酒屋と隣り合ったサンクスが見えてくる。

日曜の晩、僕はこのサンクスの店の前で堪え切れずに吐いたのだったが、むろんその跡はきれいに消されている。月曜の早朝ならまだ残っていた可能性が高いけれど、あのときは駅まで急いでいたのでそんなものに気を留める余裕すらなかった。

サンクスを左に見て通り過ぎ、次の古本屋の角を左に入る。そこをまっすぐに歩いてゆく道は途中から上り勾配になり、やがて呑川に突きあたる。

　呑川に突きあたる前に右の脇道へ入ると、もうすぐそこに南雲みはるの住む五階建てのマンションがある。

　マンションの入口で足を止め、腕時計を見て駅からの所要時間を確かめた。ゆっくり歩いてきたつもりだが、やはり七分しかかかっていない。そしてこのマンションには五階まで昇るためのエレベーターがない。

　駐車場に場所を取られているせいでその分幅の狭い入口を通り、あの晩と同じように僕は一階の郵便受けのそばに立った。

　503号室の郵便受けを開くと、ボックスの中には手紙がたまっていた。ほとんどがダイレクトメールのようだが、厚さがすでに十センチほどになって重なっている。

　郵便物には手を触れずに、ボックス内の天井をてのひらの先で探ってみた。

　月曜の朝に、僕がガムテープで貼りつけた鍵はそのままの状態でそこにあった。指先でそれを引きはがし、ガムテープはまるめてその辺に放り投げた。503号室の鍵が僕の手もとに残った。

　やはりこの鍵の隠し方は彼女には通じなかった。以前のガールフレンドに効果のあった方法が、新しいガールフレンドにも通用するとは限らない。何事もケース・バイ・ケースだ。ひとくちに女といってもいろいろだと、こんな機会に男は学ぶことになるのだ。

それとも、南雲みはるは日曜の晩から、つまりコンビニにリンゴを買いに出かけたまま、土曜の今日までここへは一度も帰ってきていないのだろうか？　そう思いながら僕は階段を上りはじめた。郵便受けの中に厚くたまったダイレクトメールや、天井にガムテープで貼りついたままの部屋の鍵は、そのことの証明になるのだろうか？

五階まで階段を上りきり、あの晩と同様に開放廊下を端まで歩いて503号室の扉の前に立ち、深呼吸してまずドア・チャイムのボタンを押した。

二度続けて押して、しばらく待ち、同じ押し方を繰り返した。

案の定、応答はない。僕はそれ以上ためらわずに手のなかの鍵を使った。


……何もかも月曜の朝のままだ。

台所にも、奥の部屋にも人の立ち入った気配はない。この一週間を誰かがここで暮らした気配はまったく感じられない。

それが最初の印象だった。

台所のテーブルには、僕が部屋の鍵だけを抜き取ったキーホルダーが置かれていた。そのそばには郵便物も残っていた。月曜の朝に5センチほど引き裂いて放置したガムテープのロールもテーブルの隅にあった。

　あのときのままだ。

　ここには誰も手を触れていない。

　あたりは薄暗かった。好天の午後一時過ぎだというのに、部屋全体が薄暗く、外の開放廊下に面した流し台の窓の部分だけがほの白く光っている。

　僕は流し台のそばに立ち、ほんの好奇心からガスレンジの点火ボタンを押してみた。

　南雲みはるが最初からこの一週間を留守にするつもりで、勤め先にも月曜以前に休暇願を出していたのだとしたら、ひょっとしたらガスも電気も止まっているのではないかと閃いたのだ。でも、もちろんそんなことはない。人はたったの一週間の留守のために、ガス会社や電力会社に面倒な連絡をしたりはしない。

　ガスは止まっているどころか、南雲みはるは元栓も締めていなかった。おかげで点火ボタンを押すとじきに青白い炎があがった。

　ガスレンジの上には小ぶりの赤い薬缶が載っていて、取っ手を持ち上げてみるとある程度水が入っているようだ。初めてこの部屋を訪れたとき、彼女がこの薬缶で、珍しい紅茶をいれてくれたことを思い出した。銘柄までは思い出せないが、マレーシアかどこかの独特な香りの紅茶だった。

薬缶の取っ手を握ったまま背後の食器棚を振り返った。硝子越しに棚の中の紅茶の缶を見つけることはできたが、細かい文字を読み取るにはもっと明るさが必要のようだ。

僕は食器棚のそばに歩み寄った。そしてその食器棚の扉に手を触れる前に、ようやく、自分の大きな勘違いに気づいた。

奥の部屋に駆け込んでみると、ベランダに面した窓の分厚いカーテンが外の光を遮っていた。そのせいで部屋全体がほの暗いのだが、僕は月曜の朝、確かレースのカーテンだけを引いてここを出たのではなかったか？

分厚い布のカーテンを一気に開けた。

レースのカーテンを貫いて外光が部屋のなかに溢れた。

そう、この状態だ。まちがいなくこの状態で僕はこの部屋を出たのだ。つまり、月曜の午前中から今日までの間に、誰かがここに入ってもう一枚のカーテンを引いたことになる。そしてその誰かとは、この部屋の住人であると考えるのがいちばん自然で、つまり南雲みはる当人に違いなく、……と考えを進めていた真っ最中に、突然、玄関のチャイムが鳴った。

一瞬、理由もなく僕はその場に凍りついた。

一瞬と自分では感じたのだがそれなりの長い時間だったのかもしれない。

やがて玄関のドアに鍵の差し込まれる音がして、ドアが開き、僕の視野にひとりの女が入った。

女は、まず靴を脱ぎかけて台所の右手のガスレンジで沸きつつある薬缶にふいに目をやり、それから奥の部屋に立ちすくむ僕に気づいて不確かな視線を投げた。

(みはるだ)

と僕は咄嗟に思った。

(リンゴを買いに行った南雲みはるがやっと帰ってきた)

ガスレンジの薬缶が甲高い笛の音で湯が沸いたことを知らせた。

「あなたは誰?」とその女が声をあげた。

第二章　捜索願

1

「あなたは誰？」

とその女が声をあげ、僕が緊張のあまり生唾を呑んで答えられないでいる間にも、ガスレンジの薬缶は休まずに笛を吹き続けた。

まさに笛吹きケトルの面目躍如といった感じの誇らかな音色だった。

その後の数秒間、玄関口と奥の部屋とにそれぞれ立ちつくして顔を見合わせ、互いの出方をうかがいながら、僕たちは間違いなく一つの疑問を共有していたと思う。

——たかが湯が沸いたことを知らせるのに、こうまで甲高い警告音が必要なのだろうか？

人はたとえ緊張の場に置かれても、頭の片隅では冷めた疑問を思い浮かべてしまうのだ。あるいは、緊張の場にはどうしてもふさわしくない癪にさわる音色というものがあるのだ。

とうとう我慢できずに僕が二、三歩、台所のほうへ歩きかけると、彼女がもっと敏捷に動いた。

まず奥の部屋にいる僕にてのひらを突き出して見せて（それ以上こちらへ近づくな、という意味に感じ取れた）、あわただしく靴を脱ぎ捨てて台所に上がりこむやいなや、まるで、意味もなく吠えたてる性悪のスピッツ犬をひと叩きで黙らせる、といった気配を全身にただよわせてガスレンジのスイッチを切った。するとまもなく飼犬が尾を垂れて退散したように笛の音が消えた。

南雲みはるの1DKの部屋に静けさが戻った。

「それで？」

台所のガスレンジのそばで深いため息をつき、女が振り返った。

「あなたは誰なの？」

「三谷、といいます」

台所と奥の一部屋との境界あたりに立って僕は答えた。

「みたに？」

「三谷純之輔という者です」

「みたにじゅんのすけ」

「ええ」

「何者?」

僕は答に詰まった。

それは僕が二十八年間生きてきたうちで耳にした最も率直な、飾り気のない質問のひとつだった。おまえは何者なのだ?

答に詰まっている間に、彼女の視線が僕の顔から足元までいったん下がり、また時間をかけて顔まで戻ってきた。

エチケットに反した露骨な視線と言えたが、それを言えば実はお互い様だった。僕のほうも、最初に相手の顔を見たときから遠慮なしの視線をむけていたのだ。

彼女が質問を少しアレンジした。

「あなた、みはるの何?」

「ボーイフレンドです」僕は飾らずに答えた。「失礼ですが、みはるさんの身内のかたですか?」

「だとしたら何」

「……はい？」

「あたしがみはるの身内だとしたら、どうなの」

「みはるさんがいまどこにいるかご存知ですか？」

「こっちに来ないで」みはるの身内と思われる女が人差指で僕を差した。「そこから一歩でも近づいたら人を呼ぶわよ。外の車の中に夫を待たせてあるのよ」

台所に一歩踏み込んだところで立ち止まり、思わず両手を胸の前にあげている自分に気づいた。その姿勢で、ちょうどテーブルをはさんで相手と向かい合うかたちになった。

「みはるがいまどこにいるかは、できればあたしも知りたい」と彼女が続けた。「その前に、あなた、いったいここで何をしてるの」

「だから、みはるさんを探してるんです。ここに来れば会えるかと思って寄ってみたんです。……みはるさんの身内のかたですよね？」

「あたしがただの通りすがりの人間に見える？」相手が癇癪を起こしかけた。「みはるから預かっている合鍵を使って、堂々とドアを開けて入ってきたこのあたしが？　馬鹿な質問を何べんもしないで」

それからみはるの身内の女は、一階の郵便受けの中から取り出してきたみはるあてのダイレクトメールの束と、手首にかけていたハンドバッグをテーブルに放り出すように置き、僕を睨みつけた。

「この薬缶は何？」

と顎で背後のガスレンジのほうをしゃくって、

「お湯を沸かしてコーヒーでもいれるつもりだったの？」

「それは、さっき……」

おそらく信じてはもらえないだろう、と思いながらも僕は正直に答えた。

「さっき、ガスが止まってはいないかと思って確かめてみたんです。いくら電話をかけてもつながらないから、ここに来てみたんですが、ひょっとしたら僕に黙って旅行にでも出たんじゃないかと思って。もし旅行に出たのなら、ガスの元栓が締まっていたとしても、不思議じゃないでしょう？」

「不思議じゃないでしょうね」彼女が一つうなずいて見せた。「でも元栓は締まっていなかった。それを確かめたうえで、あなたは薬缶に水を入れてお湯を沸かした。旅行に出たかもしれない他人の部屋に勝手にあがりこんで、お湯を沸かしている男はとても不思議だわね？」

「水ははじめから薬缶に入っていたんですよ」

「そんなことはどうでもいい」と彼女が決めつけた。「女だからってなめたら承知しないわよ。ここへはどうやって入ったの」

「鍵を持ってます」僕はポケットから取り出した部屋の鍵をてのひらの上に載せて見せた。

「合鍵？」

「……ええ」

「みはるがあなたにも合鍵を渡してた？」

ほんの数秒だが互いの目を見つめ合ったあげくに、僕は嘘をつくのを諦めた。この部屋の鍵だけをはずしたキーホルダーが、いまも台所のテーブルに置いたままになっている。いずれそれに目をつけられて言い訳はきかなくなるだろう。

「合鍵じゃなくて、これはみはるさん自身が持っていた鍵です」

「じゃあ、三谷さん」相手は微かに得心のいった表情になった。「みはるの持ってた鍵が、なぜいまはあなたのてのひらの上に載っているのか説明して」

そう言われて僕は、一週間前の日曜の晩に頭を向けた。

説明するとしたら、あの晩の出来事から話すしかないだろう。横浜中華街での夕食。割烹着姿の未亡人がシェイカーを振る店。蒲田駅東口。駅前通り商店街。コンビニでの買物。買い忘れたリンゴ。リンゴを買って五分で戻ってくるわ、と言い残して消えた南雲みはるの後ろ姿……。

そして何よりもあの晩の僕がしたたかに酔っていたこと。したたか酔った僕を南雲みはるが気遣い、蒲田駅からマンションにたどり着くまで僕の出張用の旅行鞄を持ってくれたこと。その途中で僕が堪えきれずに吐いてしまったこと。結局、事のはじまりは一杯の強烈なカクテルだ。僕はアブジンスキーという奇妙な名前のカクテルのせいで酔った。酔った僕を気遣って南雲みはるは独りでリンゴを買いに夜道を引き返した……。

「説明できないのなら人を呼ぶわよ」みはるの身内の女が言った。「いまここに警察を呼ぶわよ」

「あなたのほうでも、みはるさんと連絡が取れないんですね?」と僕は気をそらした。

「連絡が取れなくなってどのくらい経ちますか」

「説明できないのね?」

と言って身内の女が立ったままハンドバッグの中を探った。彼女がつかみ出したのは携帯電話だった。きっとその電話で外にいる夫か警察に通報するという意思表示なのだろう。

「説明ならできます。ただ……」

「ただ何?」

ぜんぶ納得はしてもらえないかもしれない、と言うかわりに僕はこう呟いた。

「長くなりますよ」

僕の視線を真正面からとらえて、身内の女は眉をひそめた。眉をひそめたあとで、ゆっくり二往復、首を振ってみせた。

「いったい何がどうなってるのか判らない。おとといから何度電話をかけてもみはるは出ないし、病気でもしてるのかと心配して来てみたら、得体《えたい》の知れない男が呑気にお湯なんか沸かしてる。その男が、自分はみはるのボーイフレンドだって自己紹介してくれる。しかも、みはるさんはどこにいるかご存知ですかなんてあたしに訊く。そう訊きながらこの部屋の鍵をポケットから取り出して、この鍵はみはるが持っていたものだって言う。さっぱり訳が判らない。とにかく説明して。あたしが納得できるように一から説明して」

「おとといから？」僕は確認の意味で質問をはさんだ。「それ以前に、みはるさんは電話に出たんですか？」

相手はこの意味ありげな質問の内容を慎重に吟味する目つきで（というよりもこの意味ありげな質問をした僕自身を吟味する目つきで）しばらく時間をかけて、こう答えた。

「それ以前というのが先週までの話なら、みはるは確かに電話に出たわね。でも今週はまだ一度も声を聞いていない」

僕は手近の椅子を引き、そこに腰かけてからテーブルの上に財布を置いた。

「こんどは何？」と相手がそれを拾いあげた。

「得体の知れない男の説明を聞いても信用できないでしょう？　そこに運転免許証と社員証が入ってます。裏に会社の独身寮の住所と電話番号が印刷されています。その携帯で連絡を取って三谷純之輔という男の身元を確認してください」

でも彼女はそこまではしなかった。運転免許証の顔写真と僕の顔をじっと見比べただけだった。それが済むとテーブルをはさんで向かい側の椅子に腰をおろした。

「わかったわ。あなたは得体の知れない人じゃない。それは認めるわ。あたしだって、何も警察の取り調べみたいなことをやるつもりはないの」

「みはるさんからは、僕のことは、何も聞いてないんですね？」

「何ひとつ」

と彼女はすぐに答え、そのあとでバッグの中から今度はタバコ入れを取り出しながらこう付け加えた。

「だから、あたしの身にもなってみて。この部屋に入るなり予想もしなかった相手と鉢合わせしたのよ。さっきはどんなに驚いたか……、タバコは？」

僕が首を振るのを見て、相手は一本だけつまみ取りライターで火を点けた。

「最初にあなたを見たとき、あたしが何を思ったか想像できる？」

その質問は聞き流して、僕はこんなふうに切り出した。

「率直に言って、驚いたのは僕も同じです。僕にも何がどうなっているのかさっぱり判らないんです」

「いいから知ってることを話してみて」

「話せば長くなりますよ。外の車で待ってる旦那さんを呼んだほうがよくないですか？」

「旦那は待ってないわ」彼女があっさりと答えた。「さっきのは、はったり。今日は子供を連れて秋葉原に出かけてる」

「秋葉原？」

「パソコンを見に行ってるのよ。あたしも一緒に行く予定だったの。でも、たったひとりの妹の様子が気がかりだし、ちょっとだけ胸騒ぎもしたから、あたしは予定を変更していまここにすわってるの。秋葉原はどうでもいいからあなたの話を続けて」

「じゃあ、みはるさんの、お姉さんなんですね？」

「そうよ」南雲みはるの姉が投げやりな答え方をした。「三つ違いの実の姉よ。あたしがみはるの、お母さんだとでも思った？」

「最後にみはるさんと会ったのは先週の日曜です」

と僕は話を続けた。

「最初にあなたを見たとき、あたしが何を思ったか想像できる？」

と南雲みはるの姉は僕に質問したけれど、そしてその質問を僕は聞き流して話を進めたので、彼女が実際に何を思ったかを知る機会は（たぶん）永遠に失われてしまったのだけれど、逆に、僕が最初に南雲みはるの姉を見たとき何を思ったかは、いまここで明らかにしておくことができる。

2

実は、あの問題の日曜の晩、南雲みはるの帰りを待って彼女のベッドで独り眠りながら見た夢を、僕はそのとき不意に思い出したのだった。

夢に登場した南雲みはるはすっかり変貌していた。その夢の中の南雲みはるは、僕の知っている南雲みはるとは別人と言ってよかった。ヘアスタイルや、服装や、喋る言葉や、態度や、目つきや笑い方のどこがどう変わったと具体的に指摘できたわけではない。にもかかわらず、彼女は変わってしまった、という確信と、確信にともなう仄かな悲しみとが目覚めたあとまで鮮明に残っていた。

合鍵を使ってドアを開け、彼女が玄関に立ったとき、つまり南雲みはるの姉の顔を最初に見たとき、僕はその夢の中の南雲みはるが具体的な現実になったような錯覚にとらえられた。ヘアスタイルも服装も喋る言葉も態度も目つきも、彼女は実はこんなふうに変わってしまっていたのだと。こんなふうに変わってしまって、いま僕の目の前に再び現れたのだと。

もちろん、落ち着いて考えれば、一瞬でもそんな錯覚をおぼえるくらいに、姉妹の顔つきや体型は似ているのだった。

たとえば南雲みはるの肩まで届いていた髪を短くカットすれば、より姉の雰囲気に近づくだろう。春に出会って以来、半年に満たないつきあいの中で、たとえば最も印象に残っている恰好——薄手のセーターにジーンズにスニーカーというラフな恰好をいくらかでも改めれば、もっと姉に近い女になるだろう。でも、それが果たして僕があの夢の中で見た南雲みはるの変貌の姿なのかは（もどかしいけれど）よく判らない。

南雲みはるの姉は、その日の服装をグレーの色合いの変化で統一していた。ごく淡いグレーのタートルネックに、濃いグレーの（襟元の丸く開いた、パイピングとボタンの白が引き立つ）丈の短いカーディガンをはおり、両者の中間色のグレーの（ピンストライプの入った）パンツを合わせるという具合に。

そしてその秋の装いとも呼べる服装は、一瞬、例の夢の中での南雲みはるの変貌を連想させると同時に、もしくは裏腹に、この現実の膨大な時間の流れをも僕に認識させた。先週の日曜には夏の終わりかけに属していた時間が、いまはもう秋の真っ只中を流れている。一週間――それはカレンダーのほんのひと区切りではあるけれど、実は何かが大きく変化してしまうのに充分な時間なのかもしれない。夏から秋へと季節は移った。あのときそばにいて酔った僕を介抱してくれた南雲みはるはいまはいない。一週間とは、何かが大きく変わってしまうにも、何か大きな手遅れに気づくにも充分すぎる時間なのではないか？

南雲みはるの姉を最初に見たとき僕はそんなことを考えた。ほとんど間を置かずに笛吹きケトルの耳障りな音についても頭の隅で考えた。人は一瞬にして、実に様々なことを頭の隅で考えるものだ。

話を本筋に戻そう。

端折《はしょ》るべき点は端折り、できるだけ簡略に（アブジンスキーというカクテルの名前なども抜きで）僕は南雲みはるの姉に事情を説明した。

僕の話をすべて聞き終わる前に、南雲みはるの姉はタバコを二本吸った。そしてそのたびに椅子を立ち、流しの蛇口をひねって水道の水で吸殻の始末をした。

月曜の朝、出張に出る前に郵便受けの天井にガムテープで貼りつけていた鍵が、今日ここに来たときもそのままの状態で見つかったという話を聞いたところで、姉はちょうど二本目の吸殻の始末をし、椅子に戻るとタバコのケースをそそくさとハンドバッグの中に戻した。

「ねえ、三谷さん」

と彼女は眉間にしわを寄せて言った。

「あたしたち、こんなとこにすわり込んで話をしてる場合じゃないわね？」

「そうですね」僕は認めた。「そうかもしれません」

「そうかもしれません？」みはるの姉は気色《けしき》ばんだ。「あなたの話だとみはるは先週の日曜からここに帰って来てないのよ。まる一週間も行方不明なのよ。もし何か、……そんなことは考えたくもないけれど、みはるが、仮に事件にでも巻き込まれていたらどうするの。そうかもしれませんって、呑気に相槌打ってる場合？」

仮に何らかの事件に巻き込まれていたとしたら、と僕は頭の隅で思った。もうとっくに手遅れだろう。南雲みはるがリンゴを買いに出かけたのは先週の日曜の晩だ。それから一週間が過ぎた。何らかの事件を、遠い向こう岸の出来事にしてしまうには充分な時間だ。

南雲みはるの姉が携帯電話をつかんでアンテナを伸ばした。

「どうするんです？」

「とにかく警察に」と彼女は呟いた。「それから秋葉原にいるうちのひとにも」

僕は椅子を立って奥の部屋に戻り、レースのカーテンを引いて窓を開けた。しばらくベランダの様子を眺め、ついでに呑川の下流のほうにもやってある釣船にも目を止めてから窓を閉めた。

次に南雲みはるのベッドの様子を観察し、ライティング・ビューローの天板が折り畳まれて「木製のアップライトのピアノ」といったシルエットに見えるのを確認し、天板を降ろして棚に置かれた小物と本をざっと覗いた。最後に洋服箪笥の扉を開き、中に吊り下がっているジャケットやシャツの肩の部分に意味もなく手を触れてみた。それから台所のテーブルのそばに戻った。

「一一〇番に電話してもらちがあかない」と南雲みはるの姉が待ち構えてぼやいた。「最寄りの派出所で相談してみろなんて言ってる。あなた、最寄りの派出所がどこにあるか知ってる？」

「知りません」

「タクシーを呼んだほうが早いかもしれないわね。三谷さん、そこに突っ立ってないで電話でタクシーを呼んで。あたしはうちのひとの携帯に」

「お姉さん……」

「もしみはるの身に何か起こってたら」

「少しだけ待ってもらえませんか」

「みはるの身に何か起こってたらあなたの責任よ、月曜に出張にゆく前にあなたが警察に連絡すべきだったのよ」

「みはるさんが事件に巻き込まれたとは、どうも僕には思えないんですが」

「うちのひとは携帯を持ってないんだわ」と彼女が舌打ちをした。「月々何千円かのお金を出し惜しみするからこんな、いざというときに連絡も取れやしない」

「お姉さん、もう少し僕の話を聞いてもらえますか？」

「何よ？」彼女がやっと僕と視線を合わせた。「さっきから何をぶつぶつ喋っているの、タクシーは呼んだの？」

それには答えずに、僕はテーブルの上の（そこに日曜の晩から置きっぱなしの）南雲みはる宛の郵便物を点検した。

「何のまね？」と南雲みはるの姉が訊いた。

「ベランダの洗濯物が消えてるんです」と僕は説明した。「日曜の晩に、いや月曜日の早朝までは確かに干してあったはずのハンカチとタオルが取り込んであるんです」

「それがいま大事なこと？」

「今日、一週間ぶりにこの部屋に入ってみて、こないだより中が薄暗いことに気づきました。ベランダ側の窓のカーテンが引いてあったせいです。でも僕は月曜の朝にはカーテンは開いたままでここを出たんです。それからライティング・ビューローの天板が折り畳まれていますが、これも月曜の朝には降りていたはずです。おまけに僕がひと晩寝かせてもらったベッドも、いま見るときれいにメイクしてある」

携帯電話を握ったまま南雲みはるの姉が奥の部屋に入って行った。僕は手に取った四通の南雲みはる宛の郵便に意識を集中し、月曜の朝とのくい違いをまたひとつ発見した。奥の部屋を振り返ると、南雲みはるの姉はさきほど僕がそうしたように洋服箪笥を開いて中を覗いている最中だった。

「それと手紙が一通消えています」僕は声をかけた。

「手紙？」

「ここにある四通とは別にもう一通、水色の封筒に入った手紙があったはずなんです」

「みはるの服はほとんどここに揃ってるわ」と姉が言った。

「月曜から今日までの間に」

と僕はかまわずに言った。

「誰かがこの部屋に入って、ベランダに干してあった洗濯物を取り込み、ライティング・ビューローの天板を折り畳み、ベッドを整えて、それから手紙を持ってまた出て行った。それは間違いないと思います。ほかにも月曜の朝といまとでは変わっている点があるかもしれない、僕が気づかないだけで」

「誰かが、この部屋に入った？」

「そしてまた出て行った」

「誰が」

「さっきも話したように、僕は火曜の午後に、仙台から横浜の彼女の勤め先に電話をかけました。そして彼女は今週いっぱい休みを取っていると知らされました。電話に出た人の口ぶりだと、どうも、休暇を申し出たのはみはるさん本人といった印象でした」

「だから何なの」南雲みはるの姉が焦れた。「言いたいことがあるなら、さっさと言って」

「月曜の朝に僕が出かけたあとで、みはるさんは一度ここに戻って来てるんじゃないか、そう思えるんです。それでここから会社のほうへ今週いっぱい休みを取ると電話を入れた。そう考えると辻褄が合います」

順を追って説明しながら、この時点で、僕はそう考えてまず間違いないと確信していた。日曜の晩にリンゴを買いに出かけた南雲みはるは、そのあと一度はこの部屋に戻ってきている。誰かがここに侵入したのではない。彼女自身が戻ってきたのだ。人は他人の部屋にあがりこんでわざわざ洗濯物を取り込んで帰ったりはしない。ベッドメイクのためにあがりこんだりもしない。

「辻褄が合う?」

と南雲みはるの姉が聞き咎め、洋服簞笥の扉を閉め、ベッドの置いてあるほうの壁際まで歩き、勢いをつけて押し入れを開けた。

「じゃあ、会社に電話を入れたあとでみはるはどこへ消えたの? そのことも辻褄を合わせてみて」

僕は南雲みはる宛のダイレクトメールと電気料金の銀行引き落とし通知の葉書をテーブルに戻し、今度は彼女のキーホルダーを手に取り、リングに繋がった三つの鍵を見つめた。でもいくら見つめたところで辻褄を合わせる名案は浮かばなかった。次に、思いついて冷蔵庫のそばへ行きドアを開けた。

「旅行用のバッグはここにある」と奥から姉の声が告げた。「洋服だってまとめて持ち出した様子はない、いったいこの一週間、みはるはどこで何をしてるっていうの?」

2ドアの冷蔵庫の中には、月曜の朝に僕が自分の手で収めたミネラルウォーター、コーヒー豆、牛乳、チョコレートが手つかずのまま入っていた。

期待したリンゴは見当たらない。試しにフリーザーの中も覗いてみたが、製氷機とバニラ・アイスクリームの箱が入っているだけで何の手がかりにもならない。

「三谷さん」南雲みはるの姉がすぐそばから呼びかけた。「率直に言わせてもらうわね。あたしには、とても辻褄が合うとは思えない」

僕はフリーザーのドアを閉めて彼女と向かい合った。

「それにいまは冷蔵庫の中を覗いている場合でもないと思う」と彼女は喋り続けた。「あたしは、みはるの身に何かが起こっているような気がして仕方がないの、胸騒ぎがするの。みはるはたった一人の実の妹なのよ、あなたみたいに、あたしは悠長に辻褄合わせなんかやってられない。それに、考えてみればあなたとは今日が初対面だし、それもいまさっき会ったばかりだし、いきなりみはるのボーイフレンドだと自己紹介されても素直に鵜呑みにするわけにもいかない。疑おうと思えば、いくらでも疑える材料は出てくる……」

「僕を？」

「だってほかに誰がいるの。ねえ、三谷さん、身内の人間が突然いなくなってしまったのよ、一週間も行方知れずなのよ、そういうとき普通の人はどうすると思う？」

南雲みはるの姉は自分の設問にすぐに自分で答えた。

「警察に行くのよ。わかる？　普通の人は、こんなときにお湯を沸かしたり冷蔵庫の中を覗いたりはしないのよ、絶対に」

それから僕に返事をする暇を与えずに、こう命じた。

「いますぐタクシーを呼んで」

3

最寄りの派出所は蒲田駅のすぐそばにあったので、電話でタクシーを呼ぶまでもなかった。

たいてい最寄りの派出所というものは駅のすぐそばに設けられている。そのことを、僕は自分の携帯で104の番号案内に電話をかけて確認した。教えてもらった番号はメモも取らなかった。なにしろここから駅まで、ゆっくり歩いても七分の距離なのだ。

一方、南雲みはるの姉は、やはり自分の携帯から今度は自宅の留守電につなげて、子供連れで秋葉原に出かけている夫にむけてのメッセージを残した。

「もしもし？　あたし。これを聞いたらすぐに携帯に電話して」

身内のみに通用する簡略なメッセージだった。

それからすぐに僕たちは南雲みはるのマンションを出た。黙々と路地を抜け、黙々と駅前通り商店街を歩いた。脇目もふらずに歩いたので、最寄りの派出所まで五分とかからなかったと思う。

ところが、二人でそうやって駆けつけた派出所の中には警察官の姿が見えなかった。両開きの、中を見通せるはめこみ硝子のドアをあけて入ったところに、無人のスティール製のデスクが六つ並んでいるだけだった。

デスクは三つずつ向かい合わせの形にセットしてあった。そのうち真ん中のデスクの、ドアに近い側の一つに案内のプレートが立てて置いてあり、横書きにプリントされた文字で次のように伝えていた。

――只今、パトロール中です。

受話器を取ると本署が応答しますので、
御用件をお話し下さい。

案内のプレートの隣に、受話器を取れば本署が応答するはずの電話が一台設置してあった。電話の横にはノート大の白いメモ用紙が一枚置いてあった。その上にはノック式の黒いボールペンが一本、習字の文鎮のような角度の置き方で載っている。

「何よ、これ」

と南雲みはるの姉がつぶやいた。

「最寄りの派出所で相談しろっていうからわざわざ来てみたのに。こんどは本署に電話しろ？　これだったら堂々めぐりじゃないの」

確かにまあその通りだった。

ただ、僕たちの立っている位置からほぼ正面の壁に、現在時刻の午後二時二十分を示している丸い掛け時計が見え、そのすぐ右横に、黒光りする額に入った標語のようなものが掲げてある。そこに墨で書かれた三つの言葉を読むことができた。「誠意」と「工夫」と「努力」だった。だから案内のプレートと、本署直通の電話と、メモ用紙およびボールペンはそれらの言葉の実践、と強いて言えば言えなくもなかった。

丸い掛け時計の下のボードには、指名手配者の写真入りのちらしが目移りするくらいにおびただしくピンナップしてあった。標語の額縁の下には、奥の部屋に通じるのかドアがあり、ドアには交通安全を呼びかけるポスターが貼られていた。ドアの右横の壁には「管内地図」と銘打たれた地図が貼ってあった。そしてさらに右に視線を移すと、そちらの壁には「警察職員の信条」というタイトルの箇条書きの文章がこれも額に入れて掲げてあった。何も貼られていない、何も掲げられていない壁を探すのが困難なほどだった。

「どうします？」と僕は訊ねた。「受話器を取って本署と話してみますか？」

南雲みはるの姉は首を振った。

「時間のむだよ。それより直接本署ってとこに行ったほうが早いと思う。三谷さん……」

三谷さん、タクシーを呼んで、とまた命じられる前に僕はポケットから携帯を取り出した。番号案内につなげて、蒲田警察署の代表番号を頼むついでに住所のほうも聞いてみるつもりだった。たぶん親切なNTTの係員が道順まで教えてくれるだろう。

そのときドアが開いた。

交通安全のキャンペーンのポスターが貼られたドアが内側から大きく開いた。と同時に、派出所の外に車が立て続けに二台止まった。

奥の部屋から現れたのは制服姿の、ただし制帽だけは被っていない一人の警察官だった。外に停車したのは二台ともパトカーで、パトカーを降りて派出所内になだれ込んで来たのは制服に制帽、あるいは制服に白いヘルメットの数人の警察官だった。

その中の一人が本署直通とは別の電話を使って話し始めた。別の一人はデスクの上から電話帳よりもひと回り大きな本を取り上げて指をなめて頁をめくり、また別の一人は椅子に腰かけると引き出しから堅表紙のノートを出して何かを書き込み始める。その間に別の誰かが誰かの名前を呼び、呼ばれた者が何かを答え、もう一人が会話に加わると哄笑があがり、結局三人とも奥の部屋に消えた。

いまのいままで静まり返っていた派出所内がにわかに活気づき、そしてまたいくらか落ち着きを取り戻すまでに、掛け時計の針は一分も進んでいなかったと思う。

僕は隣に立ったままの南雲みはるの姉の顔色をうかがってみた。すると彼女のほうでも僕の反応をうかがっている最中だった。「何よ、これ」と再び言いたげな様子が伝わったので、同感だというしるしにうなずいてみせた。

「おふたりは？」奥から出てきた無帽の警察官が僕たちふたりに気づいて訊ねた。「どうかされました？」

身内のことで相談があって来たのだと南雲みはるの姉が答えた。

「身内のこと、というと？」

「妹の姿が見えないんです、一週間前から」

「家出ですか？」

と質問を重ねながら警察官はデスクの手前のパイプ椅子を引き、片手で、南雲みはるの姉にも向かいの椅子を勧めた。その際の警察官の表情、一連の仕草には標語通り、誠意、というものが早くも感じられた。

左端の二つのデスクをはさんで警察官と南雲みはるの姉は向かい合った。一つのデスクにつきパイプ椅子一つという構成だったので、僕は彼女の隣に腰かけるか立ったままでいるかの選択を迫られることになった。隣に腰かけると、書き物をしている警察官の真正面の位置になり、しかも案内のプレートとメモ用紙を目の前にすることにもなるので、南雲みはるの姉の背後にひっそりと立つほうを選んだ。

右端のデスクで分厚い本と取り組んでいた警察官が、電話中の同僚に何事かアドバイスをおくり、そのアドバイスが受話器にむかって復唱された。それで電話の用件が終わり、二人の警察官は無帽の警察官および書き物をしている警察官に声をかけて外に出ていった。まもなく一台のパトカーが派出所の前から走り去った。電話でのやりとりから推測すると、どうやらさきほど管内で交通事故が発生し、それに関する事務的な手続きにひとまず片がついた模様だった。

「では、話をうかがいましょう」と警察官が引き出しの中を探りながら言った。「妹さんがいなくなられたのは一週間前の……？　おい、家出人捜索願の用紙は切らしてたのかな？」

「切らしてたんじゃないですかね」書き物をしている同僚が顔を上げずに答えた。「本署からファクスで送ってもらえばいいでしょう」

「ちょっと待って下さいね」警察官がデスクに両手をついて頭を下げて見せた。「いま用紙を取り寄せますから」

「家出じゃないんです」と南雲みはるの姉が言った。

「家出じゃない、というと？」

腰を浮かしかけた警察官がパイプ椅子にすわり直した。南雲みはるの姉が意外な辛抱強さをみせて、前と同じ意味の台詞を繰り返した。

「妹は行方不明なんです、先週の日曜の晩から」

「書き置きとか、あったわけじゃないんですね？」

「ありません。そんなもの、ないから心配して、こうやって相談にきてるんです」

「特異家出人のケースも考えられますね」と隣の警察官が手を休めずに専門用語を使った。

「トクイイエデニン？」南雲みはるの姉がすぐに問いただした。

「特異家出人というのは、つまり」彼女の向かいで警察官が解説を入れた。「事故や犯罪に巻き込まれる、または自殺するおそれのある家出人のことで、通常一般の家出人とは別扱いになるわけですが……」

「じゃあ、そっちのほうです」南雲みはるの姉が急いで訴えた。「そっちでお願いします」

「じゃあ、そっちでお願いしますと言われてもね」相手がおっとりと答えた。「自分たちは警察の人間ですから。ここは派出所で、民間のサービス業とは違いますから」

軽いジョークのようにも聞こえたが、隣で書き物をしている同僚はこれを聞いても忍び笑いすら洩らさなかったし、南雲みはるの姉も当然表情を緩めなかった。もちろん家出人の捜索願の相談にきた人間に向かって警察官が軽いジョークを口にするわけがない。

「もう少し詳しく話してもらったら？」と隣の同僚が提案した。

「もう少し詳しく話してみてください」提案を素直に受け入れて警察官がノートと筆記用具を取り出した。「まずあなたと妹さんの住所とお名前を、それから先週の日曜の晩から、妹さんが行方不明だと言われましたね？　そのへんを詳しく話してみてくれませんか」

先週の日曜日の晩。

その話になれば当然ながら僕の出番に違いなかった。

南雲みはるの姉がパイプ椅子にすわったまま僕を振り返った。そこで警察官がやっと立ちづめの僕に関心を示して質問を投げかけた。

「おたくは誰？」

4

先週の日曜の晩の出来事を、起こったままに、思い出せるかぎり忠実に、僕は再現してみせた。

それから、今日までの六日間に僕の知り得たこと、つまり南雲みはるの会社に電話をかけて「聞いたこと」と、南雲みはるの部屋で「見たこと」をこれも憶えているかぎり話した。

あとひとつ話せるとしたら六日間に僕の「考えたこと」だけだったが、それは強いて求められもしなかったし、こちらから率先して話すつもりもなかった。

果たすべき役割を果たしたあと、僕はふたたび南雲みはるの姉と担当の警察官とのやりとりを聞く側にまわった。

そうしている間に派出所内にはいくつかの動きがあった。右端の無人のデスクの電話が二度鳴り、一度目は隣で書き物をしていた警察官が応対し、二度目は応対の途中でドア越しに奥の部屋の誰かを呼んだ。呼ばれた男がドアを開けて出てきて受話器を取ると、入れ替わりに、書き物を終えた警察官が左手で右の肩を押さえ右腕をまわしながら奥へ引っこんだ。次にまたドアが開いて別の二人が現れ、派出所を出てゆくとパトカーに乗り込んだ。まもなくパトカーが発進し、受話器を戻した男が南雲みはるの姉に電話中から数えてもう何度目かの視線を向け、心なしか名残惜しげな態度とともに奥の部屋に消えた。

そこまでの人の出入りを、僕は南雲みはるの姉の隣の椅子にすわって——つまり案内のプレートと、本署直通の電話と、メモ用紙の置かれたデスクの前で見届けた。たとえ勤務中の警察官とはいえ、これだけの数が出入りした中にひとりくらい、この整った顔立ちの女に好奇心をしめさなければ嘘になる。

ふとそんなことを思いながら彼女の横顔に目をやると、短い髪型のために、妹の南雲みはると共通する頭のかたちがよりきわだって見えた。ラグビーのボールを傾けて首の上に載せたようだ。ただ目尻と唇のはしが妹よりもやや吊りあがった印象を受けるのは、初対面のいきさつがいきさつなので、彼女のヒステリックな部分が強調されて僕の目に焼きついてしまったせいだろうか？

「アマガサ？」と向かい合わせで相手をつとめる警察官が訊ねた。「南雲じゃなくて、アマガサ？」

「だから南雲は結婚前の名字なんです。アマガサは夫のほうの」

と言いかけて南雲みはるの姉はいきなり僕のそばへ身体を近づけ、妹とはまったく種類の異なる香りを漂わせながら、ボールペンをつかんでメモ用紙に「天笠《あまがさ》」と大きく書きつけると、それをくるりと反転させて警察官のほうへ突き出してみせた。

「なるほど。するとあなたは南雲ではなくて天笠、みゆきさん、ということになりますね」

「そう」と天笠みゆきが——実は僕もそのとき初めてフルネームを知ったのだが——苛立ちをこめて認めた。「妹の名前は南雲みはる、最初っからそう言ってる」

天笠みゆき、とマイペースの警察官がノートに横書きで書き留めた。同じページのずっと上のほうには南雲みはるの名前がすでにメモしてあり、二つの名前の中間のスペースには、僕の話を聞き取った証拠としてリンゴという片仮名の文字が見えた。リンゴは二重丸で囲ってあった。

その警察官の年齢は、大まかに僕よりも上と見当がつくだけではっきりしたところは判らなかった。三十代の前半かもしれないし後半かもしれない。髭の濃いことを除けば色白のさっぱりとした顔立ちで、あとは想像だが、ボールを使わないスポーツがいかにも得意そうな体型で、入浴後もバスタオルで拭く必要のないほど短く刈り込んだ髪型で、全体の雰囲気からは標語を地でいく誠意がありありと感じられ、一目で信頼できるタイプの警察官だった。探してもほとんど僕との共通点はなさそうだった。

「天笠さん、というと、ひょっとしたら小田原のほうに親戚のかたか誰かいらっしゃいませんか」

「小田原?」と天笠みゆきのきれいに揃えられた眉が動いた。

「いや、自分と同期の人間にも天笠という男がいるんですが、そいつの実家は確か小田原だったと」

「いいえ」天笠みゆきが途中できっぱりと否定した。「主人の親戚に警察官はひとりもいません」

「そうですか」

と相手はまったく動じずにノートを閉じた。

天笠みゆきは膝の上のハンドバッグの口に手を入れかけて思い直した。これも推測だがタバコを吸いたそうな気配が濃厚だった。

「天笠さん」と誠意の感じられる口調で相手が切り出した。「どうも、いろいろお話をうかがってみると、この件は、もう少し慎重になられたほうがよいのではないでしょうか」

「慎重に、って？」天笠みゆきが相手のトーンに合わせてそっと訊ねた。「それはどういう意味かしら」

「さきほどの特異家出人の話ですが、これはたとえば、誘拐のおそれのある幼い子供さんとか、たとえば病の重いお年寄りとか、遺書を残して家出された方、あるいは犯罪に巻き込まれた可能性の高い人物、そういったケースなんですね。妹さんの、南雲みはるさんの場合はそのどれにもあてはまらないような気がします」

「気がしますって」天笠みゆきがまた言葉尻を捕らえた。「妹は一週間前から行方がわからないんですよ。家出する理由もないのに、若い娘がひとりいなくなってしまったんですよ。もし、何か、犯罪にでも巻き込まれていたらどうするんです」

「ご心配はよくわかります」相手はしっかりと受けとめて答えた。「しかし天笠さん、警察はその程度の可能性では動けないんです。その程度の可能性という言い方では語弊があるかもしれません。が、しかしですね、統計によると、日本全国で、いま一年間の家出人の数は八万六千人を越えています。八万六千人ですよ。うち特異家出人の数を差し引いても約七万人です。年間約七万人の人たちが、日本中のあちこちで、家族に何も告げずに失踪しているわけなんです」

「それは何？ 警察は、失踪した人間をいちいち探してなんかいられないという意味？」

確かに悪く取れば、そばで聞いている僕にもそういった意味に聞こえないでもなかった。でも口だしは控えた。

「もちろんそんなことはありません。捜査すべき事件であれば警察は誠意をもって捜査にあたります。しかし年間約七万人の家出人というのは、これは自らの意志で失踪した人の数なんです。一日あたり約二百人の人間が家出している計算になります。残された家族の方たちは、あるいは家出の理由が思い当たらないと、いまの天笠さんと同じことをおっしゃるかもしれない。しかし自らの意志で家出するにはそれなりの、理由もあるわけですね」

そこで天笠みゆきが身を乗り出して何か言いかけるのを警察官が気合で遮った。

「妹さんは幼い子供じゃない、今年二十七になろうという立派な大人の女性です。しかも重要な点は、そちらの三谷さんのお話によれば、勤め先のほうへも妹さんご自身が一週間の休暇願を提出されている。そうでしたね？　さらに、今週になって一度は自分のマンションに戻っているふしも見受けられる」

僕がうなずくのを見て、相手が続けた。

「たとえば気まぐれに、おふたりには黙ってどこか旅行に行かれた可能性だってある。今日か明日、ひょっこり戻って来られるかもしれません」

「でも妹の旅行用のバッグは部屋に残ってるんです」

「妹さんは新しい旅行鞄を買われたのかもしれない」そう言ったあとで彼はひとつ咳払いをした。「いや、冗談で言ってるんじゃないんです。その可能性もあるということです。つまり妹さんの失踪については、もっといろんな可能性についてもお考えになったほうがいい、さっき自分が慎重にと申し上げたのはそういう意味です」

「三谷さん」と天笠みゆきが久々に僕に命じた。「やっぱりここじゃ話にならないわ。警察署へ行きましょう、蒲田警察署がどこにあるか調べて」

「本署ならすぐそこです」警察官が教えた。「そこの第一京浜をちょっと行って、環八通りとの交差点を右折すればすぐ左側に見えます。生活安全課、というところでお尋ねになるといいですが、でも、言っときますが結果は同じだと思いますよ、特異家出人としての受理はおそらく無理でしょう」

「特異家出人としてではなくて」とこれは僕が訊ねた。「そうじゃない家出人としてなら捜索願は出せますか」

「出せますよ。もちろん出せますが、自分としてはもう一日、二日待ってみたほうが賢明と思いますね。週末が明けて、もし月曜になっても天笠さんの妹さんが会社に……」

「それを出したらどうなるの」最後まで喋らせずに天笠みゆきが訊いた。「妹を探してもらえるの？」

「コンピュータに登録されます」と彼が答えた。

「それで？」と天笠みゆき。

「それで、たとえばですね」彼はいったん顎を上げて、答え方を吟味する目つきになった。「いいですか、これはあくまで、たとえばの話ですよ。捜索願が受理されたとして、その後、横浜海上保安部から各警察に照会の連絡が入ったとしますね。そうすると警察のほうは、受理している捜索願とぴったり重なるものがないかどうかをチェックすることになります。こういう言い方でご理解いただけますか？」

「言ってる意味はだいたいわかる。でも、なぜ横浜海上保安部なの？」

「いや、だからこれは、たとえば川崎沖で身元不明の水死体が見つかったときを想定した場合ですよ」

そう相手が言い終わるやいなや、天笠みゆきは憤然と立ち上がった。僕まで釣られて腰を浮かしたくらいの勢いだった。

「どうして、あたしの妹が川崎沖で水死体にならなきゃいけないの」

「たとえ話だと何度もお断りしたでしょう」

「冗談じゃないわ。ものにはたとえていい事と悪い事があります。行きましょう、三谷さん」

「三谷さん」

と警察官が僕を呼び止めた。

天笠みゆきが椅子を蹴るようにして派出所を出て行き、ただしどこへも歩き去らずに、バッグの中からタバコを取り出して火を点けるまでをドアの硝子越しに眺めてから、僕は警察官に向き直った。

「気を悪くされたかもしれませんが」と彼が先に謝った。「捜索願というのはおおむねそういうものなんですよ」

「たとえ話でしょう？」僕は礼儀上、相手の職務をねぎらうことにした。「ご説明の意味は素人にもとてもよく判りました」

「話をうかがっての自分の印象では、南雲みはるさんが水死体で見つかるようなことは、まずあり得ないと思うんですよね」

「……ええ」

「コンビニにはもう行かれましたか？」

「はい？」

「南雲みはるさんがリンゴを買いに行かれたコンビニ。三谷さん、自分はどうも、そのリンゴの話がひっかかるんですけどね。夜中にリンゴを買いに出かけたまま女の人が失踪する、そんなのどう考えても変でしょう。コンビニのリンゴと、失踪とは常識ではうまく結びつかないでしょう。何だかね、現実の緊迫感がぜんぜん感じられない。で、仮に、南雲みはるという女性がこのまま行方不明だとすると、それが彼女自身の意志による家出だと仮定すると、これはやはり別の可能性も考えたほうがよくありませんかね、たとえば、まずリンゴを疑ってみるとか」

「リンゴを疑う……？」

「いや、リンゴを疑うというのは言葉の綾で、つまり南雲みはるさんは、日曜の晩、コンビニにリンゴを買いになど行かなかったのかもしれない。たとえばその晩誰かに、誰かというのは犯罪に結びつく誰かという意味ではないのですよ、ごく親しい誰かに……」

「三谷さん！」

と派出所のドアの隙間から天笠みゆきが大声をあげたので、警察官の話は途中になった。でもそれで充分だった。彼の意図するところは途中まででも明確に伝わっていた。

最後の最後まで誠意を見せてくれた派出所の警察官に礼を述べ、外へ出て、待ち構える天笠みゆきのそばへ歩み寄りながら、僕はこう考えてみた。つまり彼の言ったいろんな可能性の中には、南雲みはるが僕に嘘をついていた可能性も含まれるわけだ。

あの日曜の晩、蒲田駅からマンションまでふたりで歩く間に、彼女の携帯電話が鳴った。マンション入口にたどり着いてからも鳴った。どちらも無言電話だと彼女は言ったけれどそれは嘘だったのかもしれない。

（誰だかわからない。それに途中でバッテリーが切れたみたい、充電しないと）

彼女はそうも言ったけれど、それも嘘だったのかもしれない。電話をかけてきたのは彼女の知っている人物で、僕が気づかないうちに彼女とその誰かは何らかの会話を交わしたのかもしれない。

そのあと彼女はマンションの入口から、僕のためにリンゴを買う用事を思い出して夜道を引き返した。それも嘘だったのかもしれない。どこかで待ち合わせた誰かと会うための、あるいは僕に聞かれない場所で誰かに折り返し電話をかけるための、嘘の言い訳だったのかもしれない。その可能性はある。いろんな可能性の中のひとつとして生きている。

「とにかく蒲田警察署まで行ってみましょう」天笠みゆきが待ち構えて言った。「行って、今日中に捜索願の手続きだけでも……」

タバコの吸殻を路上に落とし、パンプスの底で踏み消そうとしている女に僕は寄り道を提案した。

「どこへ？」と天笠みゆきが眉をひそめて聞き返した。「ちょっと待ってよ」

「サンクス。日曜の晩にみはるさんがリンゴを買いに行ったコンビニです」

僕は待たずに歩きだしていた。

彼の言う通り、南雲みはるがあの晩本当にコンビニに現れたのかどうか、まずその点から確かめるべきだ。最初から僕たちはそうすべきだったのだ。

第三章　アクシデント

1

緑色のSUNとUSの間にはさまれたKだけが黄色で描かれ、しかもKは人をかたどった絵文字になっていて、書き順からいえば最初の縦の線の上部を頭に見立てて赤いキャップを被せてあり、下部が脚、次に斜め上を向いた線が短めの腕、最後に斜め下に向かう線がもう一本の脚、そして両足ともに赤いブーツを履かせてある。

いままで気にも留めたことのなかったコンビニエンスストアのロゴタイプを、あらためてじっくりと眺めている間に二本の電話はつながったようだった。

二本の電話のうち一本は、天笠みゆきが携帯を使って「上山」という姓の見知らぬ若い女の携帯にかけた。

見知らぬ若い女の携帯の番号は、封筒の中に一枚だけ折り畳んで入れてあった便せんに書かれていた。ちなみに便せんは濃いブルーの海に白いイルカの泳いでいるイラスト入りで、封筒もそれとセットになったものが使用され、開き口はイルカのシールで止めてあった。

うえやま、とも読めるし、かみやま、とも読めそうな名字の女性は、携帯の番号のほかにも、横書きで次のような短い挨拶を残していた。

「南雲さん。
日曜の晩はどうもご親切にありがとうございました。
とても感謝しています。
ぜひ会って、ひとこと御礼が言いたいのです。
よかったらお電話いただけませんか?」

南雲さんという人物に託されたこの封筒は、サンクスのレジの奥の壁にメモ用紙と一緒にセロハンテープで貼りつけてあった。メモ用紙には「ナグモ様」と太書きのマジックで記され、「様」のあとには感嘆符が付けてあった。

セロハンテープをはがしてメモ用紙のほうは片手で丸め、封筒を天笠みゆきに差し出したのは、僕とほぼ同年配の、「店長」という肩書が似合いそうな物腰の柔らかな男だった。

彼もまた派出所の警察官と同様に、僕たちの話をまともに聞いてくれた。突然やって来て、買物もせずにまっすぐレジの前に立ち、個人的な質問を投げかけたふたり連れをうるさがりもしなかった。

しかもその質問は要約すれば、「先週の日曜の深夜、ここにリンゴを買いにきた女がいなかったか？」という突拍子もない内容である。正直なところ、僕たちは（少なくとも僕自身は）、多少は邪険な扱いをされても仕方がないとの予想の上で訊ねてみたのだ。

ところが彼は質問に真剣に耳をかたむけ、驚くほど素早く記憶をたぐりよせた。そして僕たちの求める回答を提出してみせた。

つまり僕たちの質問の内容と、日曜の深夜に身のまわりで起こった出来事とをすぐに結びつけ、さらに、僕たちの探している人物と、背後の壁にセロハンテープで止めてあるコンビニの客から客へ渡すように託された封筒とを関連づけた。実に人あたりが良く頭の回転の早い店長だった。

「リンゴのことはよく判りませんが」と彼は僕の目を見て訊ねた。「ひょっとして、その女のひとはナグモさんという方じゃないですか？」

答える暇もなく横から天笠みゆきが、その通りだ、それがあたしの妹の名字だと声をはずませた。どうやらナグモさんという人物のことは、僕たちの知らないうちに京急蒲田駅前商店街のサンクス内では話題になっていた模様だった。

こうして上山という見知らぬ若い女から南雲さんにあてられた手紙が天笠みゆきの手に渡り、天笠みゆきの手によって封緘《ふうかん》のイルカのシールがはがされることになったのだ。

次にサンクスの店長は、日曜の晩に身のまわりで起こった出来事を実際に目撃した店員に連絡を取ろうと申し出てくれた。つまり先週の日曜の深夜、僕たちの探している南雲さんがサンクスを訪れた問題の時間帯に、レジを叩いていたアルバイトの店員のことだ。店長は制服のポケットから携帯を取り出してアルバイトの店員の携帯に連絡を入れた。

それが僕がサンクスのロゴタイプを眺めている間につながった二本の電話のうちの、もう一本のほうだった。誰もが携帯電話を持っているおかげで連絡なら誰にでも容易につく。南雲みはるの携帯のように充電さえ切れていなければ、もしくは、意図的に電源が切られてさえいなければ。

「来てくれるっていうからここで会うことにした」と電話を終えた天笠みゆきが報告した。

「三十分後に」

「あと三十分くらいしたらここに顔を出すそうです」と携帯をポケットに戻しながら店長が言った。「でも彼の三十分はいつもあてにならないからな、四十分か五十分と見てたほうがいいですね」

たぶん上山という若い女性はこの近所に住まいがあり、アルバイトの店員のほうもいまこの近辺を移動中なのだろう。腕時計を見ると午後三時半になろうとしていた。

上山という女性にここで会うのが四時。アルバイトの店員がここに現れるのが四時十分か四時二十分頃。いずれにしても四時半までには事実があらかた判明することになる。先週の日曜の深夜にいったいどのようなアクシデントが生じたのか、現場にいた二人からじかに話を聞けることになる。

同じように腕時計に目をやった天笠みゆきがレジのそばを離れ、冷蔵庫から缶入りの飲物をひとつ取り出して戻ってきた。とにかくあたしは四時までここで待つ、という意思が伝わったので、僕も店内を早足で歩いて自分の飲物を取った。ついでに遠回りして空いた手でサンドイッチを二つつかみ、野菜と果物のコーナーに寄り道して、そこでラップで包んだリンゴが売られているのを目に留めてからレジに戻った。

支払いは別々にした。おのおの店長に礼を述べて外に出ると、店の前に（駅前通り商店街に面して）据えてあるベンチにふたり並んで腰をおろした。

「三谷さん」とまず天笠みゆきが口を開いた。

でも名前を呼んだだけで、そのあとに続く言葉はなかなか出てこなかった。

こちらからサンドイッチを差し出してみたが、天笠みゆきは振り向きもしない。別に僕も腹が減っていたわけではないのでサンドイッチは袋に戻して脇に置き、冷えた牛乳をストローで吸った。缶入りのノンシュガードリンクをふたくちほど飲んで、天笠みゆきはまた最初からやり直した。

「三谷さん」と彼女は言った。「まずどこよりも、ここに来てみるべきだったのよ」

「そうですね」僕は素直に認めた。「そう思います」

「今日のことを言ってるんじゃないのよ」

「ええ」

「あたしが言ってるのは月曜の朝のことよ」

僕が考えていたのも月曜の朝のことだった。

あの日の早朝、京急蒲田駅へと急ぐ途中でここに立ち寄り、今日と同じ質問をアルバイト店員に投げかけていれば、その後の展開はずいぶん違っていたはずだった。

「それと日曜の晩のことも」と天笠みゆきは続けた。「マンションから目と鼻の先で何が起こっていたのか、あなたはなんにも知らなかった。もし、みはるの帰りが遅いことをあなたが心配してくれて、ここまで迎えに来てさえいれば、あたしたちはいまこんなみじめなベンチにすわってはいなかったと思う」

その通りだ。もし、という言葉を使うなら、いくらでもその後の違った展開を想像することができる。もし僕がリンゴを欲しがらなければ、もし僕が足もともおぼつかないほど酔っていなければ、もし僕がアブジンスキーという名のカクテルを飲まなければ……。現実には、あの日曜の晩、リンゴを買って五分で戻るはずの南雲みはるを待ちながら、僕は彼女のマンションで、彼女のベッドで正体もなく眠りこけていた。

ちょうどその時刻に、さきほど聞かされた店長の話によると、駅前通り商店街の中へサイレンを鳴らして救急車が入って来た。救急車はいま僕たちがすわっているみじめなベンチのすぐ前に止まっただろう。

救急車を呼んだのはアルバイトの店員で、呼ぶ原因をつくったのが上山という若い女性だった。彼女の手紙にある南雲さんが南雲みはるのことなら――いや、おそらくそうに違いないのだが――あの晩、南雲みはるは上山という女性とともに救急車に乗り込み病院へ向かった。そこまでが、サンクスの店長の説明で判明した事実だ。そこから先のことは、当夜現場に居合わせた人間に聞いたほうが早い。

天笠みゆきはバッグの中からまたメンソールのタバコを取り出して点けた。いまはこれ以上あなたに話しかけるつもりはない、という強い意図の伝わる点け方だった。沈黙の中に、頼りにならぬ男へのいましめの気配、気配というよりも念力に近いものが確実にこめられたタバコの吸い方だった。

僕たちはベンチに並んで商店街の人通りを眺めながら待った。こちらから話しかけることもいまは思い浮かばなかった。思い浮かんだとしても、それは相手には言い訳めいて響くだろうし、言い訳めいて響く言葉は相手にとっては言い訳そのものに違いなかった。

やがて、僕たちはそれぞれの飲みものを飲みほし、代わる代わるベンチを立って空の容器をごみ箱に捨てた。日曜の晩に僕が片手でへりをつかんで、そのそばに吐けるだけのものを吐いた例のごみ箱だった。もえるゴミ、と記された投入口のほうへ牛乳のパックを落として戻ると、ベンチのそばに見知らぬ女が立っていた。

「南雲さんのお姉さんですか？」と彼女は訊ねた。

天笠みゆきがゆっくりと一つうなずいて腰をあげた。そして僕のほうへちらりと視線を投げてから女に向き直った。

「うえやまさんね？」と天笠みゆきが訊き返した。

「かみやまです」と若い女が答えた。

腕時計を見るとぴったり四時を指していた。

2

上山悦子《かみやまえつこ》は法学部の学生だった。

南蒲田のマンションに独り住まいで、毎朝横浜まで電車で通学している。六日前の日曜の深夜、彼女は夏休み中にどうしても仕上げなければならないレポート書きに追われていた。

その時刻にコンビニまで出かけたのは、夜食のおにぎりを買うためばかりでなく、朝から部屋にこもりきりだったので気分転換の意味もあったし、それに仕上がり目前のレポートとは別にもうひとつ抱えた宿題のために、図書館で借りていた資料の返却期限がもう一週間も過ぎていたので、とりあえず必要なページだけでもコピーを取っておこうと思いついたからだった。ちなみに大学の夏休みの終わりはあと三日後に迫っていた。

十一時二十分に上山悦子はワンルーム・マンションを出てサンクスに向かい、サンクスに着いたのが十一時二十二分頃だったと思われる。

普段なら歩いて数分の距離なのだが、夜道ではあるし、近ごろの運動不足も気にかけていたので、マンションの玄関からサンクスの入口まで彼女は（大判の本を一冊小わきに抱えて）一定のペースでランニングをした。だから普段の半分くらいの時間しかかからなかったと思う。

軽く息をはずませながら彼女はサンクスの自動ドアの前に立った。中へ入ってすぐ右手に置いてあるコピー機のほうへ歩み寄り、早速資料の本をその上に開いて載せ、財布からコインをつまみ出して複写の作業にかかった。

でも作業はそこまでだった。指先につまんだコインを挿入口に入れることすら彼女はできなかった。だしぬけに、ほんとうに何の兆候もなくだしぬけに、身体の変調に見舞われたからである。彼女は両手で下腹を押さえてその場にうずくまった。声をあげる暇もなかった。何枚かのコインが指先から落ちて床に散らばり、場違いな、涼しげな音をたてた。

それから上山悦子はすぐそばで誰かが、誰か知らない女性が、

「救急車を呼んで！」

と叫ぶ声を耳にした。でもその記憶は確かではない。あとになって人に聞かされた話をもとに彼女が作りあげた記憶なのかもしれない。

彼女は急激なさしこみにひたすら耐えた。

ランニングでかいた汗とは明らかに異質な脂汗を流して耐えながら、新潟で生まれ育ち、地元の高校を卒業し、上京して以来これまでの十九年間の短い人生をざっと振り返った。

映画のフラッシュバックのような過去の映像が頭の中を流れ、流れつくしたとき彼女はふと思った。これで終わりなんだ。いつの日か裁判官になる、というあたしの夢はまだ一度も司法試験を受けないうちに終わってしまうんだ。

そして彼女の意識は途切れた。次に目覚めたのは月曜の朝だった。

だいたいそのような話を上山悦子は僕たちに語った。つまり、彼女が自らすすんで語り、あるいは天笠みゆきの質問にうながされて語った当夜の出来事を、時間の推移を追って要約すると以上のようになる。

初対面の印象を言えば、上山悦子はまず第一に小柄な女の子だった。第二に人見知りという言葉にあまり縁のなさそうな女子大生だった。第一と第二をミックスすると、法学部の学生というよりも好奇心の強い中学生といった印象になった。

ポニーテールに結った黒い髪は、小柄な身体つきや身体つきに似合った小さな顔に比べて、長すぎるし量もふんだんだった。もしショートカットにすればそのぶん体重が数キロ減ってしまうかもしれない、と余計なことをちらりと思ったほどだった。黒っぽいジーンズに明るいグレーのパーカ姿で、これから大学の図書館に資料探しにいくという話だったけれど、すでに中身の詰まって重そうなショルダーバッグを提げていて、それさえなければ、仮にこれからゲームセンターに遊びにいくと言われても納得できそうだった。

でもそういった印象とは不釣り合いに彼女の喋り方は大人びていた。いかにも新潟の進学校を卒業した法学部の大学生らしく、敬語のポイントもはずさなかった。つまり彼女の話は信頼に足りたし、彼女の話の中で、「救急車を呼んで！」と叫んだ女性が南雲みはるであるのは、続きを聞くまでもなく予想がついた。

「月曜の朝に目覚めて」と上山悦子はつづけた。「南雲さんという女のひとが親切にしてくれたことを知りました。救急車に一緒に乗って病院まで付き添っていただいたらしいんです。らしいんです、というのは無責任のようだけど、あたしが意識を取り戻したときにはもう南雲さんは病院にはいらっしゃらなくて、お顔も見ていないし、直接ご本人から名前を聞いたわけではないんですね。でも、その南雲さんというかたが、あたしのジーンズのポケットの中から携帯を見つけて、実家の電話番号を調べてわざわざ連絡を取ってくれたみたいなんです。おかげで、月曜の午後には新潟から母が駆けつけてくれました。予想外にあたしがけろりとしてたので、『あわてて家を飛び出して損した』なんてあとで言ってましたけど。それで、退院したあと、その南雲さんというかたにぜひ一言御礼をいいたいと思って、でも連絡先もわからないし、このコンビニに手紙を預けたわけなんです」

「退院したのはいつ？」と天笠みゆきが質問をはさんだ。

「それも月曜の午後です。一晩病院のベッドで寝ただけで、ほんとうにけろりと治っちゃってて、あんまりおなかが空いたので退院したその足で、母と一緒にトンカツ屋さんに寄ったくらいなんです。治ったのは全部お医者さんのハンドパワーのおかげなんですけど」

「ハンドパワー？」と天笠みゆきがまじで訊き返したので、女子大生は必要以上に恐縮してみせた。

「ああ、いまのはジョークです。担当の看護師さんがそんなふうに言ってくれたんです。受け売りです。ほんとうのところは、神経性の胃痙攣とかそんな病名だったと思うんですけど、でも、『ほんとのところなんて先生にもよくわかりゃしないのよ』って、その看護師さんは笑ってました。検査してもどこも悪いところが見つからなかったらしくて……。ごめんなさい、妹さんのことをご心配されているときにジョークなんか言って」

「それで結局のところ」と天笠みゆきは表情も変えずに、次の肝心な質問に移った。「妹はその病院で何時頃まであなたにつき添っていたのかしら」

「さあ」上山悦子が首をかしげた。「とにかくあたしが目を覚ましたときにはもう病院にはいらっしゃらなかったみたいです」

「あなたが目を覚ましたのは何時だったの？」

「十時とか十一時とかそのくらいだったと思います」

「十時とか十一時に目が覚めて」天笠みゆきがさらに訊いた。「最初に妹の話を誰に聞いたの?」

「南雲さんのことを最初に教えてくれたのは看護師さんです」上山悦子が記憶を確認した。

「くわしいことはその看護師さんに聞けばわかるかもしれません」

「その看護師さんの名前はわかる?」とこれは僕が訊ねた。

「ごめんなさい」上山悦子が僕たちに謝った。「名前まではちょっと……」

僕たちは駅前通り商店街に面して据えられたベンチのそばに立って話をしていた。で、それからしばらく三人で途方に暮れて立ちつくした。

立ちつくしながら僕が考えていたのは、日曜の晩に上山悦子が運び込まれた病院にいまから出向いて、彼女を担当した看護師をつきとめ、その看護師からくわしい話を聞くしかないだろうという地道なアイデアだった。天笠みゆきが手首を裏返して時計に目をやった。僕と同じアイデアを検討している様子だった。

「あなたが入院したその病院というのは」とまもなく天笠みゆきが呟いた。「ここからは遠いの?」

「いいえ、ここからすぐです」上山悦子が勘のいい答え方をした。「東邦大学の付属病院というところです。よかったらあたしも一緒に行かせてください。看護師さんの名前は憶えていないけど、顔ならわかると思います。むこうでもあたしのことはまだ憶えてくれてるはずだし、あたしがいたほうが話が早いでしょう?」

「図書館の用事は、いいの?」と天笠みゆきが気づかいをみせた。

「いいんです、どうしても今日行かなくちゃいけないわけじゃないし。だいいち、あの晩から南雲さんが行方不明というのならあたしにも責任があります。もういちど南雲さんにおめにかかって、一言御礼を言わないと自分の気持もおさまらないんです。ぜひお手伝いさせてください」

それは心強い、という意味を言外にこめて、天笠みゆきと僕はうなずき合った。

そのとき駅前通り商店街の人通りを縫って一台の自転車が僕たちのほうへ近づき、耳障りなブレーキの音をたてたあげくにそばで止まった。

自転車に跨がったまま上山悦子に笑いかけたのは、格子柄のシャツに薄汚れたジーンズにサンダル履きの青年だった。その青年がさきほどサンクスの店長に携帯で呼び出されたアルバイトの店員に違いなかった。ちなみに時刻は四時二十分を大幅に過ぎていた。

「この人が工藤《くどう》さん」と上山悦子が(案の定)僕たちに紹介した。「あの晩に救急車を呼んでくれたひとです」

「南雲さんのお姉さんでしょ?」工藤という青年はほがらかな声で天笠みゆきに言い、次に上山悦子に話しかけた。

「見てすぐにわかった。ほら、こんな顔の人だよ、南雲さんて。店長から話を聞いてなかったら、あのときの南雲さんだと勘違いしていたかもしれない」

「そんなに似てるの？」と上山悦子が青年に訊ねた。

「うん。そっくり、こっちのほうが髪が短いだけ」

　こっちのほう、と呼ばれた天笠みゆきは口を開く気がなさそうだった。日曜の晩に救急車に同乗して病院へむかった南雲さんは、もはや南雲みはるのことと見て間違いないだろう。念のために僕が代わりに質問した。

「あのときの南雲さんというのが、つまり、救急車を呼ぶようにきみに頼んだわけだね？」

「そうですよ」

「コピー機のそばから」

「そうです、大声で」青年はなおも自転車に跨がった状態で答えた。「俺、何が起きたのかと思って一度そっちに行ってみたら、そこに上山さんが倒れてたんですよ」

「それで一一九番に電話をして、救急車が駆けつけた」

「はい」

「それから？」

「それから、……救急隊員の人たちが担架で上山さんを運んで、店の前に人だかりができて騒々しくなって、救急車が引きあげて気づいたら南雲さんはもういなかったですね。ああ、一緒に乗って病院まで行っちゃったのかってあとで俺は思った」

「そこまでは間違いないのよ」上山悦子が口をはさんだ。「看護師さんも南雲さんに会ってるんだから。でもそのあとが問題で、南雲さんは病院からマンションに戻っていないらしいの」

「らしいね」青年が答えた。「さっき店長から聞いた。心配だよね」

いや、そうではなくて、南雲みはるは一度はマンションに戻った痕跡を残している。その点も間違いないと思えるのだが、僕はその場では口を慎んだ。

「わざわざ来てくれてありがとう」と天笠みゆきが青年をざっとねぎらい、続いて僕をうながした。「上山さんもせっかくああ言ってくれてるんだし、暗くならないうちにその看護師さんに会いに行ったほうがいいんじゃないかしら」

「そうですね、駅まで出てタクシーを拾いましょう」とそっちへ答えてから僕は青年のほうを向いた。「工藤くん、ひとつ聞くけど、月曜の朝に南雲さんを見かけなかった？」

「月曜の朝に、ですか」

「上山さんに付き添って彼女は病院まで行った、その帰りにサンクスに顔を出さなかったのかな？　たとえば事後報告みたいな感じで」

「いや、そんなのはなかったな。南雲さんを見たのは日曜の晩が最後ですよ。それより前なら何度か店にも来てくれてたのを憶えているけど、あのあとは一度もないです。上山さんが御礼を言いに来て手紙を預けていったのは何曜日だった？」

「火曜日の晩よ」上山悦子が答えた。「退院した翌日だったから」

「わざわざ自転車をとばして来てくれてありがとう」と天笠みゆきが先を急いだ。

「いえ、別に何でもないです。俺、どうせ暇だし」

と最後まで自転車を降りずに青年は答えたけれど、その声はほとんど天笠みゆきには届かなかった。彼女の携帯電話が鳴り出していたからである。一言やりとりを聞いただけでそれは夫からの電話だと判った。子供連れで秋葉原に出かけていた夫が帰宅して留守電のメッセージを聞き、妻の指示に忠実に従ったわけだった。

「もうひとつだけ」と僕は空き時間を利用して、大学生ともフリーターとも見分けのつかない長髪の青年に訊ねた。「こんどは日曜の晩の話だけど、南雲さんはサンクスで何かを買ったのかな。それとも買物をする前に倒れている上山さんに気づいたのかな？」

するとと彼は自転車のハンドルをつかんだまま背筋を伸ばして、僕の肩越しにサンクスの店内へと視線を投げた。しばらくその姿勢を保ち、眉を寄せ、目を細めて記憶を呼び戻した。

「買物をしたあとですね」と彼は断言した。「買物のあと店を出ようとして、倒れている上山さんに気づいたんだと思います」

「リンゴ？」と僕は慎重に訊ねた。

「そう、二個入りパックのやつ。あのとき南雲さんはリンゴを買いました。リンゴだけの買物でした。コピー機のそばから俺に救急車を呼べって叫んでたときにも、確かに、あのひとは片手にリンゴの入った袋を握ってましたね。そいで、もう一方の手は倒れ込んでる上山さんの肩に触ってた」

思い出したことを一気に喋ったあとで、彼はそばの上山悦子と顔を見合わせ、ふたたび眉を寄せてこちらを見た。

「なぜそれが判るんです？」

「僕が彼女にリンゴを頼んだ」

3

こうして南雲みはるが日曜の深夜にたどった足取りがおぼろげながら見えてきた。

工藤というアルバイトの店員の明確な記憶によれば、南雲みはるはあの晩、マンションの入口で僕と別れてひとり引き返したあと、コンビニに現れてリンゴの買物をしている。

その点をとっかかりにして、タクシーで東邦大学付属病院へ向かう間に僕は頭の中を整理した。

蒲田駅前でひろったタクシーの後部座席を天笠みゆきと上山悦子のために譲り、運転手の隣のシートに僕は乗り込んだ。病院までの道すがら、後ろで女どうしのお喋りがはずむわけでもなく、後ろからしきりに話しかけられるわけでもなかったので頭の中を整理するのは比較的容易だった。

これまでに判明した明らかな事実は、次のようなことだ。

(リンゴを買って五分で戻ってくる)

と言い残して夜道を引き返した南雲みはるは、現実にサンクスで二個入りのパックのリンゴを買った。そして店を出ようとして、コピー機のそばにうずくまっている上山悦子に気づいた。

　それはちょうど僕がマンションの階段をのぼり、南雲みはるに渡された鍵を使って彼女の部屋に入り、ベランダに出て、目の前を流れる呑川の川面に、ローン会社の赤いネオンがちらちらと映っているのを目にとめていた頃だったかもしれない。ベランダの物干しに取り込み忘れたハンカチの洗濯物がぶらさがっているのに気づいた頃だったかもしれない。あるいは、窓を開け放したまま部屋の中に戻り、彼女のベッドに横たわって、眠気との戦いにあっさりと負けて目をつむりながら、もうじき階下から伝わってくるはずの足音に耳をすましていた頃だったかもしれない。

　とにかくその時点まで、南雲みはるは本当にリンゴを買って五分で戻るつもりでいたのに違いない。もしあの晩、コンビニでのアクシデントさえなければ、つまり突然の腹痛にみまわれた上山悦子がそのときコピー機のそばにうずくまっていなければ。もしくはその様子を南雲みはるが目撃していなければ。

　まずリンゴを疑ってみるべきだ、と派出所の誠実な警察官は忠告してくれたけれど、それは第三者なりの気の回し過ぎ、考え過ぎだと見なすべきだろうし、こうなってみると、その考え過ぎの忠告にうながされて僕があの晩の南雲みはるの台詞まで疑ってみたのも早計だったかもしれない。

あの日曜の晩、蒲田駅からマンションまでふたりで歩く間に、彼女の携帯電話が鳴った。マンションの入口にたどり着いてからも鳴った。どちらも無言電話だと彼女は言ったけれどそれは事実だったのかもしれない。

(誰だかわからない。それに途中でバッテリーが切れたみたい、充電しないと)

彼女のその台詞も言葉通りの真実だったのかもしれない。二度電話をかけてきた相手は二度とも無言で、彼女はその電話を本気で気味悪がっていたのかもしれない。

タクシーが目的地に到着するまでに、僕は当事者なりにそんなふうに考えをまとめた。でも考えをまとめてそれで片がついたわけでは当然なかった。ひとつ辻褄が合えば、ひとつ大きくはみ出す部分も生じる。

南雲みはるはコピー機のそばで脂汗を流して苦しんでいる上山悦子を目撃し、アルバイトの店員に救急車を呼ぶように指示した。アルバイトの店員が指示に従い、救急車がサンクスの前に駆けつける。上山悦子が担架で運ばれ、付き添った南雲みはるはそのまま(たぶんサンクスで買ったリンゴを手にしたまま)救急車に同乗して病院へ向かう。そして病院から、上山悦子の携帯で番号を調べて新潟の両親に連絡を入れる。そこまではいい。

でもそのあとに大きな疑問が生まれる。

翌日の朝、上山悦子が病室のベッドで目覚めたとき、すでに南雲みはるは姿を消していた。上山悦子は担当の看護師から南雲みはるの名前を聞かされている。おそらく彼女は夜のうちに（上山悦子の無事を確認して）病院をあとにしたのだろう。では病院を出て南雲みはるはいったいどこへ向かったのか？

リンゴのことでも、無言電話の件でも、南雲みはるが僕に嘘をついていなかったとして、つまりあの晩、アクシデントに遭遇する前までは本気でリンゴを買って五分で戻るつもりでいたのだとして、ではなぜ彼女は僕を待たせているマンションにまっすぐ戻らなかったのか？　そもそもなぜ僕の携帯に連絡を取ろうともしなかったのか？　その後僕にも、実の姉の天笠みゆきにも連絡しないまま、コンビニで買ったリンゴを持ったまま、なぜ一週間近くも姿を消したままなのか？

そういった大きな疑問へのちょっとした辻褄合わせも考えつかぬうちにタクシーは目的地に到着した。

蒲田駅前からその病院まで、ほんのツーメーターの距離だった。

4

病院内の喫茶コーナーで僕たちは三十分ほど待たされた。

僕たちというのは天笠みゆきと僕のふたりのことで、もうひとりの上山悦子はタクシーを降りるなり僕たちをその喫茶コーナーへ案内し、前の日曜に一日だけ入院経験のある内科病棟へと急いだ。

彼女が自ら例の担当の看護師を見つけて、事情を説明し、僕たちのもとへ連れてくるという手はずだった。その手はずは彼女が単独で考え、僕たちに意見を求める前にさっさと実行に移した。タクシーの助手席で僕が頭のなかを整理している間に、彼女も彼女なりに後ろで善後策を練っていたわけだった。

そこは喫茶コーナーと呼ぶにはあまりにもだだっ広く、僕の通った大学の食堂を連想させるような殺風景なスペースだった。閉店時刻が迫っているせいか、入院患者との面会時間のピークが過ぎているためなのか、テーブルについている客は数えるほどしかいなかった。僕たちは出入口に近いテーブルの端に向かい合って腰かけていた。僕たちの横にはそれぞれ五つ六つ空席があった。そこが人で埋まれば会議でも開けそうな長いテーブルだった。

五時から五時半近くまで僕たちはふたりきりで、寡黙に、次第に冷めてゆく紅茶をすすり合った。ちなみに紅茶の代金は割り勘だった。天笠みゆきはおおむね（彼女も彼女なりの考えに沈むように）伏し目がちにテーブルの上で両手を組み合わせた姿勢を保ち、その手が離れたときには携帯電話に触れて、受信レベルを表示する三本棒が立っているかどうか確かめる目つきになった。自宅で息子とともに待機しているはずの、天笠みゆきの夫からの連絡はなかった。

僕たちのテーブルから窓まではあまりにも遠かったので、外の景色はうかがえなかった。ただ紅葉まえの緑の葉を茂らせた桜の枝が目にとまるだけだった。僕は腕組みをしてそちらの窓と、テーブルに置いたコンビニの袋を眺めて時間をつぶした。袋の中にはさきほどサンクスで買って手をつけていないサンドイッチが二つ入っていた。

腕組みをして椅子の背によりかかり、僕はこう考えてみた。南雲みはるもあの日曜の晩、リンゴの入ったコンビニの袋を持ったままこの病院に現れたわけだ。夜のうちに病院を出たときにも、まだその袋を手にしていただろうか。あるいは月曜の朝――たぶん僕が出張に出たあとだと推測できるのだが――いったん自宅のマンションに戻ったときにもその袋を持っていただろうか。持っていたとすれば、なぜ今日までリンゴは彼女の部屋の冷蔵庫なりキッチンのテーブルなりに置かれていなかったのか。そのことはつまり、月曜日に南雲みはるは再びリンゴの入った袋を持ってマンションからどこかへ出かけた、という事実を示しているのだろうか。

ではいったい彼女は（勤め先に休暇願を出してまで）リンゴを持って今度はどこへ出か

けたのだ？

僕はテーブルのサンドイッチから暮れなずむ外の景色へ、窓越しの桜の枝へともういちど視線を投げ、およそ半年前、まだ世間が花見気分に浮かれていた季節の、南雲みはるとの偶然の出会いに思いをはせた。

春に僕たちは出会ったばかりで、出会いの場所は横浜のデパートだった。その後も、彼女と会うときはいつも僕のほうから横浜まで出向いた。勤め先のある横浜が彼女のホームグラウンドなのだ。最後の晩も——今のところ最後になっているあの日曜の晩も——中華街で食事をして彼女の行きつけの店で飲み慣れぬカクテルを飲んだ。

彼女の行きつけの店。その店の名前が思い出せないせいで僕は眉をひそめ、それからまた別の理由のせいでいっそう深く眉をひそめた。そのときはさして気にかけなかった些細な経緯の中にも、あとから考えれば、とくに素面《しらふ》でじっくりと振り返ってみれば、腑に落ちない点、考え直すべき余地はいくらでも見つけ出せる。その店を紹介されたのはあの晩が最初だった。出会って半年目でようやく南雲みはるは僕を行きつけの店に連れていってくれたわけだ。おそらく以前には他の男とも一緒に飲んだはずの店へ。

でもまだ出会って半年目だ、と僕は思い直した。まだまだ僕たちのつきあいは浅いわけだし、僕が彼女を知っていると考えるほど彼女が僕に理解されているとは考えていないことも薄々はわかっている。それくらいは経験上わかる。僕にとっての彼女の隠された一面、思いがけぬ趣味（たとえばいちど部屋で飲ませてもらった独特の香りの紅茶）や気質（たとえば今回の謎めいた行動）のようなものは今後つきあってゆくうちにいくらでも現れてくるだろうし、同様に、いつか彼女も僕の隠された一面を目の当たりにするだろう。

事実、僕たちはまだスタートラインに立ったばかりだ。つまりふたりがわかり合うまでにはまだ埋めなければならぬ相当の距離があり、しかもその距離の間には越えなければならぬいくつかのハードルもあると、比喩で言えば彼女はそう考えていたふしがあり、その証拠に南雲みはるはいまだに僕のことを下の名前ではなく名字で、他人行儀に、三谷さん、と呼ぶ。呼びつづける。……出会ってからもう半年も経っていたのに、と僕はさらに思い直した。

「お姉さん」

そう呼ばれて天笠みゆきが顔をあげた。呼んだのは僕の声に違いなかった。

「ひとつ立ち入ったことを聞いてもいいですか」

相手は親密な呼びかけに微かに心外な顔をしただけで、だめだとは言わなかったので、僕はかまわず続けた。

「確か、みはるさんから僕のことは何も知らされてない、そうおっしゃいましたよね？」

「ねえ、三谷さん」天笠みゆきは携帯電話に目をやり、それから組み合わせていた両手を離して紅茶茶碗のつまみに触れた。「立ち入った話はみはるが戻ってきてからにしたほうが良くない？」

「僕以外の男のことで、みはるさんから話を聞いたことがありますか？」

「あったとしたらどうなの」

「あったんですね？」

天笠みゆきは冷めた紅茶をひとくち飲み、僕の目ではなくて額のあたりに視線を据えた。あったかどうか思い出している目つきにも見えるし、あったことを話すべきかどうか迷っている目つきにも見える。

「あの日曜の晩のことですが」あったのだ、ということにして僕は先へ進んだ。「実はどうしても腑に落ちないことがあります。ただそのときには、何しろ僕は相当酔っ払っていたし、それが何なのか、いったい何を自分が腑に落ちないと思っているのかもわからなかったんですが、でも今になってみると」

「何なの」すぐに天笠みゆきが焦れた。「何が言いたいのか、てっとりばやく話して」

「郵便です」

「郵便が何なの」

「あの晩、僕たちは蒲田駅からみはるさんのマンションまでふたりで歩きました。マンションの玄関に着いたところで、彼女は郵便受けの中からいつもの習慣という感じで郵便物を取り出した。それが今になって腑に落ちないんです。その日は日曜だったから。わかりますか？　郵便配達のない日曜だったからですよ。きっとその瞬間にも僕は頭の隅に、何かがひっかかったんだと思うんです。つまりですね……」

「その郵便は土曜日に配達されたのよ」と天笠みゆきが先回りして答えた。

「その通りです。僕もそう思うんです。つまり、みはるさんは土曜日にはマンションに帰っていなかった可能性がある。おそらくどこかに外泊したんじゃないか。外泊して、そこからそのまま日曜出勤して、夕方勤め帰りに僕と会い、そしてまる一日ぶりにマンションに帰り着いた。僕の言いたいのはそういうことです」

「それで？」

「それで何度もお話ししたとおり、マンションの入口から彼女はリンゴを買いに引き返しました。僕は鍵をあずかって独りで部屋に入ったんですが、そのとき空気がとても淀んでいる気がしたのを憶えています。今思えばまる一日窓を開けていない、彼女が部屋に帰ってきていない有力な証拠になりますよね。それからベランダの洗濯物もそうです。ハンカチを朝干して出かけたというよりも、そこに一晩出しっぱなしになっていた、直感ですが、そんな気がしてやっぱり微かにひっかかったんです」

そしてその直感は正しかったはずだ。思い出したことを喋るうちに、僕は自分の推理に自信を深めた。

南雲みはるは先週の土曜日の晩、どこかに外泊している。それはもう間違いない。仮に、あのときの携帯電話のバッテリー切れの話に嘘がなかったとして、その話とも矛盾しない。土曜日にマンションに帰らなかったせいで、まる一日携帯電話の充電ができなかったわけだから。

それから僕はこうも考えた。バッテリー切れの話は事実でも、リンゴには嘘がまじっていたのかもしれない。まずリンゴを疑え、という派出所の警察官のアドバイスはやはり職業柄あなどれないのかもしれない。確かに南雲みはるはコンビニでリンゴを買っている。でもそれは単に口実だったとも考えられる。僕へのおためごかしの口実にリンゴを買ったうえで、彼女は誰かに、バッテリーの切れかかった携帯に二度電話をかけてきた誰かに、公衆電話から折り返し連絡を取るつもりだったのかもしれない。

その誰かとは言うまでもなく男だ。しかも土曜日の外泊と関係のある男と考えるのが自然だろう。そしてその男は、そいつは南雲みはるの行きつけの、僕が店名も思い出せないあの横浜のカクテル・バーのことも当然知っているだろう。あの店を最初に南雲みはるに紹介したのは実はそいつだったかもしれないし、おそらくそいつは、僕が一杯半飲んで正体をなくしたアブジンスキーという名のカクテルを、何杯飲んでもしゃきっとしていられるほど酒に強い男のような気がする。理由もなくそんな気がする。

「それで？」と天笠みゆきがいくらか投げやりに（今度は腕時計と喫茶コーナーの出入口を気にしながら）同じ文句を繰り返した。

「それでみはるさんの行方不明と」僕は明言した。「土曜日の外泊にはつながりがあるというのが僕の結論ですね」

つながりがある、という言葉の意味を吟味したあとで、天笠みゆきは小さく二度うなずいてみせた。

「三谷さん」

「はい」

「あなた、みはるのボーイフレンドだと自分で言ったわね？」

「言いました」

「つきあいはどれくらい」

「およそ半年です」

「およそ半年」天笠みゆきはいったん言葉を切った。「およそ半年もの間、あなた、みはるのどこを見てたの」

「どこ、……と言われても」

「みはると会うたびに何を話してたの。あなたはみはるの何を知ってるの」

そう質問をたたみかけたところで、天笠みゆきは急にやめた。

僕の背後に人の気配があった。

「どうもお待たせしました」上山悦子のはずんだ声が言った。「このかたはウルシバラさんです」

振りむきざまに立ち上がると、上山悦子の隣で、見るからに地味で堅実そうな中年女性が僕たちに目礼をした。

白いナースキャップに白衣に白い上履き。小柄で痩せた中年の看護師だったが、もっと小柄な上山悦子と並んで立っているせいで、背の低さよりも痩せぎすの体型のほうが目立った。一本の杭が立っているような印象だった。

「どうも、南雲みはるの姉です」と天笠みゆきが立って自己紹介し、上山悦子に顔をむけて確認した。「さっき言ってた担当の看護師さんね？」

「いいえ、違います」上山悦子が答えた。「あたしを担当してくれた看護師さんはタカツキさんとおっしゃるんですけど、そのかたにウルシバラ看護師長さんを紹介していただいたんです。お忙しいところを来ていただきました」

天笠みゆきが僕に目配せした。どうにかしろ、という意志が伝わったので次に僕が口を開いた。

「ウルシバラ看護師長さん？」

「ええ、南雲みはるさんのお友達のご主人を担当されたかたです」

「お友達のご主人というのは」僕がまた訊いた。「誰？」

「だから南雲さんの」上山悦子がまた答えた。「たぶん学生時代の同級生か何かの、夫にあたる人です」

「だから、それは誰なのかしら？」と天笠みゆきが口をはさんだ。

「あの」ウルシバラ看護師長が片手を胸の前まであげた。「南雲みはるさんをお探しの件は、こちらの上山さんからざっとうかがっています。事情はお察しいたします。ただ、申し訳ないのですが、あまり時間が取れません。あたくしからご説明してもよろしいですか？」

「お願いします」上山悦子がペコリとお辞儀をして、僕たちへの言い訳を添えた。「あたしもここへ来る途中にウルシバラさんからざっと話を聞いただけなんです」

「あたくしからご説明しますね」

とウルシバラ看護師長が僕たち三人を順番に見渡して、早口に喋った。

「その南雲みはるさんのお友達のご主人というかたは岡崎《おかざき》さんとおっしゃいます。こちらの上山さんが救急車で運び込まれた日曜の晩に、ちょうど岡崎さんも急患としてうちの病院にいらしたのです。付き添われていたのは当然ですが岡崎さんの奥さんです。その岡崎さんの奥さんと南雲みはるさんがお友達どうしで、お友達かどうかは詳しく存じませんがとにかくお知り合いで、待合室で偶然再会されたようなのです。それでこの上山さんよりも岡崎さんのご主人のご容態のほうがよほど重かったので、南雲みはるさんはずいぶん親身になって岡崎さんの奥さんを慰めておられた様子でした。その晩はあたくしは南雲みはるさんのフルネームを存じあげませんでしたが、岡崎さんの奥さんが『南雲さん』と呼びかけられるのを確かに耳にしていますし、それにさっきタカツキをまじえて記憶を確認しあったところでは、ヘアスタイルやお顔の様子から判断してその『南雲さん』が最初はこの上山さんに付き添われていた南雲みはるさん、みなさんがお探しの南雲みはるさんに間違いないと思われます。結局、岡崎さんのご自宅のほうまで奥さんを送ってゆかれたのも南雲みはるさんでした。月曜の明け方でした。そこまではあたくしが見届けましたので確かです」

喋り終わると、ウルシバラ看護師長はまた僕たちを順番に見渡した。天笠みゆき↓僕↓

上山悦子の順だった。次に上山悦子が視線を僕から天笠みゆきへと振った。天笠みゆきが僕を見てつぶやいた。

「じゃあ、みはるは……」

「つまりこの病院から」僕があとを引き取った。「こんどはその岡崎さんという人の自宅へ寄り道したわけだ」

「寄り道ではなくて」ウルシバラ看護師長が言葉づかいに厳格なところを見せた。「岡崎さんの奥さんのご様子を見るに見かねて自宅まで送ってゆかれたのです。あたしが岡崎さんの奥さんの知り合いでも、きっと南雲みはるさんと同じことをしたと思います」

「岡崎さんのご主人の容態はそんなに重かったんですか」と僕は流れで質問した。

するとと話の流れが急に淀み、微妙な沈黙が来た。上山悦子がウルシバラ看護師長のほうを気にしながら告げた。

「亡くなられたそうです。その晩」

「クモ膜下出血でした」ウルシバラ看護師長が認めた。「まだ四十代の若さでしたし、あまりにも突然の不幸だったと思います。岡崎さんの奥さんにとっても、もちろんご本人にとっても」

天笠みゆきが僕の視線をとらえてそっとため息をついた。

ついさっき「あなたはみはるの何を知ってるの？」と質問した直後につかれたものとそっくりのため息だった。それ以上口に出す言葉が思いつかない、そういう意味合いのため息だと想像がついた。

「その岡崎さんの住所はわかりますか」と僕が訊いた。

訊いたときにはもうウルシバラ看護師長の手が動いて白衣のポケットからメモ用紙を取り出していた。左下隅に製薬会社の広告の入ったメモ用紙だった。ブルーのボールペンで「大田区大森中四丁目9―4　岡崎さん」と書きつけてあった。

そしてじきにウルシバラ看護師長は一礼すると勤務に戻った。ここというときに登場して南雲みはるの行方に関する貴重な情報をもたらし、そしてまた未練もなくあっさりと退場する。地味で堅実で仕事のできる看護師、そんな印象を残して足早に立ち去った。

「どうもありがとう」天笠みゆきがまず我に返って上山悦子を気遣い、腕時計に目をやった。「御礼に、そこにすわって紅茶でもどう？　と言いたいところだけど……」

「そんな、気になさらないでください」上山悦子が同じ仕草をして言った。「あたしのほうが南雲さんに御礼を言わなくちゃいけない立場なんですから。これから大森まで行かれますか？」

僕の腕時計は五時半と六時のちょうど中間の時刻を差していた。

「三谷さん」天笠みゆきが言った。「大森ならここから近いわね?」

「ここからすぐです」上山悦子が答えた。「タクシーならワンメーターで着くか着かないかくらい。お邪魔でなければあたしもご一緒します」

もちろん邪魔でないことはない、と僕は思ったけれど口には出さなかった。天笠みゆきもその点には触れなかった。事の成り行きに僕同様とまどっていて、邪魔か、邪魔でないかの判断などに余計な頭を使いたくなかったのだろう。

続いて上山悦子が先にタクシーを見つけるために病院の玄関へと走った。そのあとをふたりで歩いて追いかけながら、廊下の途中で僕は切り出した。

「さっきの話の続きですけど」

「さっきの話?」

と聞き返した天笠みゆきの声にも、表情にもいささかの疲れが見えたように思う。そのあと彼女は携帯電話を取り出した。自宅の夫へ再度寄り道の報告をするつもりなのだ。

「土曜日の外泊の話ですよ」

「その話ならもういい」

天笠みゆきが立ち止まらずにリダイヤルのキーを押した。その電話がつながる前に僕が確認した。

「みはるさんがどこに外泊したか知りたくないんですか？」

「見当違いもいいとこよ」

その言葉の意味を測りかねているうちに電話はつながった。ちょっと待って、と天笠みゆきはいったん夫に命じた。

それから、並んで歩く僕のほうへ疲労した目を向けて、先週の土曜日、みはるはあたしたちと一緒にいたの、と言った。みはるはね、うちに泊まったの。

5

南雲みはるは土曜の晩、姉の天笠みゆきの家に泊まった。

二日後の月曜が天笠家のひとり息子の誕生日にあたっていたので、あらかじめ土曜の午前中に、姉は妹の勤め先に電話をかけている。

「月曜の晩は予定どおり、うちに寄ってくれるわね？　可愛い甥っ子の誕生日をすっぽかしたりしないでしょうね？」

そういった感じの電話だったのだろう。

ところが、妹の南雲みはるはこんなふうに答えた。

「よかった、ちょうど電話しようと思ってたとこ。来週は残業が続きそうでちょっと無理みたい。補聴器の相談会でね、予想してた以上に注文が入って来てるの。だから、今日プレゼントを持って顔を出すね」

「今日？　明日の日曜は？」

と、もしかしたら姉は訊ねたかもしれない。でも南雲みはるは当然（僕との夕方からの約束を思い出して）こう答えたはずだ。

「明日も仕事だし、それに夕方からは、ちょっとはずせない用事がある」

それで南雲みはるは土曜日の勤め帰りに、甥っ子へのプレゼントを買って天笠家を訪れた。

相手は父親に連れられて秋葉原にパソコンを見に行くくらいの子供だから、南雲みはるが選んだのはたとえば話題のゲームソフトとか、そういった物だったに違いない。約束どおりの、おまけに二日早い叔母からのプレゼントを子供は喜んだだろう。それから南雲みはるは姉と義兄と甥っ子と四人で夕食をとり、少しワインを飲んだ。

酒飲みの気持というのは僕にはまったく見当もつかないのだが、少しのワインはもっと多くの量の、別の種類の酒の呼び水になるのかもしれない。あるいは、少しのワインというのは、酒飲みの言い方だとだいたいボトル一本くらいを指すのかもしれない。南雲みはるは僕と違っていける口だし、彼女の姉も、姉の夫もたぶん同様だろう。子供が自室にこもって新しいゲームに夢中になっている間に、三人はワインのボトルを一本か二本空け、続けてウイスキーを飲んだ。またたく間に夜が更けた。

もうこんな時間？　と南雲みはるが天笠家のリビングの掛け時計を見あげて呟いたときには、午後十一時を過ぎていた。みはる、今夜はここに泊まってゆきなさい、と姉が言い、まだ起きてゲームをやっているらしい子供を叱るために席を立った。そうしたほうがいいよ、と義兄も勧めた。若い女性が酔って独りで蒲田まで帰るのは物騒だし、それに明日のことを考えれば、うちから出勤したほうがみはるちゃんの会社まではずっと近いんだしね、一緒に朝ご飯を食べて僕が車で送ってゆくよ。

「そうしようかな」

と南雲みはるはソファの背にもたれて背伸びをし、同時にあくびを洩らした。そのあとでグラスに残ったスコッチウイスキーをまた一口飲んだ。

「そうしなさい」と義兄がもうひと押しした。

「じゃあ、お言葉に甘えて」と本人もその気になった。

こうして土曜日の晩、南雲みはるは南蒲田のマンションへは帰らずに、横浜市内にある姉夫婦の家に外泊することになった。

東邦大学付属病院の前で、上山悦子が手配してくれたタクシーに乗り込むまでに、僕はその話を天笠みゆきの口からじかに聞かされた。

もちろん天笠みゆきは事実を短く伝えてくれただけで、あとの部分はぜんぶ僕の想像である。ありきたりの想像ではあるが、きっとそんな成り行きに違いなかった。

タクシーは第一京浜に出ると左折し、二つ目の信号から右に折れると間もなく大森町駅前の近辺に差しかかった。富士銀行のわきを通るあたりで、助手席に乗り込んでいた上山悦子から、

「そこを左に曲がると大森町駅です」

と後ろの天笠みゆきと僕にその情報は伝えられた。

そこをタクシーは逆に右折し、二股にわかれた道をまっすぐなほうへ進み、右手に海苔屋の看板を見てすぐにまた右の路地へ曲がった。それからその一方通行の路地を突きあたりから再び右へ進み、再び別の海苔屋のそばを走ったあげくに停車した。

タクシーが停車すると右手に大きなマンションが見えた。どうやらこの辺がウルシバラ看護師長が書いてくれたメモにある僕たちの目的地らしかった。タクシーならワンメーターで着くか着かないかくらい、と上山悦子が言ったとおり、目と鼻の先にある目的地だっ

た。ちなみにタクシーの料金は僕が持った。

大きなマンションを別にすれば、そのあたりは一戸建ての家々がゆとりを持って立ち並ぶ住宅街で、二手に分かれて探してみたのだが、番地のプレートを頼りに岡崎家の表札を見つけるのにもさほど時間はかからなかった。ちなみに二手というのは、単独の上山悦子と、天笠みゆき・僕のペアのことである。

岡崎家の表札を先に見つけて僕たちを呼びに来てくれたのは上山悦子だった。その間に天笠みゆきと僕は、表札を一つ一つ見て歩きながら、次のようなやりとりを（タクシーに乗ってワンメーター走る前のやりとりの続きを）かわした。

「先週の土曜日、みはるさんはお姉さんの家に泊まって、日曜日の朝もそこから出勤したわけですね？　だから土曜日にマンションに配達されていた郵便物を、彼女は日曜日に帰宅したときに郵便受けから取り出すことになった。それが事の真相なわけですね？」

と僕はまず最初から推理を組み立て直すためもあり、確認の質問をした。天笠みゆきは「田中《たなか》」という表札の家の前で立ち止まって、

「事の真相？　大げさなのよ、言うことが」

と答え、隣の家まで歩いた。その家の表札には「荒川《あらかわ》」とあった。

「日曜日の夕方からは、つまり彼女の仕事が終わった後は、という意味ですが、みはるさ

んは僕とずっと一緒でした。前からその日に会う約束がしてあったんです。しつこいようですが、土曜日の晩に一緒にご飯を食べたりワインを飲んだりしたときに、翌日の約束の話はぜんぜん出なかったんでしょうか」

天笠みゆきが振り返って、また始めるの？　という意味のこもった目つきで僕を見た。

「今度は何を思いついたの」

「つまりですね」僕は表現を少し迷った。「明日の日曜日にボーイフレンドと会う約束がある、ただしそれは前に付き合ってた人とは別の男の人だ、というような話が酒の席で出ても不思議じゃないかなと思ったんです」

「ぜんぜん出なかったわね、どんな男の話も」

「酒を飲みながらどんな話をしたんです？」

「もういい」深い吐息とともに天笠みゆきが背中を向けた。

「あなたの話はもう充分。まともに聞いてると夜になってしまう」

僕はすぐに後を追いかけて、もののはずみで天笠みゆきの腕をつかんだ。実際にはつかみそこねて彼女のカーディガンの肘のあたりをつまむ恰好になった。彼女は僕の手を振り払わずに、くの字に曲がった自分の肘の形をじっと見守り、それからなおも無言で僕を見上げた。生地が伸びる、と言いたげだった。

「僕が思いついたのはこういうことです」カーディガンをつまんだ手を放して僕は喋った。「みはるさんは、日曜日は僕とずっと一緒にいて、土曜日はお姉さんの家に泊まっている。それ以前、つまり先週の金曜日まではやはり仕事で忙しかったはずです。残業が続いているという話は僕も聞かされていました。だから、そういう事情も含めて、ひとつ思いついたんです。まあ、どうでもいいと言えばどうでもいいことなので、突拍子もなく聞こえるかもしれませんが……」

「ほんとうに夜になるわよ」

「アブジンスキーというカクテルを知ってますか?」

この質問に対して天笠みゆきが口を開きかけたとき、僕の背後で犬がひと声吠えた。振り向くと、長い巻き毛の大型犬がロープにつながれていて、ロープの端を握っているのはサンダル履きに短パン姿の呑気そうな中年だった。「竹下《たけした》」という表札の家の門の前で僕たちは立話をしていたので、男はそこの住人に違いなかった。

犬がもうひと声吠え、男がその犬を軽く叱った。僕たちは揃って隣の家の前まで場所を移動し、竹下家の住人が門を開けて中へ大型犬を引っぱりこむまでを見とどけた。

「ゴールデンレトリーバーよ」と天笠みゆきが言った。「サンドイッチの入った袋なんかぶらさげてるから犬に吠えられるのよ。そんなもの、いつまで持ってるのよ。……それで？　あたしが何を知ってるかって？」

「アブジンスキー。カクテルの名前です」

「アブジンスキー、カクテルの名前」と天笠みゆきが復唱した。復唱したあとで深いため息をついた。「何かの冗談なの？」

冗談ではなくて、僕が考えていたのは——南雲みはるの土曜日の外泊先が姉夫婦の家だと判明したあとで考え直していたのは——次のようなことだった。

南雲みはるは最近仕事で忙しかった。彼女の勤め先は米国製の補聴器を輸入・販売する会社で、ちょうど今の時期——敬老の日の前後はいわば書き入れ時である。彼女は毎日毎日残業までして新しい補聴器を組み立て、修理に回ってきた補聴器の部品を取り替えたりしている。要するに、最近の彼女の私生活に、男の（僕以外の男の、という意味だが）影がさす余地などはなかったのではないか？

南雲みはるに連れてゆかれた横浜のカクテル・バーの件に、僕はしつこくこだわっていた。出会って半年目でやっと彼女の行きつけの店を紹介してもらえた、という弱気な考え方もむろんできる。でも逆の考え方も成立するだろう。

その店を紹介してもらうまでに半年を要したのは、ひとつには僕が酒を飲まないせいだ。彼女の立場から考えてみれば、酒を飲まない男を無理やりカクテル・バーに引っぱって行っても面白みがない。全然ないだろう。にもかかわらず、彼女は結局僕をそのなじみの店に連れて行った。酒を飲まない僕と、あえてそこで——下戸の僕には一生教えなくてもかまわなかったはずのプライベートな場所で——一緒に時間を過ごしたいと彼女は考えてくれたわけだ。出会ってたったの半年目で。しかも仕事が忙しい時期の合間を縫うようにして。

そう考え直してみると、あのカクテル・バーを最初に南雲みはるに教えたのは彼女の失踪に何らかの関係のある男、と理由もなく直感したこと自体、誤りだったような気もする。土曜日の外泊先を知った今となっては、むしろ、彼女にその店を紹介したのは南雲みはるの姉夫婦で、アブジンスキーを何杯飲んでもしゃきっとしていられるほど酒に強い男というのは（もし身近にそういう男がいるとすれば）それは彼女の義兄ではないか？　と推理を進めるのが自然のような気がする。

もちろん、どんなふうに推理を進めようと、南雲みはるが現在失踪中であることに変わりはなく、僕が今さら横浜のあのカクテル・バーやそこで飲んだアブジンスキーにこだわるのも、他人の耳には何かの冗談に聞こえても不思議ではない。だからこんな話を誰かにしてもまったくの無駄なのかもしれない。

「聞いたことがありませんか？」と僕はそれでも訊ねてみた。「その名前のカクテルを飲ませる店に行ったおぼえがないですか？　たとえばご主人と一緒に」

答えてはもらえなかったけれど、天笠みゆきの僕を見る表情から、やはりこの質問はするだけ無駄なのだということがまざまざとわかった。

ちょうどそこへ、上山悦子がショルダーバッグを揺らしながら駆け足で現れて僕たちのそばに立ち、通りの反対側の家並みを指さして見せた。

「見つかった？」と天笠みゆきが訊ねた。

「見つけました」とバッグの肩あての位置を直して上山悦子が報告した。「あの二階建ての家です」

上山悦子の人差指が示していたのは、全体が白っぽい印象の、真新しい二階建ての家の二階部分だった。通りに面して二階には二つの窓があり、どちらも閉じていて内側にカーテンが引かれている様子がうかがえる。まるでそこに、僕たちの探し求める南雲みはるが潜んでいる可能性がある、と言わんばかりに上山悦子の報告は小声でおこなわれた。

月曜の明け方、南雲みはるは夫に死なれた友達をここまで送って来たわけだ。そしていったんは自宅マンションに戻り、勤め先に休暇を願い出て、再びどこかへ出かけた。当然ここへ戻って来た可能性もある。それから今日の土曜までここに、喪中の岡崎家に居続けている可能性もないわけではない。だとすれば、いまここでアブジンスキーの話などにこだわっているのは余計無意味だ。

「三谷さん」

と天笠みゆきの声が僕をうながし、二つの窓を見上げたまま僕はうなずいて見せた。

「とにかく訪ねてみましょう」

6

時刻は夕方六時になろうとしていた。

一週間前に夫に死なれた若い未亡人と幼い子供ふたりの家庭が、その時刻に賑やかさとか騒々しさとかいった表現にふさわしい雰囲気を醸し出しているのはやや奇妙な気がしたけれど、その時刻に、すでに夕食の支度が始まっていて炒め物の油の匂いを漂わせているのは至極当然のことだった。

呼び鈴を押さないうちに玄関のドアが内側から勝手に開き、パステル・カラーのトレーナーにジーンズ姿の、短い髪を栗色に染めた若い女が、家の中に陽気な声をかけてから小走りで僕たちの前に現れたのも（それが当の未亡人であったことも）、あとから考えればさほど驚くほどのことでもなかったと思う。彼女はハンバーグの付け合わせとして急に必要になったブロッコリを買いに出ようとしていたわけだし、後からわかったことだが、その日の岡崎家には彼女の実家の青森から上京した両親と、兄夫婦とその三人の子供たちが勢揃いしていたのだから、仮に好みのうるさい誰かが、ハンバーグが焼ける頃になってどうしても付け合わせにブロッコリが欲しいと我儘を言い出したとしても、それなりに充分うなずける話だった。

それにもちろん、月曜の明け方に夫に急死された妻が、その週の土曜にパステル・カラーのトレーナーを身につけていようと髪の毛をどんな色に染めていようと、他人の僕が関知することではない。夫の死から一週間を過ごした未亡人には、未亡人なりの事情、というか立ち直り方というものがあるはずで、たとえ彼女が家族に陽気な声をかけてスキップを踏むような足取りで門のそばまで出て来ようと、そこに立っている見知らぬ他人の僕たちに屈託のない微笑みを向けようと、そんなことにいちいち驚く必要もないだろう。

門扉を開けながら彼女はふと僕たちに気付き、咄嗟に、財布を持ったほうの手で胸元をおさえて驚きを表現したあとで、首をやや傾けて、

(何か御用？)

という意味合いの笑みを浮かべた。

互いにばつの悪い沈黙がしばらく続いた。

「岡崎さんの奥さんですね？」誰も口を開かないので仕方なく僕が切り出し、こう付け加えた。「南雲みはるさんのお友達の」

「……ええ。南雲みはるさんなら大学のときの」

と答えかけて、相手は僕の手元のコンビニの袋に目をとめた。そんな気がしたのだが、あるいは気のせいだったかもしれない。いずれにしても、彼女は今度は別の意味合いの笑みを浮かべて僕を見返した。難しい問題がいとも簡単に解けた、というときの晴れ晴れとした笑顔だった。

「もしかして」と彼女が訊ねた。「三谷さん？」

「……三谷です」

「やっぱり」彼女が財布を持った手ともう一方の手をたたき合わせた。「お噂は南雲さんから聞いてます」

「僕の噂を？」

「ええ、南雲さんから」と彼女は大きくうなずき、それから不意に、文字どおり一瞬のうちに笑顔を引っ込めて、深々とお辞儀をして見せた。「先日は南雲さんにたいへんお世話になりました。……その後、南雲さんはお元気？」

返事を保留したまま僕は右隣に立っている天笠みゆきに視線を移した。当然ながら、早くも落胆の表情が読み取れたし、早くも落胆する気持は僕にもよくわかった。岡崎家の未亡人の態度からおおむね二つの点が明らかだった。一つ、この未亡人には別に悪気はなさそうだ。二つ、この家の中に南雲みはるは潜んでいないようだ。

天笠みゆきが投げやりな目を僕に向けた。自己紹介をする気も失せた様子なので、僕が名前と南雲みはるとの血縁関係を教えた。すると未亡人がまた両手をたたき合わせて感激し、姉妹の顔がとてもよく似ていると言わずもがなの感想を述べた。それから次に彼女は僕の左隣の上山悦子に関心を示し、僕がどう説明しようか迷っている間に、本人が、

「南雲さんにお世話になった者です。おふたりを手伝って南雲さんの行方を探していますᅳ」

といきなり核心を突く発言をしたので、にわかにその場の空気が引き締まった。

「南雲さんの行方？」と薄化粧の未亡人が眉をひそめ、門扉を閉めて、通りの僕たちの側に出て来た。

そこで僕が事情を説明することになった。

僕たち三人が今日ここに（こんな時間に）たどり着くまでの経緯をかいつまんで話し、ここに来る前に病院で聞いたウルシバラ看護師長の証言（「岡崎さんのご自宅のほうまで奥さんを送ってゆかれたのも南雲みはるさんでした。月曜の明け方でした」）についての

確認を取った。

ウルシバラ看護師長の証言に間違いのないことを、彼女はまずあっさりと認めた。認めたうえで、にわかに表情を曇らせ、自宅の玄関のほうを振り返った。そのとき家の中から誰か大人の声が誰か子供の名前を呼び、叱りつける声が届いたせいもあったと思う。それで彼女は今とりあえずの自分の用事を思い出したのかもしれない。表情を曇らせたまま、自宅の門を離れて歩き出した。

彼女は両手を胸の前で組み合わせて、物事を考え考えゆっくりと歩いた。それが癖のようだった。僕たちは彼女の後を追い、彼女の歩調に従って歩いた。さきほどタクシーの停車した地点を通り、タクシーの入ってきた道とは別の道を抜け、滑り台や砂場のある公園を突っ切り、角に八百屋のある通りまで歩いた。そこまで歩く間に次のような事実が判明した。

月曜の明け方に、南雲みはるは彼女をここまで送ってきたあと、昼前にいったん南蒲田のマンションに戻った。少なくとも本人はそう言って岡崎家を出た。そして実際に夕方早めに再びやって来て通夜の手伝いをした。

月曜の晩、南雲みはるは岡崎家に泊まった。泊まったというよりも、ほとんど一睡もせずに夫の遺体のそばについていた未亡人の相手になり、夜明かししたというほうが正確だった。翌日の午後の葬儀にも南雲みはるは参列したようだ。でも確かなのはそこまでで、そのあとの南雲みはるの行方についてはわからない。

「葬儀場から帰ったときにはもう南雲さんの姿は見えませんでした。実家から両親や兄夫婦が出てきてくれたし、夫のほうの親戚も集まって来るし、悲しんでる暇もないくらいに家の中のことが忙しくなって、それで南雲さんはたぶんもう大丈夫だと思ったんじゃないかしら。それまではあたしのことを心配して、ずっとそばにいてくれてたんですよ。ほんとに心強かったです。そのことはとても感謝しています」

角の八百屋の前で足を止めて、彼女はそんなふうに話をしめくくった。

そしてそんなふうに話をしめくくられてみると、僕たちにはそれ以上聞き出せることは何もなかった。天笠みゆきと僕の携帯電話の番号を教えて、もし南雲みはるから連絡があったら知らせてくれと頼む程度の、ぱっとしないアイデアしか思いつかなかった。

結局、僕たちは八百屋の前で別れた。その八百屋から左に曲がってしばらく歩くと第一京浜に出て、横断歩道を渡り、そのまままっすぐに五十メートルも歩くとそこが京浜急行線の大森町駅だった。

大森町駅に着いたときにはさすがに疲れ果てていた。特に天笠みゆきの目元には疲労がたまっていた。日曜の深夜から火曜の午後まで南雲みはるのたどった足取りはつかめたわけだが、そこで行き止まりだ。そのあとの手掛かりはひとつもない。僕たちは今日やるべきことは全部やった。派出所にもコンビニにも病院にも出向いた。でも明日やるべきことが何なのか、見当もつかない。駅に着いてからも、三人それぞれの行先の切符を買ったあとも、短い挨拶を除けば会話らしい会話はほとんどなかった。

天笠みゆきはこれから横浜まで帰り、夫に事情を説明し、ゲーム好きの息子の世話を焼き、そして行方不明の妹の心配をしつづけなければならない。上山悦子はこれから大学の図書館まで行き、閉館の時刻を過ぎていれば図書館で落ち合うはずだった友人と連絡をつけ、そしてやはり自分が世話になった南雲みはるの行方についてあれこれと頭をめぐらせることになるだろう。

とりあえず明日からも連絡を取り合うことを約束し、僕たちは解散した。逆方向の電車に乗る二人と別れたあと、僕が最初にしたのはごみ箱を探すことだった。サンクスのロゴ入りの袋をぶらさげたまま阿佐ケ谷まで電車を乗り継ぎ、独身寮に帰り着いたあとで袋の中から萎びたサンドイッチを取り出して、それを食べながら南雲みはるのことを考えている自分を想像するとぞっとしなかったからだ。

で、ホームの柱のそばに置いてあるごみ箱の中に袋ごとサンドイッチを投げ捨てたのだが、そのとたんに、頭の隅で何かのイメージが閃いて消えた。それが何かはすぐにわかった。それはリンゴのイメージだった。

岡崎家の門のそばで、未亡人が僕の手元の袋に目をとめ、僕が誰であるかを直感で言い当ててみせた。そのことを大森町駅のホームで僕は思い出していたわけだ。おそらくあの未亡人は、日曜の深夜から月曜の明け方にかけて、南雲みはるが今日の僕と同じように片手にぶらさげていたサンクスの袋を連想したに違いない。袋の中身がリンゴであることも彼女は知っていただろう。

ではそのリンゴはどうなったのか。南雲みはるはそのリンゴを最終的にどこでどう処分したのか。リンゴの処分の仕方と、南雲みはるの行方との間には何らかの関連があるのだろうか？

別に勘の良さを自慢するつもりはないのだが、電車を待ちながらそんなことを考えている最中に、携帯電話が鳴った。

「三谷さん？」と電話をかけてきた女は言った。「岡崎瑠美子《るみこ》です」

それがついさっき八百屋の前で別れた未亡人のフルネームだと気づくまでに、ほんの少し僕は手間取った。

「今、おひとりですか？」

「ひとりです」僕は答えた。「今、ひとりになったところです」

「すみません。よかったらもう一度お目にかかってお話ができないでしょうか」

「これからですか」

「ええ、これから。実は話しておかなければならないことがあります。さっきはいきなり南雲さんが行方不明だと聞かされて、何がなんだかわからなくなって、頭の中が混乱してしまったんです。でも今は冷静です。やっぱり、このことはお話ししておいたほうがいいと思います」

「このこと、というと?」

返事はすぐにはなかった。僕は自分の勘を試した。

「それはもしかして、リンゴと関係のある話ですか?」

「……リンゴ?」

「ご主人が亡くなられた日、南雲みはるがコンビニの袋に入れて持っていたリンゴです」

「そうね」岡崎瑠美子は少し考えて認めた。「そのリンゴとなら、この話は関係がありま す」

7

岡崎瑠美子は公園のベンチで僕が来るのを待ち構えていた。

つい三十分ほど前、岡崎家から八百屋まで歩く途中に抜け道の役割を果たした公園である。要するに彼女は、八百屋でブロッコリの買物を済ませ、近くの公衆電話から大森町駅にいる僕の携帯に連絡を取り、いったん公園まで引き返して、そのままそこで僕を待っていたわけだ。彼女が腰かけていたのは背もたれのない木製のベンチで、膝の上に載せた白いビニール袋からは緑のブロッコリが覗いていたので、八百屋から自宅に戻っていないのは明らかだった。

「何から、どう話していいのかよくわからないんです」

と岡崎瑠美子は最初に断った。

僕が隣に座るのを見届けると、すぐにそういって大きなため息をついた。僕を待っている間に、本気で、何からどう話し始めればよいのか考えあぐねていたのだと思う。

時刻は六時五十分だった。

公園のほぼ真ん中に鉄のポールが立ち、ポールの先端には丸い大時計が取り付けてあった。大時計はそれ自体の内側からの照明でほの白く光り、その光る文字盤が六時五十分を指していた。園内の二基の水銀灯もすでに明かりを灯している。夜の一歩手前、空気が濃紺に染まる時間帯だった。

公園の敷地は大まかにいえば長方形をしていて、一方の長い辺に沿って木製のベンチは据えてあった。僕たちの背後には樹木が等間隔で植わり（ポプラの木のようだ）、その背後には大きなマンションが聳え立っていた。もう一方の、つまり向こう側の長い辺に沿って、左から順にブランコと、ジャングルジムと、滑り台と、砂場が設けられていたが、もちろん時刻が時刻だけにそこで遊んでいる子供の姿は一人も見えない。

もう少し付け加えれば、僕たちのベンチは向こう側のいちばん右に位置する砂場と対面していた。で、いちばん左のブランコのもっと左手から（大森町駅から流れて来るのだろう）大勢の人々が園内に入り込み、一様に大時計のほうへちらりと視線を投げ、短い辺に沿って黙々と歩いてマンションのほうへ抜けて行った。岡崎瑠美子が次に口を開くまで、僕は三十人ほどの通行人の数を数えた。

「実は、南雲みはるさんの行先は想像がつきます」と彼女は次に口を開いた。「でも、あたしがいいたいのは、南雲さんが今どこにいるか、そのことを知っているというのではなくて、夫の葬儀の日に、うちを出たあと南雲さんがどこへ向かったのか、その見当ならつく、という意味です」

「どこですか」

取り急ぎ、そう訊ねてみたが返事はない。初対面の女性の歯切れの悪い話し方に丁寧につきあうには、きょう一日僕はいささか疲れ過ぎていた。でも丁寧につきあうしかないのかもしれない。相手はほんの数日前に夫に死なれた女性なのだし、彼女の歯切れの悪さにはそれなりの、深い事情があるのかもしれない。僕は脚を組んで、しばし回答を待った。

「確かな話ではありません」岡崎瑠美子が留保した。「ただ見当が、というか、想像がつくというだけです」

「話してみてください」

「だから、何からどう話していいのかよくわからないんです」

「岡崎さんのご主人の葬儀のあと、つまり火曜日に、南雲みはるはどこへ向かったと想像されるんですか？」

「静岡のほうだと思います」

「静岡？」

「……ええ。天竜川が流れているのは静岡県ですよね？」

「たぶん」と僕は答えた。「でもなぜ？」

するとを岡崎瑠美子は唇をなめてうつむき、サンダルのつま先で足元の土を掘るような仕草をした。

地面の上に静岡県と天竜川流域の地図でも描いてみせるのかと一瞬思ったけれどそうではなかった。むろんサンダルのつま先で足元の固い土は掘れないし、彼女は今ここで地図を描くつもりもない。

「天竜川はたぶん静岡県のあたりを流れていると思います」僕は繰り返した。「でもなぜ南雲みはるがそこへ向かったと思うんです？」

「やっぱり」岡崎瑠美子が顔を上げた。「きちんと順を追って話したほうがいいですね」

僕は脚を組み替え、ハンカチを取り出して額の汗を拭いた。

「お願いします」

「でも、どこから話し始めればいいのかしら」

「リンゴ」と僕はキーワードを思いついた。「日曜の晩に、病院の待合室で岡崎さんが南雲みはるに会ったとき、彼女が持っていたリンゴ。そのリンゴはどうなりました？」

リンゴという言葉に強く反応して、岡崎瑠美子がうなずいて見せた。

「南雲さんはそのリンゴを子供にあげたんです」

「子供に、というと岡崎さんのお子さんにですか？」

「噓みたいだけど、そのリンゴがきっかけであの子供は南雲さんに心を開いたんだと思うんです」

僕の質問には答えずに、岡崎瑠美子は続けた。

「そばにいるだけで、見ているこっちの頰がぴりぴり痛くなるくらい、そのくらいに張り詰めていた子供の表情が、あのリンゴを見てふっと緩んだくらいだから。ああ、こんなこともあるのかって、あたしは感心しました。リンゴひとつで子供の気持がなごむこともあるのかって。それだったら南雲さんじゃなくても、あたしにだってできたのにって」

僕はハンカチをポケットにしまい、岡崎瑠美子の横顔と手もとに目をやった。彼女の横顔はかなり遠い目つきをし、彼女の手はブロッコリの入ったビニール袋の口を固結びにしていた。どうやら彼女が話しているのは、彼女自身の子供ではなく別の子供についてのようだ。

「三谷さん、これでもあたし大学時代は教育学部の学生だったんです。つい六、七年前までは小学校の先生になるつもりでいたんです。実家のある青森に帰って、教員採用試験を受けて、母校の教壇に立って、ゆくゆくは同じ教員の男の人と一緒になって……と、そんな将来を予定していました。共働きの教員の妻でいるはずの予定が、今はこうして東京で未亡人です。でも、正直いって予定は変更してよかったと思っています。あたしはどう考えても小学校の先生なんかには向いてないから。ぜんぜん向いてないと思います。自分の産んだ子供たちのことで精一杯で、赤の他人の子供にまでは気が回りません。あたしは結局、自分本位な人間なんでしょうね。自分本位な人間には、子供は心を開かないし、自分本位な人間は先生なんかになるべきじゃないですよね。あの女の子が南雲さんになついている様子を見て、あらためてそのことに気づきました。リンゴを一つずつ手に持ってふたりが穏やかな感じで向かい合っている、まるで『心を開く』という題の一枚の絵みたいに。その絵を隣の部屋からそっと眺めているしかないのがあたしです」

そこまで喋るあいだに岡崎瑠美子はビニール袋の固結びをほどき、再び結び上げた。

「でも、じゃあ小学校の教員になる道を諦めて、大学を辞めてまで夫との結婚を選んだのがずばり正解だったかというと、それも今はもう自信がないんです。自分で自分の人生を選び取ったという実感はないんです。ただ、ここまで時が流れて、こんなふうに、なるようになった。ちょっと無責任だけど、そう思えるだけ。夫の通夜の晩に、南雲さんともそんな話になって、そのとき、自分もそれは同じなんだって南雲さんはいってました。あの晩はきっとあたしを慰める意味もあったのかもしれないけど。……南雲さんは、別に大学を中退したことは今更後悔しないといってた。でも、その後の人生が正解だったかと聞かれれば、やっぱり自分自身が頼りなくなる。こんなところで、今、自分は何をやってるんだろうと不安になることもたびたびある。このまま時が経って十年後、二十年後、今と同じ不安を持ち続けているんじゃないかと思うと、夜中に独りで泣きたくなったりもする」

「岡崎さん？」と僕はそこで口をはさんだ。

「わかっています」岡崎瑠美子がまたうなずいて見せた。「話がどんどん逸れていますよね？　でも肝心な事を話そうとすると、どうしてもこうなってしまうんです」

「そうじゃなくて」僕はどんどん逸れてゆく話の中のちょっとした事実が気になったのだ。「南雲みはるも大学を中退したんですか？」

「……知らなかったの？」

「その話は聞いてません」

「だって」岡崎瑠美子が目を丸くして言い返した。「南雲さんは英米文学科の学生だったのよ。大学の英米文学科を卒業した人がどうして補聴器の組み立ての仕事なんかしてると思うの？」

いわれてみれば確かにそのとおりかもしれない。大学の英米文学科を卒業した人は補聴器の組み立て仕事などはしないのかもしれない。ただ、南雲みはるの勤める会社は米国製の補聴器を取り扱っているので、その点で英米文学科卒業生としての英語の知識が生かせると、僕が勝手に思い込んでいただけなのかもしれない。

「ねえ、三谷さん」岡崎瑠美子があらたまった口調でやり直した。「南雲さんの親友で、篠崎《しのざき》めぐみさんという人がいます。その人の話は聞いてますか？」

「いや、聞いてません」

「その人は今福岡に住んでいます。その人も大学を途中で辞めたんです」

「その人の話と、南雲みはるの静岡行きと何か関係があるんですか？」

「いいえ。ない、と思います。でも、順を追って南雲さんの話をしてゆくと、その篠崎さんの名前がいつかは出てくると思うんです。重要な名前です」

岡崎瑠美子の話はぐんぐん逸れてゆく。ここ大森から静岡県へ。静岡県から福岡県へ。公園内の大時計は七時をまわり、日はとっぷりと暮れてしまった。

逸れてゆく話に今は耳を傾けるしかないだろう。岡崎瑠美子のほうも、青森から上京中の身内の晩ご飯の支度を犠牲にしてまで、ここでこうして時間を取ってくれているのだから。僕はまた脚を組み替えて、話の続きを待った。

8

「あたしたち三人は、十代の終わりに横浜の大学で知り合いました」

と岡崎瑠美子は話を続けた。

「知り合ったといっても、あたしは教育学部で、南雲さんと篠崎さんは文学部の学生だったから、大学の授業で席を隣り合わせたというようなことではなかったんです。知り合ったのはバイト先です。たまたま三人ともモスバーガーで店員のアルバイトの口を見つけたんです。制服を着て帽子を被ってハンバーガーの注文を取るのが主な仕事です。その話は南雲さんから聞いてますか？」

僕は首を振った。僕が首を振るのを見届けてから、岡崎瑠美子はまた話し出した。

「親しくなったのはバイトを始めて半年くらい経ってからです。三人一緒に働くことはめったになくて、あたしと南雲さん、あたしと篠崎さん、南雲さんと篠崎さんといったローテーションで回ってたんだけど、みんな同い年で同じ大学だし、半年も経つ頃にはもう親友といっていい関係になっていました。特に南雲さんと篠崎さんは学部も同じだから大学でもしょっちゅう会っていたと思います。結局のところは、そのあと三人とも、次々に大学を中退してしまったわけだから、何か、変わり者の女の子が三人集まって仲間を作ってたみたいに思われるかもしれないけれど、知らない人から見ればね、でもそうじゃありません。三人ともごく普通の女の子だったんです。たった七年前の話なんですよね。七年前のあたしは、自分でいうのも何だけど、どこにでもいる普通の女子大生でした。小学校の教員になるという将来の目標を持っている。でもそのための勉強ばかりしてるわけじゃない、同級生のボーイフレンドもいる、親からの仕送りも受けているけど、はっきりいって仕送りだけじゃ遊ぶためのお金が足りないからアルバイトにも精を出してる。もうじき二十歳になる女子大生って、みんなそんなものでしょう？　そのへんはあとの二人も同じだったと思います。ただ南雲さんと篠崎さんの場合は、二人とも子供の頃にご両親が離婚されてるという共通点があって、そこがあたしの育った境遇とはまったく違ってましたけど。でもだからといって、二人とも特別変わった人たちでもなかった。やっぱり普通の二十歳前の女の子です。

じゃあなぜ、三人ともせっかく入った大学を中退してしまったの？　それのどこが普通なの？　いまそう訊かれたら、うまく答えられないですね。確かに大学を中退するのは普通じゃないかもしれない、でもあのときはそれが自然に思えた、とあたしの場合は答えるしかないですね。本当に、別にトラブルを起こして大学を辞めたわけじゃないんですよ。三人で相談して同時に辞めちゃったわけでもないんです。三人それぞれに、自主的に退学届を提出したんです。最初は篠崎さんでした。それからあたし、いちばんあとまで残っていたのが南雲さん。南雲さんが大学を辞めたという話を聞いたとき——その話は本人からじゃなくて同じ大学の別の人から偶然知らされたんですが——あたしはもう夫と一緒に暮らしていました。だから南雲さんの場合はちょっと事情がわかりにくいんです。大学を辞めたあと三人で連絡を取り合っていたわけじゃなくて、その後は三人ばらばらです。実はこないだの日曜の晩に、東邦医大で南雲さんに会ったのが六年ぶりだったんです」

「どこに住んでいるかも知らなかったんですか？」

「知りませんでした、お互いに。ただ、南雲さんと再会して聞いた話では、福岡の篠崎さんとの間には手紙のやりとりがあったようです。でもそれも比較的最近の話で、南雲さんの口ぶりだとここ半年くらい、そんな感じでした」

手紙のやりとり、と聞いて僕は反射的に、日曜の夜に南雲みはるの郵便受けに入っていた手紙のことを思い出した。淡いブルーの封筒の宛名書きは女文字で、ただし差出人の名前のない手紙。あれが福岡に住む篠崎めぐみからの手紙だったとも想像できるし、またそうでなかった可能性も大いにある。だいいち大学時代の旧友なら、封筒の裏に差出人の名前くらい書いて普通ではないか？

でも今はそんな推理に時間を費やしている場合ではない。岡崎瑠美子の話はぐんぐん逸れてゆくし、光る大時計の針もぐんぐん進む。僕はいささか疲れている。岡崎家ではハンバーグがとっくに焼き上がっているだろう。彼女にしても一刻も早く帰宅して、付け合わせのブロッコリを茹《ゆ》でなければ間に合わなくなるだろう。

「興味深い話です」と僕は話の方向をUターンさせるために言った。「で、さっきの静岡行きの話ですが」

「すいません」岡崎瑠美子が頭を下げた。謝るというよりもむしろ懇願に近い口調だった。

「もう少し話をさせてください。話してみたいんです。もう少し我慢して聞いてください」

「僕が聞きたいのは、南雲みはるがどこへ向かったのか、なぜそこへ向かったのかという話なんですよ」

「わかっています。もうじきその話になります、急ぎますから」

そして岡崎瑠美子は次のように先を急いだ。

「篠崎めぐみさんは大学を辞めるときに自動車を一台購入しました。本人が欲しがったのは格安で丈夫な国産車です。もちろん中古です。その車を運転して、気ままに旅をしながら横浜から故郷の福岡まで帰る計画を立てていたようです。福岡に帰って、実家のお父さんの仕事を手伝うという話でした。それで彼女は大学を辞めたんです。篠崎さんのお父さんは福岡で印刷とか出版の仕事をされてたと思います。それで、その格安で丈夫な国産車の下見に南雲さんとあたしも同行したことがあります。たまたまそのときに訪ねた中古車のディーラーが、とても感じのよい応対をしてくれる中年の男の人で、結局、篠崎さんはそこで目的の車を手に入れました。ほんとにびっくりするほど格安で丈夫そうな車でした。

あとになってその中年の男性が、儲けなんて一円もなかったんだとあたしに打ち明けてくれたけど、事実そのとおりだったと思います。そんなことで嘘をつく人じゃないから。

　実は、そのときの中年のディーラーというのが、あたしの夫です。月曜日の明け方に東邦医大で亡くなった夫です。つまり、一言でいうと篠崎さんが大学を中退したおかげであたしは夫と知り合うことになり、それからしばらくして、結婚のために今度はあたし自身が大学を中退することになったんです。南雲さんはあたしと夫が初めて出会った横浜の中古車屋さんにもそのとき居合わせたたし、六年後、あたしが夫を失った東邦医大にも偶然居合わせたことになるんです。何だか不思議な縁ねって、そんな話は南雲さんとも通夜の晩にしました。夫はあたしと知り合ったとき四十二歳で、横浜で中古車屋さんのほかに飲食店を二軒経営するちょっとした実業家でした。そんな男がその年まで独身でいたのは、いま考えてみれば確かに変なんだけど、でも夫は、それが神様の思し召しだとか、おまえと出会うために今まで独りでいる運命だったんだとか平気でいえる男だったし、そんな歯の浮くような台詞をまともに聞いてしまうくらいに、あたしは二十歳以上も年の離れた夫を本気で愛していたんだと思います。それに実際のところ、夫はあたしと出会ったときは本当に独りでした。恋愛中も、結婚してからも、夫の身辺にはきれいさっぱり何もなかったんです。この六年間、疑ってみたくなるようなことは何一つなかったんです。日曜の晩に、あの子供がやって来るまでは」

そこまで一定のリズムで喋って来て、岡崎瑠美子は微妙な長い空白を作った。

その微妙な長い空白の作り方で、いよいよだということが僕にも想像できた。実はそこから先が肝心の、南雲みはるの静岡行きに結びつく話なのだった。

「日曜の晩に」と岡崎瑠美子は続けた。「玄関のチャイムが鳴ったのであたしが出ました。ちょうど今と同じくらいの時刻です。玄関に出てみると小学六年生の女の子がひとり、リュックサックを背負って立っていました。小学六年生というのは、あとで南雲さんが聞き出してくれてわかったことなんですが、その年齢にしてはずいぶん背の高い女の子でした。なにしろいきなりだったから、『あなたは誰？　何の用？』というようなことをあたしは訊ねたと思います。すると女の子は、黙って一枚の写真を差し出しました。若いカップルが腕を組んで写っているスナップです。古ぼけた写真です。その写真の裏には下手くそな字で岡崎トオルと名前が書き付けてありました。若いカップルの女のほうの顔には見覚えがありません。でも男のほうは間違いなく夫の、若い頃の顔でした。岡崎トオル、というのは夫の名前です」

「それで？」と僕は先をうながした。また微妙で長い空白が出来つつあったからだ。

「それで……日曜の晩のその後のことはぼんやりとしか覚えていません。夫が玄関先まで出て来て、古いスナップ写真を見て、女の子を部屋に上げることになったんだと思います。あたしは自分の子供たちをお風呂に入れて、それから二階に連れて行って寝かせつけました。そうこうするうちに夫が頭痛と吐き気を訴え始めました。何日か前に似たような症状はあったんですが、夫もあたしもただの疲労だと軽く見ていたんです。でもその晩は、物が二重に見えるといい出して、急に横になったまま動けなくなりました。それで救急車を呼んだんです。夫は昏睡状態のまま病院に運ばれて、まもなく亡くなりました。……それからあとは三谷さんもご存じのとおりです、病院の待合室であたしは南雲みはるさんと六年ぶりに再会しました。南雲さんは夫の葬儀が終わるまでずっとあたしのそばに付いていてくれました。突然うちに現れた子供の面倒もぜんぶ南雲さんが見てくれました」

「子供の面倒……というと？」

「例えば住所を聞き出して親元に連絡を取るとか、警察に保護を頼むとか、今なら少しは冷静に考えられるけれど、でもあの日曜の晩から火曜まで——女の子がうちを訪ねて来てから夫が病院で亡くなって葬儀が片づくまで……何だかドミノ倒しみたいにばたばたと出来事が重なって起こって、とても冷静に考える暇なんかなかったんです。だからあたしはいまだにあの女の子の名前も、住所も、要するに素性を何も知らないままです。南雲さんに任せっきりだったから」

「でも、女の子が静岡県からやって来たということは見当がついてるわけですね？」

「見当がついているのはそれだけです。その町の近くを天竜川が流れている。南雲さんが子供から聞き出してあたしに教えてくれたんです」

「素性は？」と僕は岡崎瑠美子が使ったのと同じ言葉で訊ねた。「南雲みはるは子供の素性を聞き出してあなたに教えなかったんですか」

「教えてくれませんでした」そう答えると同時に、岡崎瑠美子はベンチから腰を上げた。

「あたしが聞かないから南雲さんは話さなかったのかもしれません。でも、今でも別に知りたくもないんです。いったでしょ？　あたしは自分本位な人間だから、正直なところ、あの女の子が目の前から消えてくれてほっとしています。実家の両親も、夫のほうの親戚も、この話は知りません。誰にも話すつもりもありません。できればあたしは、なかったことにしたいんです。子供たちはまだ幼いから、女の子を見たことなんてじきに忘れるだろうし、あたしも忘れるつもりでいます。

　だから、三谷さんにこの話をするのが最後です。三谷さんにだけは、全部話したほうがいいと思ったんです。あたしの知ってることはできるだけ全部。南雲さんが行方不明だと聞いて、とても気になることがあります。夫の通夜の晩に、二人でいろんな話をしたなかに三谷さんの名前も出てきました。彼女は冗談まじりにこんなことをいっていました。もともとはリンゴを買いにコンビニに出かけただけなのに、思いもかけない偶然のせいで、行き違いになったまま三谷さんは札幌に出張してしまった。もしこのまま連絡がつかなければ、仮に、あたしがまたマンションへの帰り道に何かの偶然に巻き込まれて、次々に巻き込まれ続けて姿を消してしまえばどうなるかしら？　出張から戻った三谷さんはドラマの刑事みたいに聞き込みをして、南蒲田のコンビニから東邦医大をたどって大森まではたどり着くかもしれない。でも、そこまであたしのことを心配してくれるかしら？　そのときは確かに冗談まじりで、二人で笑いながら話したんですけど、『姿を消してしまえば』という南雲さんの一言が今になって気にかかるんです。ひょっとしたら、あの一言には何か、あたしの思いも寄らない意味があったのかもしれない」

「それは、姿を消したくなるような何か悩み事を抱えていた、そういう意味ですか？　夜中に独りで泣きたくなることもある、と彼女が洩らしたことと関係がありますか？」

「いいえ、知りません。悩み事の話は聞いていません」

「南雲みはるはここから、その女の子を連れて静岡県に向かった、と岡崎さんは想像しているわけですね？」

「ええ」

「なぜです？」

「あの二人は一緒にいなくなったんです。夫の葬儀が終わって、気づいたらいつのまにか二人とも姿が見えなかったんです。あたしが最後に見かけたとき、さっきもいったように、あの二人はリンゴを一つずつ手に持って向かい合っていました。その絵が今も目に浮かぶんです。静岡行きの新幹線の中でも、やっぱり向かい合ってそのリンゴを齧っている、そんな様子まで想像できるんです」

「でもなぜです?」僕は繰り返した。僕が聞きたいのはそんな想像の絵の話ではない。

「なぜ南雲みはるは、そこまで女の子の面倒を見なくちゃならないんですか」

「さあ、それは」

と岡崎瑠美子はたっぷり時間をかけて首を傾げた。それからこういった。

「それはあたしにはわかりません。南雲さんを見つけ出して、直接本人に聞いてみないとわかりません」

第四章　ヒント

1

「それはあたしにはわかりません。南雲さんを見つけ出して、直接本人に聞いてみないとわかりません」

　この岡崎瑠美子の別れ際の台詞を、土曜日の晩、僕は独身寮に帰り着いてからもおよそ百回くらいは頭の中によみがえらせた。

　もちろん、聞けるものなら今すぐにでも南雲みはる本人に聞いてみたいことはたくさんある。箇条書きにできるくらいにある。が、その晩はとりあえず根本的な質問を三つ用意して、とりあえずの解答を僕なりに考えてみた。

Q●なぜ南雲みはるは素性の知れぬ少女とともに大森から静岡へと（もしくは天竜川流域

の町へと）向かったのか？

A●静岡から家出してきた少女を、少女の家まで送り届けるためだ。

Q●ではなぜ、南雲みはるは未だに静岡から南蒲田の自宅マンションに戻って来ていないのか？

A●旅の途中なのかもしれない。南雲みはるは横浜の勤め先に今週いっぱいの休暇願を出している。少女を静岡まで送り届けたあと、その足で休暇を有効に利用して旅行を続けている。そうでないとは言いきれない。

Q●ではなぜ、その間、南雲みはるは僕にも、実の姉の天笠みゆきにも連絡を取ろうとしないのか？

A●連絡を取る必要がないと考えているのかもしれない。留守中に僕たちがこんなに大騒ぎしているとは気付いていないのかもしれない。


しかし三つの質問に対するそれぞれの解答は、解答を考えた僕自身に言わせても弱いような気がする。あんまり理屈が通っていないような気がする。

第一に、家出少女なら普通は（はるばる静岡の）少女の家までではなく、最寄りの警察へ送り届けるのが理屈だろう。

第二に、でも南雲みはるは（何らかの理由で）普通ではない行動に出たのだとして、たとえば少女を家まで送り届けたあと、その足で旅行にまわるつもりだったのなら、月曜日にいったん南蒲田のマンションに戻ったときに旅支度をしているのが理屈だろう。ところが姉の天笠みゆきの証言によれば、南雲みはるの旅行鞄は部屋に置かれたままだ。

第三に、それでもなおかつ、彼女が旅行中だと仮定して、僕たちに（特に僕のほうに）連絡を取る必要がないと彼女が考えているのだとしたら、それがいちばん理屈に合わない。一週間前の日曜日の夜、彼女は、コンビニでリンゴを買って五分で戻ってくる、と僕に言い残して姿を消した。それっきり連絡を断っているのだから、後に残された僕が大騒ぎしないわけがないのだ。そう考えるのが普通で、もしそう考えないのなら、彼女はよっぽど僕のことをなめている。または病的に物忘れの激しい人間ということになるだろう。

で、結局、岡崎瑠美子の別れ際の台詞に戻ることになる。本当のところはわからない。南雲みはるを見つけ出して、直接本人に聞いてみないとわからないのだ。

Q●では、南雲みはるを見つけ出すにはどうすればいいのか？
A●彼女の足跡をたどって静岡まで（もしくは天竜川流域の町まで）追いかける。

……というようなことを百回は考え直しているうちに、土曜日の晩はさすがに疲れ果ててもいたので、幸いにもぐっすりと眠れた。

翌朝、いつもの習慣でリンゴを齧りながら、眠る前の疑問を百一回目に反芻しているところへ携帯電話が鳴った。

実を言えば、その電話は前日の土曜日の朝にかかって来たのと同じ相手からのものだった。

それでこの日曜日も、午前中に独身寮のある阿佐谷から新宿へ出て、いったん用事を済ませることにした。

そのあと山手線で品川へ行き、京浜急行本線に乗り換えて僕はふたたび、蒲田へ向かうことにした。

2

午後二時過ぎに京急蒲田駅に着いた。

前日よりも一時間ほど遅くなったのは、それだけ新宿での用事が長びいたせいである。新宿駅の東口を出たところにある硝子張りのフルーツパーラーでその相手とは待ち合わせた。その相手と新宿で会うときは、いつも同じフルーツパーラーが待ち合わせの場所になる。お互いに念を押さなくても、「新宿で会う」と電話で約束すれば自動的にそこで会うことになる。

そしてその相手は待ち合わせの時刻に必ず十五分遅れてやって来る。それが癖だ。一方、僕は苦労せずに約束の場所に早くも遅くもなくたどり着けるタイプなので、たいてい待ち合わせの時刻どおりにフルーツパーラーの入口に立つことになる。相手の悪癖をそのときになってようやく思い出し、また十五分独りで待つことになるのだな、と悟ることになる。それがその相手と待ち合わせるときの僕の習慣である。つまりはその程度の付き合いなのだ。

この日も相手が十五分遅れることは目に見えていたので、フルーツパーラーの入口から引き返して、道路を隔てて斜向かいにある紀伊國屋書店に寄り道した。そこで静岡県の地図を立ち読みして、天竜川流域の町とひとくちに言ってもどれだけ広域にわたっているか、その点を再確認し、南雲みはるの足跡を追って現地へ出向くという昨晩のアイデアは無謀だし、今ここで捨て去るべきだ、と自分に言い聞かせた。

そう言い聞かせてみると、この日の僕にできることはあと二つ残っているようだった。

一つは、南雲みはるが火曜日に大森から静岡に向かったという（確率の高い）新情報を、姉の天笠みゆきに伝え、また昨日と同様にコンビを組んで善後策を練ること。

もう一つは、僕が単独で、岡崎瑠美子の話に出てきた大学時代の親友――現在は福岡県に住む篠崎めぐみの線をたどってみること。南雲みはると篠崎めぐみとの間には文通があったらしいから、南蒲田のマンションに行けばその手紙が見つかるかもしれない。手紙が見つかれば――中身を読むのは多少気が引けるけれども――篠崎めぐみの福岡県の住所は判明するだろう。判明すればそっちと連絡をつけて、大学時代の親友から南雲みはるの行方に関する新しい情報が、もしくは行方不明に関する何らかのヒントのようなものが入手できるかもしれない。

僕は二つのうちどちらを先に片づけるべきか考えてみた。日曜の午後を新宿のフルーツパーラーで過ごしながら（前日よりも一時間も長く過ごしながら）、相手が好物のパフェのほかにハーブティーとショートケーキのセットをきれいに平らげるのを眺め、そして僕自身コーヒーを二杯飲んでアップルパイを一切れ食べ終わるまでにはなんとか今日一日の方針を決めることができた。昨日もコンビを組んで長い時間を過ごした天笠みゆきと、また今日もこれから会ってコンビを組み直すのは気が進まない。

それで僕は新宿での用事を済ませたあと品川へ行き、そこから京浜急行本線に乗り換えた。

京急蒲田駅には午後二時を少しまわった頃に降り立った。

前の日と同じように駅の東口から出て、第一京浜にかかる歩道橋を渡り、駅前通り商店街を抜けて、南雲みはるの借りているマンションまで約七分かけて歩いた。

　駅前通り商店街の途中で、例のコンビニの前を通ったけれど立ち止まらなかった。レジに立っているのが人あたりの良い店長なのか、工藤という名のアルバイトの青年なのかも見分けられなかった。どちらであろうと、別に挨拶の必要もないだろう。

　マンションに着くと、五階まで上ってゆく前に念のため503号室の郵便受けを開いてみたが、中は空っぽだった。日曜だから郵便の配達はない。あたり前の話だ。

五階まで階段を上りきり、前日と同様に開放廊下を端まで歩いて503号室の前に立ち、呼吸を整えて、まずドア・チャイムのボタンを押した。

　二度続けて押して、しばらく待ち、同じ押し方を繰り返した。

　応答はなかった。これも今やあたり前の話だ。昨日まで帰って来ていない人間が、そのせいで僕たちが大騒ぎしている人間が、今日になってあっさりと帰宅しているわけがない。

　僕はポケットから503号室の鍵を取り出して、鍵穴に差し込んだ。本来ならこの鍵は、昨日のうちに天笠みゆきに返しておくべきだったのかもしれない。……しかし、と僕は鍵を回しながら自分で自分に言い訳した。これは南雲みはる本人から僕が預かった鍵だ。だから、僕の手で本人に返すのが筋だ、そういう考え方もありだろう。

　ちょうどそのとき部屋の中で電話が鳴りはじめた。

鍵を抜いてドア・ノブを回しかけたときだった。僕はドアを開けて室内に侵入し、玄関の靴脱ぎに立ったまま呼び出しコールを二回まで聞いた。それから電話に出る決心をつけて急いで靴紐をほどき、DKから奥のフローリングの部屋へと走った。

いま鳴っている電話はこの部屋の住人である南雲みはるにかかっている電話だ。その可能性が高い。が、わずかながら、南雲みはる本人からこの部屋にいるかもしれない誰かに向けてかかっている電話の可能性もある。ほんのわずかながら。

奥の部屋に入ってすぐ右手の壁際にシングルベッド、それとは反対側の壁に寄せてライティング・ビューローと鏡台と洋服箪笥。鏡台と洋服箪笥の間のスペースに高さが一メートルほどの籐の小物入れ。電話はその上に載っている。コードレスの子機が親機と合体した状態でそこに置かれている。

五回目の呼び出しコールが鳴り出した瞬間に子機を取り上げて耳にあてた。期待した声は聞こえてこなかった。

電話をかけてきた人物は一声も発しなかった。ただ耳もとにどこかの街の喧噪が微かに伝わってくるだけだ。もしもし？　とこちらから言いかけたとき、電話はぷつりと切れた。

受話器を元に戻し、僕はあらためて室内を見渡してみた。南雲みはるがゆうべここに帰宅している気配はもちろんなかった。ライティング・ビューローの天板は折り畳まれたままだ。ベッドメイクもきちんと整っている。昨日そこにあったものは、そこにあるまま一ミリも動いていない。

閉め切った窓のせいで空気も昨日同様によどんでいる。ベランダに向いた窓を開け放ったとき、二度目の電話が鳴った。

「もしもし？」と今度はすぐに僕が言った。

返事はない。

先程とそっくり同じ物音——街中の微かなざわめきが受話器から伝わって来るだけだ。先程と同じ人物が同じ公衆電話または携帯電話からかけているのだろう。

それから数秒の間は根比べになった。ゆっくり七つまで数えたところで、むこうが先にゲームに飽きた。結局お互いに一言も喋らぬまま、電話はまた唐突に切れた。

しばらく待ってみたが三度目の電話は鳴らない。僕はライティング・ビューローの前に行き、折り畳まれた天板を降ろしながら思った。今の無言電話は、南雲みはる本人からのものではないだろう。南雲みはるが失踪する以前に、彼女の携帯に今と同じ嫌がらせをしていた人物がいる。その誰かが、今度は携帯にではなく部屋の電話にかけてきた。そう考えたほうがよほど辻褄が合う。

(最近よくかかってくるの。こちらから何を言っても全然応えてくれない。今のもきっと

同じ人だと思う)

やはり南雲みはるのあの晩の台詞は真実だったに違いない。最近よくかかってくる、という言葉の中には、携帯にだけではなく部屋の電話のほうにも、との意味がすでにあの時点で含まれていたのかもしれない。そういったニュアンスに僕が(酔っ払っていたせいも当然あるけれど)単に気付けなかっただけなのかもしれない。

ライティング・ビューローの前のパイプ椅子に腰をおろして僕は頭を働かせた。確かに、ちょうど一週間前の、あの晩の南雲みはるの台詞に嘘はなかっただろう。それは今こうして現実に、南雲みはるの代わりに無言電話を二度も経験するはめになった僕の、いわば直感だった。しかし同時にその直感は僕にこう囁いてもいる。

この無言電話と南雲みはるの失踪との間にはつながりはないのではないか?

無言電話をかけてきた人物、つまり南雲みはるに対して明らかに悪意を持つ人物は、未だに、南雲みはるの失踪を知らずに嫌がらせを続けているのではないか?

ライティング・ビューローの本立てには、接続コードを巻いた形で携帯電話の充電器が押し込まれていた。充電器がここに放置されている、ということは南雲みはるの携帯電話は今もバッテリーが切れた状態にあるはずだ。彼女の行方を心配している者も、彼女に悪意を持つ者も、今の時点では平等に彼女の携帯には電話をかけることができない。つまり、無言電話をかけてきた人物も、そして僕も、彼女の行方がつかめなくてもどかしい思いをしている、その点では同様なのだ。

無言電話と南雲みはるの行方不明とを関連づけて考えるのは無意味だ、と僕は直感に従って結論を出した。結論を出したあと、試しに数分間だけ、三度目の無言電話を待ってみたがそれは鳴らなかった。

そこで当初の予定どおり、南雲みはるの行方に関する何らかのヒントを得るために、大学時代の親友が書き送ったはずの彼女あての手紙を探す作業に移った。

三度目の電話が鳴ったのは、その作業が終わりに近づいた頃のことだった。

福岡に住む篠崎めぐみから南雲みはるに宛てた手紙は、案外あっけなく見つけることができた。それは薄いアルミニウムの箱の中に入っていた。その銀色の箱は、ライティング・ビューローの深いほうの引き出しに入っていた。

銀色の箱の底を点検してみると四角いシールが貼られていて、僕の聞いたことのない商品名と、主原料（米、醤油、サラダ油、砂糖、調味料）等が印刷してあった。主原料から推測すると、どうやらこの箱は煎餅とかおかきが詰められていた空箱のようだった。

空箱の蓋を取ると、封書と葉書をふくめてかなりの数の手紙が出てきた。が、その中から篠崎めぐみの手紙を発見するのは容易だった。いちばん上に三通だけ、まとめて置かれていたからである。三通とも封書で、そのうちの一つには宛名も差出人名もなく切手も貼られていなかった。

でもそれは間違いなく篠崎めぐみからの手紙だった。真白な封筒の中には三枚の便せんが折り畳まれて入っていた。僕はそれを取り出して開いた。他の二通と同じブルーのインク、同じ文字で書かれた手紙だった。走り読みすると次のような文面が目に止まった。

『……一緒に送った紅茶は、ＢＯＨ・ＴＥＡという名のマレーシア産の紅茶です。日本では今のところ福岡でしか手に入らない貴重なものです。香りにも味にもちょっと癖のある紅茶ですが、思い起こせば、モスバーガーにだって紅茶を合わせて飲んでいた南雲さんのことだから、きっと気に入ってくれると思う』

そのあと僕は便せんを持ったままＤＫへ行き、食器棚の戸を開けて紅茶の缶を手に取ってみた。確かに「ＢＯＨ」という文字が記してあった。ＢＯＨ・ＴＥＡのアールグレイだ。前に一度、この部屋で南雲みはるに作ってもらった独特な風味の紅茶は、要するに篠崎めぐみが福岡から送って来たものだったわけだ。で、僕がいま手に持っているこの手紙は贈り物の紅茶に添えられたものだ。だから宛名も差出人名もなく、切手も貼られていない。

僕は自分の論理的な推理力に大いに満足し、奥の部屋に戻ってまたパイプ椅子に腰かけた。それから篠崎めぐみの三通の手紙を重ねて脇に置き、他にはどんな人物の手紙が保管されているのかと煎餅の空箱を探ってみた。

当然その際、僕の心の内には他人の私物を漁っているという罪悪感があったはずだ。だからこそ、空箱を探っている最中に（まるで警告を発するかのように）三度目の電話が鳴り響いたとき、僕は飛び上がるくらいに驚いたのだと思う。

三度目の電話の呼び出しコールは五回鳴り続けてぴたりと止んだ。五回鳴り終わると同時に、留守番電話の機能が働いて音声ガイダンスが応答を開始したからだ。その直後に電話は切れた。

親機のそばへ行って確認してみたが、録音メッセージの件数表示は0のままだった。

椅子に戻り、胸の鼓動が少し治まるのを待って、僕はなおも南雲みはるのプライバシーを侵害する作業を続けた。途中でまたしても電話が鳴り響いて僕を飛び上がらせた。

しかし四度目に鳴ったのはこの部屋の電話ではなかった。僕の上着のポケットの携帯電話だった。片手で取り出し、片手で受信ボタンを押して耳にあててみると、

「もしもし？　三谷さん？」と天笠みゆきの声が言った。

「三谷です」

と答えたあとで、僕は空箱から摑み出したばかりの一通の封書に目をやった。

差出人は僕の知らない男の名前になっていた。

「三谷さん、今どこ？」天笠みゆきが訊いた。「阿佐谷？」

僕はその質問には答えずに訊き返した。

「みはるさんからその後、何か連絡がありましたか？」

何もない、と天笠みゆきが答えた。

何の連絡もないけれど、ゆうべから夫ともよく相談したうえで一つの結論を出した、と続けて言うので、僕は男の差出人名から目をあげて天笠みゆきの声に集中した。

結論はこうだった。南雲みはるは勤め先に今週いっぱいの休暇を願い出ている。今週いっぱいということは、つまり今日までだ。明日の月曜からは出勤するつもりで休暇願を出したはずだ。とすれば今日じゅうに、みはるが南蒲田のマンションに帰って来る可能性はまだ残されている。ひょっとしたらもう帰宅している頃かもしれない。そう思って午前中に一度、それからもう一度、たったいましがた電話をかけてみたけれど留守電のままだった。でもまだ諦めるのは早いと思う。夫もそう言っている。みはるは今日じゅうには帰って来るかもしれない。

実はこれから夫と一緒に南蒲田に出向いて、みはるのマンションでみはるの帰りを待つつもりでいる。今夜いっぱい待ってみて、それでも万が一みはるが姿を現さなければ、そのときは明日の朝一番に、家出人捜索願を出す。そんなふうに夫とは話し合った。もちろん捜索願を出すにしても、あのらちのあかない派出所にではなく、今度は本署のほうに直接行ってみるべきだと思うけれど……。

「お姉さん、今どこです？」と僕は急いで訊ねた。「まだご自宅ですか？」

まだ横浜の自宅にいる、という返事だったので僕はとりあえず胸をなでおろした。たった今鳴った電話は、例の無言電話ではなく、南雲みはるの姉からのものだったわけだ。あの姉が夫を伴って今すぐここに現れでもしたら、また昨日のように冷や汗をかきながら言い訳に努めなければならなくなる。

僕は僕の知らない男が南雲みはるに書き送った手紙をいったん煎餅の空箱に戻した。それから携帯電話を右手に持ち替えて、今ここで話しておくべきこと——南雲みはるの静岡行きの件——を姉の天笠みゆきに話すことにした。

ただし、できるだけ手短かに済ませたかったので、大森の岡崎瑠美子から今朝になって僕に電話がかかって来た、という嘘の設定にして、必要な情報のみを天笠みゆきに伝えた。たとえば南雲みはるが静岡まで送り届けたはずの少女の素性や、いったい何のために少女を送り届けなければならないのかという疑問については一切触れなかった。自分でもよく判っていない点に触れると、いっそう話が紛糾してしまうだろう。

でも幸いなことに、天笠みゆきは細かい事にはこだわらなかった。いったいなぜ岡崎瑠美子は今朝になってそんな重要なことを思い出したのか、しかもそれを姉の自分ではなくあなたに電話で伝えたのか、なぜあなたは今朝伝え聞いた話を今の今まで黙っていたのかというような、もし聞き返されたら困るなと喋りながら心配していた質問もなく、代わりに彼女はこう言った。

「じゃあ、要するにみはるは、火曜日にその女の子とふたりで静岡に出かけた。そこまでは確かなわけね？　それから先の行方がわからないわけね？」

そのとおりだ。

「だったらやっぱり、こう考えられない？　みはるは静岡まで女の子を送って行った、でも休暇はまだ何日か残っている、それで静岡から、今度はどこに行ったかは知らないけど、気まぐれな旅行をすることにした」

「でも、みはるさんの旅行用のバッグは部屋の押し入れに置いてある」と僕が指摘した。

「確かそうじゃなかったですか？」

「みはるは静岡で新しいバッグを買ったのかもしれない。……派出所の警官も言ってたけど、そう考えられなくもないでしょ？　みはるは新しいバッグを持って旅行をしている。でも休暇は今日で終わる。今頃新幹線でこっちへ向かっているかもしれない。どう思う？」

「……そうですね。そう考えられないことはないです」

「とにかく、あたしはこれからみはるのマンションに行ってみる」と天笠みゆきが話をしめくくった。「もしあなたのほうに何か連絡でもあったら、すぐにあたしの携帯に電話を入れてね」

確かにそう考えられないことはない。

天笠みゆきの電話が切れたあとで、僕は昨日から通算して百二回目に思った。南雲みはるは休暇の残りで今日まで気ままな旅行をしているのかもしれない。

そして百二回目に否定した。でもやはり、それは事実とは違うだろう。

なぜなら、仮に南雲みはるが今日まで気ままな旅を続けているのだとしたら、その間ただの一度も僕に連絡がないという事実は、百二回考えてみても絶対納得できないからである。納得できる理由が見つからない限り、彼女が今頃新幹線で帰途についている、という予測も支持できない。天笠みゆきの（そしてゆうべから今朝にかけての僕の）希望的観測はおそらく当たらないだろう。

僕はいったん煎餅の空箱に戻した手紙をもう一度取り出し、篠崎めぐみの手紙の上に重ねた。できればこの四通だけでも中身をじっくりと読んでみたい。

もし本当に南雲みはるが今もどこかで旅を続けているのだとしたら、それは決して休暇を利用しての気ままな旅行などではなく、僕には想像のつかない理由・目的を持った旅(のようなもの)であるに違いない。そうとしか考えられない。そしてその想像もつかない理由・目的を知るためのヒントが、あるいはこれらの手紙を読むことで摑めるかもしれない。

横浜の自宅からこのマンションまで、たぶん天笠みゆきは夫の運転する車でやって来るだろう。今すぐに自宅を出たとしてどれくらいの時間でここに現れるだろうか？　いずれにしても、今この場で四通の手紙をじっくりと読んで——正確に言えばじっくりと盗み読みして、あれこれ考え事をしている余裕はないだろう。

僕は煎餅の空箱の蓋を閉め、それをライティング・ビューローの引き出しに戻した。椅子を立ち、ベランダに向いた窓を閉め、もと通りにレースのカーテンだけを引いた。

それから最後にライティング・ビューローの天板を折り畳み、四通の手紙を持って南雲みはるの部屋をあとにした。

3

その日、阿佐谷の独身寮に帰り着くと、僕は南雲みはるの部屋から持ち出してきた四通の手紙をじっくりと読んだ。四通とも一字も漏らさず目をこらし、読み終わると、さらにもういちど頭から読み返した。

南雲みはるに宛てた篠崎めぐみの一通目の手紙。

『南雲さん、お元気ですか？

突然でびっくりさせてごめんなさい。「アサヒ」のママさんから住所を聞いてこの手紙を書いています。

本当に長い間のごぶさたでした！

南雲さん、と呼びかけるのはどれくらいぶりでしょうか。六年？　七年？　私が大学を辞めて福岡に帰ったきり音信不通だったから、もうそのくらいになりますね。

私は今も福岡にいます。

故郷の福岡で、昼間は予備校に勤め、夜は週に三日、中洲という歓楽街でパートタイマーのホステスさんとして働いています。国語辞典に載っている通りの意味での「二足のわらじ」生活です。

予備校では小論文の指導員という立場で、大学受験を目指す少年少女たちが毎週提出してくる1000字程度の文章を地道に赤ペンで添削しています。中洲のクラブではしゃきっと化粧してスーツ姿で小悪魔的な魅力を振りまいて、この不景気に会社のツケで贅沢をするおじさんたちの心を翻弄しています。

いきなりこんなふうに書くと、横浜時代と同じで変なやつだと南雲さんは思うかもしれません。でも私が二足のわらじを履くにいたるまでには、当然、この七年の間にいろんなことが起こりました。それはそれは様々な変遷がありました。

帰郷してまもなく父の経営する出版社が倒産しました。残務整理が終わってみると、実家も土地も借金の穴埋めに消えて、父も私もすっからかんの身分になっていました。私に残ったのは、横浜を出るときに中古車屋さんで買った(憶えているでしょうか?)2000ccのローレルだけ。父と二人そのローレルの中で縮こまって夜を明かしたこともあります。大げさじゃなくて本当にそんな夜もありました。もう思い出したくもない悲惨な日々です。

それからの七年近くを、私は女の細腕一本(現実にはそんなに細くないんだけれど)で乗り切ってきました。まあいま思えば、ちょこちょこっとした幸運や、人との出会いに恵まれもして。

貧乏した人の決まり文句ではあるけれど「お金になる仕事なら何でも」しました。ざっと指を折って数えても三十種類くらいのパートタイム・ジョブに就きました。朝から晩まで、いっぺんに二つも三つもかけもちで働いていたこともあります。横浜での経験をアピールしてモスバーガーにも雇ってもらったし、同じ日にライバル店の新規開店のチラシを配ったりもした。出来の悪い中学生に連立方程式を教えたり、出来の悪い中学生の母親のあくどい仕事を手伝って「泡の出るお風呂」の機械を売りさばいたり、宅配便の下請けで市内を車で走り回ったり、そのあと着替えてパーティ会場でお酌をして回ったり、父のアルバイトを手伝って地方名士の自伝のゴーストライターをやったり、それこそ（顔が赤くなるけど）超ミニのドレスに身をつつんで風俗まがいのお仕事をやってたこともあります。そんな時期を何年も経た末に、現在の「二足のわらじ」生活があります。

今は父も印刷会社に職を見つけて落ち着いています。父が落ち着いたおかげで、私も市内に小さな部屋を借りてやっと落ち着いた暮らしを送っています。二足のわらじの身でこんなことを言うのも何だけど、つつがなく、という言葉がぴったりじゃないかと思うくらいです。

南雲さん。

私は故郷へ戻って来て七年経って、ようやく自分のことが見えてきたような気がします。受験生相手の作文指導と華やかな水商売とをアクロバティックに両立させながら、そんな毎日を「つつがない」と思える自分自身のことが少しだけ。

自分が何者か、とまではゆきませんが、自分が何に喜びを見出せる人間なのか、そういったことが今はわかるような気がしています。私が喜びを見出せるのはどうやら、文章を読み・書きすること、それと、人を幸せな気分にさせること、その二つです。ニキビ面の少年たちの書く退屈な受験用作文を月に何百本読んでも我慢できるのも、セクハラなんて言葉の通用しないホステス業をけっこう楽勝で続けてゆけるのも、根っこの理由は（根っこがあるとすれば）きっとその二つのキーワードで掘り起こせるはずです。あるいはこれからの、未来の私のイメージも、その二つを手掛かりにして想像してみることができるかもしれません。

南雲さん。

突然の手紙で、自分のことばかり書いてしまってごめんなさい。でも私は、南雲さんにはこの七年間の私のことをできるだけ（もっと詳細に）聞いてもらいたいと思っています。それと同時に、七年間の南雲さんのことも聞いてみたいと切望しています。

実は「アサヒ」のママさんからは住所だけではなく電話番号も教えてもらっています。去年、南雲さんが、「もし福岡の篠崎さんから連絡があったら」と言付けて店に置いてきたメモがそのまま私のほうに郵送されて来ています（そのメモが同封されていたママさんからの手紙で、「アサヒ」のマスターが亡くなられたことも知りました）。

今夜、ついさっき南蒲田の南雲さんの部屋に電話をかけてみたのですが、留守電になっていてつながりませんでした。それで、今日は夜の仕事が休みなのでこうやって手紙を書き出したわけです。

ビールを飲みながらここまで書いて眠くなってきたので今夜はおしまいにします。また手紙を書きます。でもその前に、この手紙が着いたころを見はからって電話するかもしれません。

三月十五日　夜　篠崎めぐみ

追伸

あのローレルはもうずいぶん前に人に譲ってしまいました。とにかく丈夫な車だったから、もしかしたらまだどこかで走り続けているかもしれません。中古車屋さんと結婚するために（それが本当ならこの私が縁結びのキューピッド役みたいなものだけれど）大学を中退してしまったらしい内田《うちだ》瑠美子さんは、その後お幸せでしょうか？』

南雲みはるにあてた篠崎めぐみの二通目の手紙。

『手紙と電話をありがとう。

確かに、私たちはお互いのことを、みはる、とか、めぐみ、とか名前で呼びあう習慣はなかったけれど、でもたとえ七年も音信不通だったとはいえ、南雲さんという呼びかけはいくら何でもゆきすぎだったと反省しています。

先月書いた一通目の手紙は全体が他人行儀すぎたよね？　その点も反省。あなたの言う通り。もし一通目の手紙が小論文の試験だったらとても合格点は貰えなかったでしょう。

久しぶりに手紙を書くにしても、あらかじめ一度電話で話しておけばあんなミスはしなかったと思う。手紙を送ったあと、多少気後れしながらも、思い切って電話をかけてみて、いきなり、

「シノザキ？」

と聞き返されたときには、ああ、これが正しい、この七年の時空を超えた名字の呼び捨てのほうが断然正しい！　と私はすでに南雲さんなどと手紙で呼びかけたことを後悔していました。あの瞬間は本当に懐かしかった。

で、ナグモ。

これからは昔に戻ってこう呼ぶことに決めます。

で、ナグモ、さっそく香水を送ってくれてありがとう。

情熱の国スペインの香水「デュエンデ」、確かにあれで間違いありません。こないだの電話でも話したように、夜のほうの仕事の同僚（ピアニスト）がバースデープレゼントに欲しがっていた香水です。あまりにあっさりと手に入ったので、彼女、幸せに目を輝かせています。そして人を幸せな気分にすることは私の喜びでもあります。

ただ、またお願いね、とか調子に乗っているので、横浜のバーニーズ・ニューヨークにたまたま一個だけあったんだよ、また入荷するまでには時間がかかるんだよとよくよく言い聞かせておきました。大事に使うそうです。試しに嗅がせてもらったら、さっぱりした果物みたいな香りで悪くない。おまけに値段も安い。今度は私も一個頼もうかしら？　というのは冗談。とにかくナグモに感謝する。

電話では、見つけたら来週には送る、と言っていたのが本当に来週になったら届いてしまったので、私はまたしても七年の時空を超えて懐かしい大学生南雲みはるの姿をよみがえらせました。有言実行、実践派の人、ナグモ。相変わらずなんだな、となんだか嬉しかった。

例えばあのローレルを買ったときだって、あたしの話を聞いてすぐに中古車屋さんのリストを書き出してくれたのはナグモでした。何軒か下見にまわったあげくにまだ迷っている私を、これに決めなさいと説得して値段の交渉まで引き受けてくれたのも、いま思えばナグモでした。憶えてる?

だからね、ウチダの(というか今は結婚して岡崎瑠美子の)恋のキューピッド役をつとめたのは本当はナグモだったのかもしれない。

私とウチダが大学を辞めたあと、あなたがモスバーガーのバイトを続けながら運転免許を(たったの一カ月で!)取っちゃったという話も、その後すぐに店長の車を借りて、若葉マークを付けて北海道まで一人旅をしたという話も驚きません。ナグモならそれくらいやるだろうなと思うだけ。それからあっさり大学を辞めてしまったことも、その後いくつかの職場を転々として、今補聴器の組み立ての仕事をしていることも同様です。私はあなたがどこで何をやっていようとまったく驚かないような気がする。

それに私はナグモが自分でぼやくほど年を取ったとは思えません。とにかく最初にかけた電話で、「シノザキ?」という第一声を聞いて直感しました。そのうえ有言実行、通販みたいにきっちり届いた香水。ナグモは自分で思っているほど変わってはいないのじゃないでしょうか。

変わったというのなら、それはむしろ私のほうです。去年だったたか、トム・クルーズの

映画を見ていたら、子持ちのガールフレンド役の女優が、
I'm the oldest 26 years in the world.

と呟くシーンがあって、なんだ、これは私のことじゃないか、と見ていて急に白けてしまったくらいです。

ほんとにね、今年でもう二十七歳になって、二十七歳でもうじき四つになる子供を抱えて、しかも普通ならいるはずの夫というものが私にはいないわけで、たまに明け方まで独りで起きているときなんかに、それこそ、

「私は世界中でいちばん老けた二十七歳じゃないのか？」

と考えこんだりすることもあります。

別に弱音をはくわけじゃないけれど、「二足のわらじ」の生活も、ナグモの目には充実して映るわりに、裏には悲しい部分もあります。

でもまあ、二人で愚痴の言いっこはやめましょう。あのときの二十歳がいま二十七歳になったのだから、それだけ年を取ったのも確実なわけです。この七年間が夢ではなかった証拠に、私たちには数々の職歴と恋愛歴がある（あるでしょう？）。おまけに私のそばには一人娘までいる、というわけ。

また長い手紙になった。書いている間に缶ビールを二本空けてしまいました。

一月半ばのセンター試験が終わったあと、しばらく予備校の仕事は暇な時期が続いていましたが、これからは書き入れ時です。来る日も来る日も受験生の書く下手くそな、漢字も間違いだらけの文章を読まされることになります。

最後になりましたが、一緒に送った紅茶は、BOH・TEAという名のマレーシア産の紅茶です。日本では今のところ福岡でしか手に入らない貴重なものです。香りにも味にもちょっと癖のある紅茶ですが、思い起こせば、モスバーガーにだって紅茶を合わせて飲んでいた南雲さんのことだから、きっと気に入ってくれると思う。

四月十一日　夜　シノザキ』

南雲みはるにあてた篠崎めぐみの三通目の手紙。

『ごめん、ナグモ。

今夜は最初から酔ってる。

夜のパートタイム・ジョブを終えて、その足で保育所に寄って、むずかる娘を抱きかかえて帰って来たところ。彼女はすぐ隣の部屋で眠っている。私は着替えるだけ着替えてまだ化粧も落としていない。真夜中の台所のテーブルでいつものようにナグモに手紙を書いている。

ナグモに手紙を書くときだけじゃなくて、何か物を書くときはいつも真夜中に独り台所にいる。娘が眠っているから音楽もかけない。静かな静かな真夜中の台所のテーブル。手を伸ばせば届くところに冷蔵庫があるから、つい手を伸ばして缶ビールを取り出して飲んでしまう。ひとくち飲み下すグビリという音があたりに響くほどしんと静まり返っている。便せんの上を、トンボのモノボールのペン先が滑ってゆくズルッという音まで聞こえてしまう。

マレーシアの紅茶、BOH・TEA、気に入ってくれたようで良かった。あれはね、「アジア・マンス」のバザールで見つけてきたものです。「アジア・マンス」という名の福岡市が主催するイベントが毎年開かれて、その期間中に市役所前の広場にバザールが立つ。そこのテントの店で試しに飲ませてもらって、ちょっと風変わりな味だし、紅茶好きのナグモなら喜ぶかもしれないと思って買ってきた。

そうね、ナグモが手紙に書いているように、気品はないかもね。ロイヤルコペンハーゲンのアールグレイみたいな気品には欠ける。もっと野卑な、怪しげな、たとえて言えば媚薬みたいな味？　媚薬みたい、という表現は当たっているかもしれない。

BOH・TEAのことは松本清張《まつもとせいちょう》（という作家は知ってるよね？）が小説に書いているらしい。マレーシアのキャメロン高原を舞台にした推理小説。BOH・TEAはそこで栽培されている。バザールに出かけたとき、たまたま輸入元の社長さんが店にいて、そんな情報まで丁寧に教えてくれました。松本清張の小説のタイトルは『熱い絹』。文庫で出てるそうだから私も今度読んでみようかと思ってる。

でもそんな話はどうでもよくて、私がまず書きたかったのは、こないだ送ってもらった例の香水にまつわる横浜の事件のこと。あの香水を買いに行ったデパートで、まさに香水売場で、ナグモが見知らぬ男と鉢合わせし、その日をきっかけにしてその見知らぬ彼との交際が始まりかけている（もしくはもうすでに始まっている！）という意外な事実。予想外の展開。

まるで映画みたいな出会い方、と言いたいところだけど、でもナグモ、あなたの手紙からはそれ以上のことが何もわかりません。

例えば出会いの瞬間はどうだったの？　いったいどっちが先に、どんなふうに声をかけたのか、次に会う約束をどう取り付けたのか、もっと詳しく教えなさい。相手がどんな男なのかも具体的に。

電話でも手紙でもナグモは私のことばかり心配して聞きたがるけど（昔からあなたは人の心配ばかりする傾向があったけれど）、たまには私にもナグモのことを心配させて下さい。今度電話をかけたときには私が質問するから、ナグモが一人で喋りなさい。

今ふっと思い出したけど、前にも書いたトム・クルーズの映画の中には、

You complete me.

という台詞も出て来ます。

あなたが私を完全にする。

そう言ってトム・クルーズが子持ちの「世界でいちばん老けた二十六歳」の女にプロポーズするわけ。一人の男と一人の女が一緒にいることで完全になる。理想の姿。そうあればいいなと私も思う。

でも私の場合は、今は娘がいておまけに「二足のわらじ」を履いていることですでに完全であるような気がする。今のところ、これ以上何も要らないし、これ以上先には進めないような、進まなくてもいいような気がしている。もちろんナグモはそうじゃないでしょう。そうじゃないから映画みたいな出会いに遭遇したりするんだと思う。不完全だということは、つまり足りない何かを求めているということだしね。私みたいにすでに完全な人間にはハプニングも起こりにくい。

ナグモの出会ったその男性が、ナグモを完全にしてくれる人であればいいと思います。同時に、ナグモがその男性を完全にすることができるのであれば。

余計なお世話かもしれないけど、一度その彼を「アサヒ」に連れて行くといい。あそこ

のママさんは男を見抜く目を（またはカップルを見抜く目を）持っているから、二人の未来を占ってもらうといい。それでお墨付きが出れば、いよいよ、今度こそ私が親友の恋のキューピッドになれる日が来るかもしれない。だって、その彼との出会いのきっかけを作ってあげたのは、つまり横浜であの香水を探してみてと頼んだのはこの私なんだから。

酔ってまただらだらと書いてしまった。

もう真夜中というより夜明けに近い時刻です。

今日は昼間の予備校の仕事も夜の仕事も忙しくて、本当はくたくたに疲れている。

こんな日は悪い夢を見るに決まっている。

悪い夢の内容も決まっている。

夢の中の私が時間ぎりぎりに仕事に駆けつけてみると、おそろしく広い体育館みたいな場所に、びっしりと円卓が並んでいる。円卓の一つ一つには人が鈴なりで、それは小論文の添削指導を待っている生徒たちだったり、私のサービスを待っているクラブの常連客だったりする。

私は体育館を埋めた人々の姿を見て、全員の小論文を読んで赤を入れるのにどれだけ時間がかかるだろうか？　または、クラブの客一人一人に愛敬を振りまいて回る時間の余裕があるだろうか？　と冷や汗をかきながら心配する。でもやるしかない。やるしかない、と思って私は最初のテーブルに向かって歩いてゆく。

これからその夢を見てうなされて、明日、目覚めたらこの手紙を投函します。

五月八日　未明　シノザキ』

南雲みはるにあてた江ノ旗耕一《えのはたこういち》の手紙。

『拝復。

あなたからの思いがけない手紙が届いてから、今日でほぼ二週間が経過しました。

御返事が遅くなって申し訳ありません。

二週間のあいだ、ずいぶん迷いました。

返事を出すか出さないかではなく、どんなふうに返事を書けば良いのか迷い続けました。

今の僕とあなたとの間の距離をどう測ってよいのかが一番の難問でした。冷たい言い方に聞こえるかもしれませんが、誰に対してであろうと、手紙を書くには相手との距離を見きわめたうえでしっかりとした自分のスタンスが必要だろうと思います。それが僕にはなかなか決められませんでした。細かいことで言えば、あなたのことをどう呼んでよいものか、例えば、みはると名前で呼んでいいのかどうか、そんなことでもぐずぐず迷い続けました。

しかしいつまでも迷っているわけにもいかないので、取りあえずあなたと呼ぶことにして御返事を書きます。

僕があなたの亡くなられたお母さんと離婚したのは、あなたがまだ三つか四つの頃だったと思います。確かあなたのお姉さんが小学校に上がりたての年でした。

それ以来、二十数年間、僕たちは会っていない計算になります。だからあなたも手紙に書いているように、僕の顔を憶えていないのも当然のことです。

僕の写真が一枚も残っていないのは、それはおそらく、あなたのお母さんが意図的に処分されたせいだと思います。彼女はとてもプライドの高い女性でした。それから、嫌いなものは徹底的に嫌うたちの人でした。僕の写真を一枚残らず捨てたというのも充分、うなずける話です。きっと離婚前後の僕は、彼女の嫌っていたニガウリやナマコのように嫌われたのだと思います。

僕のほうには、幼いあなたとあなたのお姉さんの写真が一枚だけあります。上野動物園のキリンの檻の前で僕が撮った写真です。しかしそれを言い訳にするつもりはありません。そんな写真を未だに大事に持っているからといって、僕があなたのことを片時も忘れなかったなどと言うつもりはありません。なにしろ二十数年間、ただの一度も、僕のほうから会いに行くこともしなかったのですから。

あなたのお母さんが亡くなったとき、僕は葬儀にも出席しませんでした。もっとも、僕が訃報を聞いたのは、彼女の死からしばらく経ってからのことでしたが、仮に葬儀に間に合ったとしても、やはり僕は参列を許されなかったと思います。なぜなら僕はあなたのお祖父さんとお祖母さんにも嫌われていたからです。

特にお祖母さんのほうには、離婚話が持ち上がってからはまるで極悪非道の人間のように嫌われていました。もしかしたら僕の写真が残っていないのは、あなたとあなたのお姉さんを引き取って育てたお祖母さんの手で処分されたという可能性もあります。彼女もまた非常にプライドが高く、一度信頼を裏切った人間は二度と許さない性格の人でした。僕はおそらく、彼女の嫌いだったニガウリやマシュマロのように嫌われたことだろうと推測します。

プライドの高さとニガウリ嫌いは南雲家の女性の血筋のようです。たとえばあなたの手紙の中の一節に「姉には知らせないで私一人の考えで書いている」とありますが、そのことも僕なりに疑えば、あなたのお姉さんも未だに僕のことを嫌っているのだろうと想像できるわけです。

そしてたとえそれが事実でも、無理はありません。僕たちが離婚したとき、彼女はすでに物心がついた年齢だったわけだから、父親の責任を放棄して家を出てしまった僕を恨み、今なお恨み続けているとしても無理のないことです。彼女もきっと南雲家の祖母と母親の血を引いて、ニガウリ同然に僕を嫌っているのではないでしょうか。

そういうわけだから、あなたが手紙に「江ノ旗さんの顔を見てみたい、会えるものなら一度だけでも会ってみたい」と書いているのを目にしたときの、少なからぬ僕の驚きも察して頂けると思います。とにかく僕は、離婚の年以来、南雲家の女性とは一生会うチャンスはないものと諦めをつけていたのです。まさか南雲家の女性の中にあなたのようなニガウリを好む人（?）がいるとは予想もしませんでした。

最初に断ったように、御返事が遅れたのは僕のスタンスの問題であって、あなたに会うべきか会わないべきかで迷っていたせいではありません。もし本気であなたが僕の顔を見たいとおっしゃるのなら、僕のほうに異存があるわけもありません。こちらへ来て頂けるのなら歓迎しますし、仕事で都合がつかないようなら僕のほうから出向くことも考えます。

何だか変な手紙になりました。

用件だけなら最後の数行で済むことなのに、余計なことを書き過ぎたような気もします。しかし、考え様によっては、初めから僕がこんな男だとわかったうえで会ったほうが良いのかもしれません。あなたのほうで立派なイメージを膨らませ過ぎて、会って幻滅されるよりはましかもしれません。

あなたと再会できる日を楽しみにしています。

南雲みはる様

七月三十日　江ノ旗耕一』

第五章　八日目

1

月曜の午前中、天笠みゆきから携帯電話に連絡が入っていた。

その内容は昼休みに留守電のメッセージで聞いた。

「やっぱり、みはるは帰って来ません。これから夫と一緒に蒲田警察署まで行きます。今後のことはまた報告します。三谷さんのほうでも、何か気づいたことがあったら、いつでも電話をください」

一週間の休暇が明けても、やっぱり、南雲みはるは南蒲田のマンションには帰って来なかった。これは恐れていたことが現実になったというよりも、むしろ、あらかじめ（週末のうちに）予想していたとおりの展開である。だから今さら驚愕したり（または落胆したり）するほどのことでもない。午前中のデスクワークのあとで留守電のメッセージを聞いたとき、僕はまず自分にそう言い聞かせた。

聞き終えたメッセージを消去して、社員食堂で昼食をとった。それから昼休みが終わる前に、今日はもう社には戻らないというメモを残して、オフィスのある日本橋から銀座まで電車に乗った。

銀座の新橋寄りの一角に我が社の製品を展示しているショールームがある。我が社の製品というのは主にバスタブや洗面台や便器のことだ。ショールームの責任者に会い、再来月に予定されている古い陶磁器製便器（明治から昭和初期にかけて製造された）の展示会のポスターの見本刷りを渡した。それで午後からの仕事は終わった。

仕事が終わってみて、やっと僕は自分が普通の状態ではないことに気づいた。たった一枚の見本刷りのポスターを届けるために、宣伝部の社員が本社から銀座のショールームまでのこのこ出向いたのだ。しかも通勤鞄までぶらさげて。デスクには同僚に宛てたメモまで残して。いったいこれからおまえはどこへ何をしに行くつもりなのだ？

今日になっても南雲みはるが帰って来ないのはあらかじめ予想していたことだ。そう自分に言い聞かせながらも、やっぱり僕はそれなりのショックを受けていたのかもしれない。午前中にすでに彼女の姉夫婦によって家出人捜索願が提出されたはずだった。つまり今日から、正式に南雲みはるは「行方不明者」として警察のコンピュータに登録されたのだ。

どこへ行くあてもなく出口のドアに手にかけたところで、背後から声がかかった。振り向くと、ショールームの案内係の女性だった。

「会社に戻るの？」と囁き声でその女性が訊ねた。

ほとんど同時にドアが外側から開き、二人連れの客が入ってきた。僕たちはその親子(四十代の母と二十代の娘)と見える客に揃って頭を下げた。明るい紺色のユニホームに身をつつんだ女性が二人をショールームの奥へ導き、もう一人の案内係の女性に引き渡した。そこまで見届けて僕は外へ出た。どちらへ向かって歩き出すか決められないうちに、彼女がまた僕のそばに立った。

「目立つようなまねをするなよ」と僕は一応釘をさした。

「きのうはごちそうさま」

と彼女が答をはぐらかした。これは日曜の午後、新宿のフルーツパーラーでの食事の礼を述べているのだ。

「聞いてるのか？　人目に立つようなことはやめてくれ」

「別にかまわないでしょ」彼女が涼しい顔で答えた。「もう何でもないんだから」

「もう何でもなくても、前に何かあったように人は見るだろ」

「あったじゃないの」

僕は思わずドア越しにショールームの中の様子をうかがってみた。誰も僕たちのほうを注目してはいないようだ。少なくともドア越しにうかがえる範囲では。

「あのね、純之輔くん」年上の女が言った。「たったの三分ですむ用事のために、わざわざここまで来るほうがよっぽど怪しまれると思うよ。ひょっとしたらオフィス・ラブの相手でもいて、その彼女にプレゼントされたネクタイをみんなに見せびらかしに来たのかって」

僕は自分の締めているネクタイに目をとめた。彼女の言わんとしていることはすぐにピンときた。確かにそう怪しまれても仕方のないことを僕はしている。ショールームの従業員にも、彼女自身にも。バスタブや便器を作っている会社の宣伝部員と、バスタブや便器のショールームの案内係との火遊びをオフィス・ラブと呼べるかどうかは別にして。そもそもオフィス・ラブなどという言葉自体が今も生きているのかどうかも別にして。

「でも、そうだとしたらあたしは嬉しいな」

彼女が僕のネクタイに手を伸ばして結び目をいじった。

「そうじゃないことはわかってるだろ」

僕は彼女の手を払った。

「あたしがプレゼントしたネクタイよね？」

「偶然なんだ」

ほんとに偶然だったのだ。

「良い意味の偶然よね？　あたしたちの今後の関係にとっては。今後の、あたしたちの関係の修復にとってはと言ってもいい。そう思わない？」

最後まで聞かずに僕は地下鉄の駅にむかって歩き出した。

「どこに行くの？」

僕は答えずに歩き続けた。

どんな意味の偶然にしろ、いま僕が締めているネクタイは彼女からの贈り物に違いなかった。

僕はおよそ半年前の記憶をたぐり寄せた。贈り物の礼に何か欲しい物があるかと彼女に訊ねたこと、それがそもそもの出発点だった。一回きりで終わったオフィス・ラブ（という言葉がいまも生きているとして）の当夜に。

そのとき彼女が答えたのは聞き慣れない香水の名前だった。僕はその香水を求めて横浜まで出かけた。そしてあのマリンタワーの近くにある外資系のデパートで、デパートの香水売場で（篠崎めぐみの手紙にあったように）南雲みはると僕は出会った。

我が社のショールームで働く年上の女は僕にネクタイを贈り、珍しい香水の名前を僕に囁き、僕を横浜まで行かせた。だから元はと言えば、彼女こそが南雲みはると僕との出会いをお膳立てした張本人なのだ。

篠崎めぐみが手紙の中で好んで用いている表現を借りれば、彼女が僕たちの恋のキューピッド役をつとめた、と言っても言い過ぎではない。

2

その夜七時過ぎ、横浜元町にあるバー『アサヒ』の扉を開けた。

それ以前に三時、六時、六時十五分、六時半、六時四十五分と都合五回も電話をかけてみたのだが、つながったのは最後の五回目の電話だけだった。その際、僕は次のように訊ねた。

「店はもう開いてますか？」

「七時から開きます」と年配の女性の声が答えた。

「そこはどの辺になりますか」

「はい？」

「店はどの辺にありますか」

「元町ってわかる?」

「わかります。今そのあたりに立ってるんです」

「じゃあね、そこから何が見える?」

「すぐ前にドイツのお菓子屋さんが見えますね」

「ああ」

「近いですか?」

「そうとう遠いわねえ」

それから僕は片手に通勤鞄を持ち携帯電話を耳にあてたまま、『アサヒ』のママの誘導でかなりの距離を歩かされることになったのだ。

三時に最初の電話をかけたとき、僕は山下町界隈の人込みの中に立っていた。ひょっとして昼間も営業してるかもしれないと期待をかけたのだが、もちろんそんなことはあり得なかった。あの強烈なカクテル、アブジンスキーを飲ませる店が昼間からやってるわけがない。

他に行くあてもないので、通りがかりにバーニーズ・ニューヨークの正面入口から入り、右手奥の香水売場——南雲みはるとの出会いの場所を覗いてみた。試しに「デュエンデ」

の件を訊ねてみると、新しい分が一ダースほど入荷していた。今年の春にそれだけの数が揃っていれば、たった一瓶の香水をめぐって南雲みはると僕が火花を散らすこともなかっただろう。僕たちは単に、たまたま同じ品を求めて香水売場に来合わせた客として、それぞれの買物を日常的に済ませ、そしてその後二度とすれ違うこともなかったかもしれない。

バーニーズ・ニューヨークを出て、マリンタワーを見上げながら、時間つぶしに山下公園まで歩いた。そこで岸壁に係留されている氷川丸をしばらく眺めた。それからまだ時間がたっぷり余っていたのでマリンタワーまで歩き、七〇〇円払って展望台に上り、そこでもまた岸壁に係留されている氷川丸を眼下に眺めた。

マリンタワーを下りてなおも近辺を歩き回り、夕食には少し早い時刻だったが偶然モスバーガーを見つけたので中に入り、高校生のカップルと相席のテーブルで、紅茶（レモン）を飲みながらオーソドックスなモスバーガーとスパイシーモスバーガーを一個ずつたいらげた。

早めの夕食を終えて腹ごなしに近所を散歩し、ふと足を止めて腕時計を見ると時刻はやっと六時だった。川の向こうの元町方面をめざしてさらに歩きながら二度目と三度目と四度目と五度目の電話を『アサヒ』に入れた。

あの晩、南雲みはるに初めて連れてゆかれた店が（晩飯を食った中華街から見て）川を渡った方角にあったことは記憶している。そこまでの僕は完璧に素面だったから間違いない。店の名前までは憶えていないのだが、それが『アサヒ』であることは、篠崎めぐみの手紙を盗み読みした今となっては明らかだろう。あとは今夜そこをもう一度訪れて、できる限りあの晩の記憶をたどってみるだけだ。

『アサヒ』の電話番号は104で調べてすぐに判明した。元町の何丁目にあるかも係の女性が親切に教えてくれた。ただ、その女性の親切が意味をなさないほど、『アサヒ』の看板は判りにくい裏通りの入り組んだ路地の途中にささやかに灯っていた。携帯電話を通しての誘導がなければとても今夜中には見つけられなかったと思う。

ともかくこうして、夜七時過ぎ、僕は半日横浜の街なかを歩き回って地理に多少詳しくなったあげくに、ようやく目的の店にたどり着いた。

扉を開けるとほのかにワックスの匂いがした。遠い記憶をくすぐるようなほのかな匂いだ。客はまだ一人もいない。ママの姿も見えない。左手のカウンターに沿って少し歩くと、今度は奥のキッチンで揚げ物をしている音と油の匂いが伝わってきた。

カウンター席の真上の天井から等間隔に小さなランプが吊り下がっていて、柔らかいオレンジ色の光を投げかけていた。それが店内の照明の基調になり、全体を見渡すと空気がセピア色っぽく目に映った。

カウンターも、壁も、床も褐色の木の板で作られていて、それぞれに年代を経た傷みが感じ取れた。照明の当たり具合でつや光りして見える部分もある。カウンターの内側の棚には様々な種類の酒瓶がびっしりと並んでいた。その脇のスペースに小型のCDプレーヤーが置いてあった。CDプレーヤーが再生しているのはビートルズの「ザ・ロング・アンド・ワインディング・ロード」だった。歌っているのは日本人の女性ボーカリストだった。

あのとき南雲みはるに連れて来られた店に間違いない。

僕があの晩アブジンスキーをグラスに一杯半飲んで泥酔した店はここだ。カウンター席のキッチン寄りの椅子に腰かけて確信した。匂いと、色と、腰かけた椅子の感触でそう確信できた。

油のはじける音が止み、暖簾を分けて『アサヒ』のママが顔を出した。片手にコードレスの受話器を握っている。つまり彼女はキッチンで揚げ物をしながら僕をこの店のある路地まで誘導してくれたわけだ。

僕はカウンターの上に携帯電話を置いてみせた。ママがそれを見てうなずき、カウンターをはさんで僕の正面に立った。

年齢からいえば五十歳を過ぎているだろう。かなり大柄な女性で、化粧気のない色白の顔は目も鼻も口も大きめのつくりだった。若いころはさぞかしきれいだったでしょう、もちろん今もおきれいですが、というお世辞を、初対面の人間が必ず思いつきたくなるタイプの顔立ちだった。白髪まじりの、というよりもほとんど銀色がかった髪は後ろでまとめて団子に結ってあった。そして何よりも彼女は白い割烹着姿で僕の目の前に立っている。

やはりこの店に間違いない。このママがあの晩も割烹着姿でシェーカーを振って強烈なカクテルを作ってくれたのだ。

「どうも」僕は携帯電話に手を添えて挨拶した。「お手数かけました」

「いいのよ。よくあることなの、初めての人にはわかりづらい場所だから。お飲み物は?」

「実は二度目なんです。飲めないのでウーロン茶を」

「車?」

「いいえ。ちょっと飲むとすぐに眠たくなってしまうんです」

「二度目って?」グラスと氷と缶入りのウーロン茶を用意しながらママが訊ねた。「一度目はいつ頃の話? 学生のとき?」

「先週の日曜日」

と答えたあとで、僕自身もいささか居心地の悪い気分をおぼえた。一度目にここに来たのはつい八日前のことなのだ。

でもこの八日間は僕にとっては長かった。人生で最も長い八日間だったと断言していいような気もする。南雲みはるの無事な帰りを願い続けての八日間だ。近所のコンビニまでリンゴを買いに出かけた南雲みはるの無事な帰りを。

カウンターにグラスが置かれ、中に氷が数個ほうり込まれ、ウーロン茶が注がれた。コースターなしでそれが差し出された。それから『アサヒ』のママはタバコに火を点け、灰皿を二つ取り出した。僕は首を振ってみせた。

「酒も飲まない、タバコも吸わない」とママが呟いた。

だったらこの店に何をしに来たのよ、二度も、と言われないうちに僕が謝った。

「すいません。先週の日曜にここに来たことは憶えてるんですけど、あとの記憶が曖昧なんです」

「別に謝ることないわよ、曖昧なのはこっちも同じなんだから。そう言われてみれば、一回見た顔のような気もする。先週の日曜ならメンチカツはもう食べたのよね？　毎週日曜と月曜にはメンチカツを揚げることにしてるから」

僕はまた首を振った。では彼女はさきほどメンチカツを揚げながら電話で僕をこの店まで誘導してくれたわけだ。

「あら、食べなかった？」

「憶えてないんです」

「食べてみる？」

「さっき晩飯をすませたばかりで、……すいません」

「酒も飲まない、タバコも吸わない、おなかも空いてない」

「でも八日前の晩には」と僕はアピールした。「かなり強いカクテルを飲んだんですよね、ここで、ちょうどこの席で、一杯半も」

「かなり強いカクテルを」と言ってママはタバコの煙に目をそばめた。「その席にすわって、一杯半？」

「そうです」

「酒は飲めないいんじゃなかったの？」

「それがなぜか」僕はウーロン茶をひとくち飲んだ。「あの晩は飲んでしまったんです。雰囲気ですーっと飲めちゃったんです、一杯目までは」

「雰囲気でね。そう言えば、あの晩はほら、大学のゴルフ部の女の子たちが集まって賑やかだったでしょ。その中の誰かに勧められたのね？」

「いや、違うと思うな。僕には連れがいましたから」

「連れって誰」

「南雲、という女性です」

「ナグモ？」とママが眉をひそめた。

「南雲みはる」

すると『アサヒ』のママはまじまじと僕の顔を見た。ちょうどそのときCDの歌声が途切れたこともあり、店内のセピア色の空気の隅々にまで静寂がゆきわたった。ほんの数秒だが時間の流れが滞った感じだった。

『アサヒ』のママが僕の顔から灰皿に目をそらしてタバコを消し、再び僕の顔を見て短いため息をついた。それからCDプレーヤーのそばへ行き、CDを入れ替えずにボタンを一つ押すと、元の位置まで戻って来た。そして三度目に僕の顔をまじまじと見て、二度目の短いため息をついた。CDプレーヤーが同じCDを再度頭から流し始めた。

「なぜそれを早く言わないの」とママが口を開いた。

実は自分でもそう思っていたところだった。

「あなた、ナグモがこないだここに連れてきたボーイフレンドなのね？　名前は確か
……」

「三谷、純之輔です」

「うん、三谷純之輔。自己紹介してくれたのは憶えてる。あたしはまたナグモのボーイフレンドだからどんなに酒が強いかと思って、試しにアースクエイクを作ってみたら、きゅっと男らしく飲みほしてみせて、そいで二杯目の途中でそこの床にずり落ちちゃったのよね。自分で憶えてる？」

「いや、その辺はまったく」と僕は正直に答えた。「でも僕が飲んだのはアブジンスキーというカクテルじゃなかったですか？」

「そうとも言う」とママが答えた。「アブサンとジンとウイスキーを混ぜて作るから。でもアースクエイクとも言う。つまり『地震』。三谷くんはあの晩『地震』を一杯半も飲んだのよ。そりゃあ床に尻餅だってつくよね、もともと飲めないのなら」

あの晩、すでにこの店で前後不覚の状態だった僕は、南雲みはるに介抱されながら何とか電車で蒲田まで戻ることができた。蒲田駅で降りて、第一京浜にかかる歩道橋を渡りながら「しけの海に漁に出たみたいに足元が揺れてる」と僕は感じたのだが、そうではなくてあれは要するに『地震』だったわけだ。

「それで？」とママがごく自然に訊ねた。「今日はナグモと待ち合わせ？」

アブサンとジンとウイスキーのカクテルだからアブジンスキー。でもアースクエイクとも言う。まあこの際どうでもいい事だが、『地震』というのはかなり説得力のあるネーミングだと思う。

「待ち合わせじゃありません」

と答えて僕は少し間を置いた。

南雲みはるのことを、さっきからまるで学生時代の同級生みたいにナグモと呼び捨てにするバーのママに対して（どうやら店の客と年齢差を超えた独特なつきあい方をしているらしい、そしてなおかつ、何だかまだよく得体の知れない相手に対して）、どの程度こちらの手の内を明かしていいものか、うまく気持の整理がつけられなかったのだ。が、結局のところ、手の内は全部明かすしかないだろう。この八日間の事情を打ち明けて、相手の自然な反応を——たとえそれが「なぜそれを早く言わないのよ」といった何の足しにもならぬ反応でも——待つしかないだろう。

「実は彼女を探してるんです」

相手の表情が曇った。

「ナグモと連絡が取れないの？」

「ええ。八日前から今日まで、連絡が取れません」

「それは何」ママが身を乗り出した。「ナグモが三谷くんを避けてるってこと？」

「違います」

そう答えてみてなぜか微かに自信が揺らぐのを感じた。

「たぶん違うと思います。彼女は誰とも連絡を取ってないんです。僕だけじゃなくて実のお姉さんとも」

「詳しく話してみて」ママがそばの丸椅子を引き寄せて腰をおろした。「なぜそれを早く言わないのよ」

僕は詳しく話してみた。

次の客が（というよりも正しい意味でのバーの最初の客が）扉を開けて現れるまで、カウンターをはさんで話し続けた。ほとんどの事実を僕は省かなかった。リンゴのことも休暇願のことも姉の天笠みゆきのことも派出所の警官のことも、コンビニで腹痛を起こした上山悦子のことも、東邦医大の痩せた看護師のことも、夫に死なれた岡崎瑠美子のことも、静岡から家出してきた小学生のことも。省いたのは、南雲みはるの部屋から持ち出して盗み読みした四通の手紙のことだけだった。それだけは言えない。

今朝、携帯の留守電に天笠みゆきからのメッセージが入っていた、という所まで僕の話を聞き終わると、『アサヒ』のママは椅子を立ってまずカウンターの反対側の端まで歩いて行った。そこには十分ほど前に店に入って来た若いカップルの客がいて、「ちょっとだけ待って。今大切な話の途中だから」とママに命じられたままおとなしく待機していた。

具体的に言うと女のほうは持って来た雑誌を広げて読みふけっていた。男のほうはカウンターに頬杖をついてタバコをふかしながら、時おり女に話しかけては短い返事をもらっている模様だった。やはり若い常連客とこの店のママとの関係は何かしら独特のようである。

まもなく彼らの前に国産のウイスキーのボトルと、氷の詰まったアイスペールと、ずん胴の陶製の水差しと、メンチカツの皿が置かれた。それだけの仕事を終えると『アサヒ』のママは片手にコードレスの受話器を、もう一方の手に電話番号リストを持ってまた僕の前に立った。縦開きの、五〇音順の電話番号リストが僕の手に渡された。

「それでシの所を開いて」と老眼らしいママが頼んだ。「篠崎めぐみの番号を調べてみて」

「福岡の？」と言わなくていいことをつい僕が言ってしまい、

「あら、知ってる？」とママが聞きとがめた。

「みはるから話は聞かされてます」僕は嘘でかわした。「大学時代の同級生ですね？」

「こっちにいる頃、よくナグモと二人で飲みに来てた、たまにさっきあなたの話に出てきた内田って子も入れて三人で。最初はあたしよりもマスターになついて通って来てたの。マスターっておととし死んだあたしの旦那のことなんだけど、肝臓をやられてね」

「それも聞いてます」話が逸れるのを恐れて僕は取り急ぎ電話番号リストをめくった。

「あたしの知る限り、ナグモのいちばんの親友は篠崎ね」とママが言った。「今は遠くに住んでるけど、何かあればナグモは真っ先に篠崎に連絡をつけると思う」

もちろん僕もそのくらいは考えて、彼女の手紙の住所から電話番号を調べようと（昨夜のうちに）ＮＴＴの番号案内に問い合わせてみたのだが、電話帳に載っていないとの理由で断られてしまったのだ。

その諦めていた電話番号が『アサヒ』の顧客リストに記されている。僕はシの欄に０９２で始まる篠崎めぐみの番号を発見し、声をあげて読んだ。僕が読んだとおりにママの指が受話器のボタンを十回押した。

実は南雲みはるの部屋から持ち出した手紙のもう一人の差出人——文面から明らかに彼女の実の父親と読み取れる人物——江ノ旗耕一は歯痒いことに封筒の裏にも住所を書いていない。だから南雲みはるの立ち寄り先として、実のところ最も可能性の高いと思われる場所が、手紙からは見当もつかないのだった。

でもその点も含めて、篠崎めぐみと電話で直接話すことができれば何らかの情報が、あるいは貴重な情報が得られるかもしれない。何しろふたりは親友なのだし、何かあれば真っ先にナグモは篠崎めぐみに連絡をつけると『アサヒ』のママも太鼓判を押しているのだ。

僕はじりじりしながらこの横浜から福岡への電話がつながるのを待った。

第六章　十四日目

1

香水売場には女性の店員が二人いた。

カウンターをはさんで一人が僕の相手をつとめ、すぐ横で、もう一人がたまたま同じ時刻にそこに居合わせた別の客の応対にあたった。僕の左隣に立っていたのは、薄手のセーターにジーンズにスニーカーというラフな恰好の若い女性客だった。丸首のセーターからはボタンダウンのシャツの襟が覗いていて、右の肩にはデイパックを提げていた。若いということと、髪をポニーテールにまとめていることを別にすれば、初対面で男の目を引きつけるタイプの女ではなかった。もっとも、そのときはまだ彼女の横向きの立ち姿しか目に止めていなかったのだが……。

半年前の横浜での出来事を、僕は新宿のフルーツパーラーで思い出していた。南雲みはるの失踪から十四日目にあたる日曜日の午後のことだ。

フルーツパーラーでの待ち合わせの相手は例の、我が社のショールームに勤めている年上の女性だった。そして例のごとく、彼女は待ち合わせの時刻ぴったりには現れなかった。

僕は窓際のテーブルに独りですわり、しぼりたてのオレンジジュースを注文したあと、時間つぶしのために持参した読みかけの文庫本を開いた。が、二ページほどその小説を読み進めたところで、内容とはまったく別の時空をさまよっていることに気づいた。それで目を上げて、窓越しに歩行者天国を行き来する現実の人々を眺め、たったいま小説の活字を追いながら自分の意識がどこまで跳んでいたのかと物思いにふけった。

半年前の横浜までだった。

四月初旬の出来事だ。

香水売場には女性の店員が二人いて、一人が僕の相手をつとめ、すぐ横で、もう一人がたまたま同じ時刻にそこに居合わせた女性客の応対にあたった。

「デュエンデという名の香水を探してるんですが」と僕は店員に言った。

そう言ったあとで、左隣の女性客が振り向く気配を感じた。実際、彼女は振り向いて僕の顔を見ていた。見ていたというよりも、むしろ点検していたという印象の視線を向けていた。

　もし逆の立場であれば、こちらも同じことをしていたと思う。彼女はほんの一秒かその半分くらいの間、僕と視線を合わせるとすぐに目の前の店員に向き直った。

「デュエンデという香水はありますか？」と彼女が言った。

　二人の店員が顔を見合わせ、この偶然を面白がる表情を浮かべた。それから二人揃って奥の棚のほうへ歩き去った。

　僕たちはその場でしばらく待たされた。

　待たされる間には一言も喋らなかった。同じメニューを注文したモスバーガーの客同士のように並んで立ち、「お待たせしました」と笑顔の店員が戻って来るのをじっと待っていた。注文が出来上がれば、僕たちはそれぞれの財布から同じ代金を支払い、ほぼ同時に店を出て、そこで右と左へ別れるだろう。

　ところがそうはいかなかった。

　二人の店員は一緒に戻って来て、一人は笑顔で、もう一人は取り澄ました顔つきでそれぞれ僕たちの前に立った。まず笑顔の店員が黄緑色の菱形の小箱を僕にしめして言った。

「こちらの香水ですね？」

　続いて取り澄ました顔つきの店員が言った。

「申し訳ございません。デュエンデはただいま品切れになっています」

四人の間にしばし沈黙が降りた。それから若い女性客が僕の受け持ちの店員の手元を見て質問した。

「失礼ですが、それは何という香水？」

「デュエンデです」と僕の受け持ちの店員が答えた。

「そこにあるじゃない」

「一つはございます」彼女の受け持ちの店員が答えた。「でも一つだけです。申し訳ございません」

「こちらのお客様がお先でしたから」と僕のほうの店員が助け舟を出した。

確かに、という意味をこめて僕もうなずいて見せた。

「先と言っても」と彼女が三人を敵にまわす発言をした。

「ほんのちょっとでしょう？　一秒か二秒くらい。あれはほとんど同時よ」

そこで僕たちは互いに振り向き、初めてじっくりと顔を見合わせた。彼女の顔の部分では高い頬骨と尖った顎が印象的だった。断っておくけどあなたを責めるつもりはないのよ、と言いたげな感じで彼女がふいに笑ったので、その頬骨が特に際立って見えた。最初に見当をつけたほど彼女は若くないのかもしれない。

「確かに」と言って僕は笑い返した。「あれはほとんど同時でしたね。でも、こっちがほんのちょっと先だった」

「よろしかったら」と彼女のほうの店員が冷静な声で提案した。「ご注文も承ります。入荷には多少時間がかかりますが」

「多少って？」彼女が笑顔を消して訊ねた。「どのくらいかかるんですか？」

二人の店員が目と目で意思の疎通をはかり、一人が結論を口にした。

「早ければ二週間ほどで」

彼女が薄く目を閉じてため息をついた。それで彼女の顔の部分では頬骨と顎の次に目もとが印象的であることが判った。

「困ったな」彼女が独り言をつぶやき、途中で僕の無遠慮な視線に気づいた。「今週中に、贈り物にするつもりだったのに……」

「お包みしますね」僕の店員が先を急いだ。「リボンはおかけしますか？」

「お願いします」

「もしかしたら」残った店員が言った。「新宿店のほうに在庫があるかもしれません」

「新宿店？」と彼女が聞き返した。

「新宿にあるバーニーズ・ニューヨークのことだよ」と僕が言った。

するとと彼女がまた僕を振り向いた。そして僕がさらに情報を伝える前に、

「電話で確認していただけますか？」

と店員に向き直って訊ね、こんどは店員が一瞬躊躇している間に、

「いいわ、自分で確かめてみます」

と肩からデイパックをはずしてジッパーを開け携帯電話を取り出した。そこまでの間に何度もポニーテールの尻尾が撥ねた。まだるっこいことが苦手なたちのようだった。

「新宿店の電話番号は？」と試しに僕が訊いた。

「お調べします。少々お待ちください」と店員が言った。

「いいわ、１０４で聞いてみるから」と彼女が答えて早くも歩きだした。この足で新宿まで出向くつもりなのかもしれない。

彼女の後ろ姿を見送っているうちに僕の香水にはリボンがかけられた。それを紙袋に入れてもらい、代金と引き換えに受け取って僕は出口へと向かった。

もし、彼女が１０４の番号案内に電話をかけながら駅のほうへ歩き去っていたらそこで終わり、と僕は出口に向かいながら気まぐれに賭けをした。

彼女の姿が見つからなければ、縁がないと思ってこれ以上のお節介はやめよう。でももし、彼女がまだ声の届くあたりに見つかれば、先程伝えられなかった情報を伝えてやろう。

今からもう一度ふたりで向かい合って話すことがあれば、それは僕たちの縁だ。同じ日の、同じ時刻に、同じ場所で、同じ香水を探していた二人の。

そして彼女はバーニーズ・ニューヨーク横浜店のそばをまだ一歩も動いてはいなかった。正面玄関を出てすぐ脇の壁にもたれてしゃがみこみ、片手で携帯電話を使い、もう片手で膝の上に開いた手帳を押さえてメモを取っている最中だった。僕は彼女のそばに歩み寄った。ちょうど104で教えられた新宿店の番号を書き留めたところのようだ。彼女が僕に気づいて暑苦しそうにちらりと見上げた。

「やあ、また会いましたね」と僕は相手の笑顔を期待して声をかけた。

もちろん彼女は笑わなかったし、何の返事もしなかった。そばに立って声をかけるにしても、もっと他に適切な台詞があったかもしれない。彼女は額にうっすらと汗を浮かべ、しゃがんだままの姿勢でメモの番号を携帯電話に入力した。

「無駄だよ」僕が言った。「電話をかけるだけ無駄」

「無駄？」と聞き返して彼女が途中で入力をやめた。

「探してる香水は新宿店にはない。僕が直接行って確かめたから間違いないよ。あっちで横浜のほうにあるかもしれないと言われてこっちまで来てみたんだ」

彼女は一つため息をついて二度うなずいて見せた。それから携帯電話と手帳をデイパックの中に戻し、ハンカチで額と鼻のあたまを押さえると、立ち上がって僕と向かい合った。なかなか呑み込みが早く、聞き分けのいいたちのようだった。デイパックを右肩にかけて彼女が言った。

「ちょっと聞いてもいいですか？」

「どうぞ」

「横浜まで来てみて、もし探してる香水が手に入らなかったらどうするつもりだったんですか？　教えて下さい。つまり、今のあたしの立場だったらどうします？」

僕はしばらく考えて、頼むから今度は笑ってくれよと願いをこめてこう言った。

「もし僕がきみの立場だったら、探してる香水を一秒違いで手に入れた人を見つけて、譲ってほしいと話を持ちかけるだろうね」

彼女の頬骨がくっきりと浮かび上がった。

「その人に断られたら？」

「だめもと」

するとと咳払いをして彼女が切り出した。

「よかったら、譲ってもらえないでしょうか」

「いいよ、ほら」

僕は香水の包みを彼女に手渡した。

「でも」彼女は両手で受け取った包みに目を落として呟いた。「これは誰かへの贈り物でしょう？」

「いとこへのね」僕はさらりと嘘をついた。

「ほんとにいいんですか？」

「その代わりこの秘密をいとこに洩らさないようにしてほしい」

「ありがとう」彼女がまた笑った。「じゃあ代金をお支払いします」

「ここで？　消費税付きだから細かいのが必要だよ」

「小銭も持ってますから」

彼女がふたたびデイパックを肩からはずし財布を探った。

「ねえ……」と僕は声をかけた。

「はい？」

僕は咳払いして切り出した。

「よかったら、そのへんでお茶でも飲みませんか？」

いつものように十五分遅れで待ち合わせの相手は現れた。

テーブルをはさんで向かいの席につくと、いつもどおりのよそよそしい態度でいつもどおりの最初の質問をした。

「何を飲んでるの?」

「フレッシュ・オレンジジュース」

ウエイターがお冷やを運んできて彼女の注文を取って退がった。それから再びウエイターがやってきて彼女のハーブティーを置いて退がるまで、次のような短めのやりとりがあった。

「何を読んでるの?」

「松本清張」

「ふうん。面白い?」

「さあ」

「さあって。読んでるんでしょ?」

「まだ人が一人殺されたところだから」

僕は文庫本を閉じてテーブルの端に置き直した。彼女がハーブティーを一口飲み、バッグの中からタバコを取り出し、ライターで点ける前に「吸ってもいい?」と僕の了解を求めた。

タバコを吸いはじめると彼女の態度からよそよそしさがようやく薄れた。新宿のこの店で待ち合わせると、彼女は必ず最初はよそよそしい態度で僕の前にすわる。まるで気の乗らない見合いの席にでもつくように。それが十分ほど経つと次第にほぐれてくる。肩の力が抜け、普段どおり、仕事場のショールームで一つ年下の僕をからかうときのような余裕が戻ってくる。その十分間の変化の理由が、僕にはまだよく判らない。

「高野《たかの》さんがね」と年上の女が言う。「三谷くんには男の色気を感じるって」

「高野さんて誰？」

「ショールームで一緒に働いてる人。あたしよりも二つ年上。子供も一人いる」

「今朝の電話で話があるって言ってたのはその話か？」

「そんなわけないでしょ」

「じゃあ何？」

「急がないでよ。せっかくの日曜日なのに」

僕は反射的に腕時計に目を走らせた。

「ねえ、これから映画を見に行かない？」と年上の女が誘った。「それとも、今日もまた横浜に用事？」

「横浜？」

「違った？」

僕は首を振った。今日は横浜に行く用事はない。先週の月曜日以来、天笠みゆきからは電話がないし、こちらからも連絡は取っていない。福岡の篠崎めぐみからも情報は入らない。つまり南雲みはるの失踪事件に関してはこの一週間何の進捗《しんちょく》もない。

だいいち僕はこれまで、南雲みはるとの交際についても彼女の失踪についても関係のない誰かに話した覚えはない。だからこの年上の女がいま「横浜に用事？」と訊ねたのは単に鎌を掛けてきただけだ。彼女は南雲みはるのことは何ひとつ知らないはずだ。

もちろん南雲みはるもこの年上の女のことは何ひとつ知らない。半年前の春、横浜山下町の喫茶店で初めて二人でお茶を飲んだとき、彼女は僕が香水を贈るはずだった、いとこについては詳しく訊かなかった。僕もその話にはなるべく触れないようにしたし、後に継続的に会うようになってからもその方針を貫いた。だから何も知るわけがない。

ではあの出会いの日、最初に二人でお茶を飲んだとき、南雲みはるは親友の篠崎めぐみの話を僕にしただろうか。手に入れた輸入物の香水は自分が使うのではなく、福岡に住む大学時代の親友への（もっと細かく言えば親友の勤め先の同僚への）プレゼント用だと僕に話しただろうか？

あるいは話したのかもしれない。篠崎めぐみという具体名は伏せたかもしれないけれど、込み入った事情のほうは省かずに打ち明け、僕がその話を上の空で聞き流してしまったのかもしれない。おそらくあの日の僕は、香水売場での偶然の出会いにも、その直後の縁があるかないかの賭けに当たったことにも（彼女がお茶の誘いを断らなかったことにも）、冷静を装いながら実はかなりあがっていたに違いないから。

「三谷くん」年上の女が僕の気を引いた。「今、三谷くんが誰のことを考えてたかわかるよ」

「誰？」と僕は不意をつかれて訊ねた。

「ほかの女のこと」

僕はエチケットとしてまた首を振った。

そしてこう思った。この女と一緒にいるとき僕はいつもほかの女のことを考えている。

「何か面白い映画をやってたかなと思い出してたんだよ」

「それが本当なら」

と相手が含み笑いを浮かべてバッグを膝の上に載せた。

「思い出す必要はない。見る映画はもう決めてあるの」

彼女の手がバッグの中からペアの前売券を取り出してみせた。

2

こうして南雲みはるの失踪から十四日目の日曜日の夕方、僕は新宿の映画館の座席に年上の女と並び、主人公が瓶の中にラブレターを詰めて海に流すといったセンチメンタルな内容に退屈して、映画とはまったく別の時空をさまよっていた。

スクリーンに目を向けたまま、僕の意識はいったん月曜日の夜の横浜まで跳び、そこから火曜日の夜まで記憶をたどり直した。

月曜日の夜、横浜元町のバー『アサヒ』から福岡の篠崎めぐみにかけた電話は残念ながらつながらなかった。もちろんその頃篠崎めぐみは中洲のクラブで「小悪魔的な魅力を振りまいて、この不景気に会社のツケで贅沢をするおじさんたちの心を翻弄して」いたに違いなかった。仕方がないのでその晩は『アサヒ』のママに頼んで篠崎めぐみの電話番号を手帳に書き写させてもらい、ウーロン茶一杯の料金を支払って横浜をあとにした。

火曜日の午後、会社の昼休みに今度は自分の携帯を使って連絡を取ろうと試みた。しかしその電話もつながらなかった。当然その頃篠崎めぐみは予備校で「少年少女たちが毎週提出してくる1000字程度の文章を地道に赤ペンで添削して」いたはずだった。留守番電話の応答に切り替わらずにコール音が延々と鳴り続けるだけなので、とにかく相手が電話に出ないことには連絡のつけようがない。週に三日のクラブ勤めが月・火・水と立て続けでないことを祈るしかなかった。

で、火曜日の夜、会社の独身寮からやはり携帯を使って一時間置きにかけた三度目の電話がとうとうつながった。

僕はまず名乗り、南雲みはるとの関係を明らかにし、次に南雲みはるの行方不明の件を持ち出そうとした。

ところが相手は僕の話を途中で遮って、こう言った。

「さっき八時頃にも電話をかけなかった？」

「かけました。七時頃にも一回」

「娘をお風呂に入れてたの。十五回も鳴らすから誰かと思った。バスタブの中で娘と一緒に数えたのよ、十五回。父かなと思って電話してみたら違うっていうし。七時頃にはね、父と三人で外でご飯を食べてたの。だから何か言い忘れた用事でもあるのかと思ったんだけど。そう、あの電話はあなただったわけ。それで？　あなたが三谷さんなのね？」

「三谷です」

「ナグモのボーイフレンドの」

「ええ」

「あたしが頼んだ香水のおかげでナグモと知り合った」

「そうです。今夜お電話したのは、実は……」

「この電話は東京から？」

「東京からです。実は南雲みはるが……」

「行方不明なんでしょ？」

と相手があっさり言ったので、僕はまたしても出鼻をくじかれた。

「その話なら知ってる。一週間前にもその話でうちに電話がかかってきたの、ナグモのお姉さんから」

「一週間前に？」

「そう」

「南雲みはるの姉が篠崎さんに電話をかけてきた？」

「そうよ。旅行に出るというような話を最近ナグモから聞かされてなかったか？　って質問された。何も聞いてないってあたしは答えたけど」

「答えたけど？　……本当は何か聞いていたんですか」

「ううん。ぜんぜん聞いてない」

僕はこの電話をかける前にいくつかの質問を準備していた。そのうちの一つへの回答が早くも得られたわけだった。代わりに、準備していなかったアドリブの質問を一つした。

「南雲みはるの姉はどうやって篠崎さんの電話番号を知ったんだろう？」

「たぶんナグモの部屋の電話に登録されてたんだと思う。短縮ダイヤルか何かに。こちらは南雲みはるの姉ですが、そちらはどなた？　そんな感じでかかってきたから」

なるほど……と僕は声に出さずに唸った。南雲みはるの交友関係を調べるには、手紙を持ち出して盗み読みする手もあるし、短縮ダイヤルを押してみる手もある。

「三谷さんはどうやって知ったの？」と篠崎めぐみが当然の質問を返した。

僕は南雲みはるに一度連れてゆかれた横浜の『アサヒ』をもう一度訪ねて、南雲みはるの行方不明の話をママにして、ナグモのことだったらシノザキに聞いてみるのが一番だと言われ、その場で電話をかけてみたがつながらなかった、というような長い説明をした。説明してみると、短縮ダイヤルを押してみる手に比べてずいぶん遠回りな方法に思えたが、篠崎めぐみはその点には言及しなかった。

「三谷さん」と彼女は改まって言った。「あなたがそこまでしてうちに電話をかけてくる気持はわかる。でも心配しなくても大丈夫。ナグモはどこかで元気にしてると思う」

南雲みはるの親友であるあなたの口からそういう言葉を聞かされるのは心強い。でも、なぜそう思うのか？　と僕は訊ねてみた。

「直感」と篠崎めぐみは答えた。「今度みたいにナグモが突然いなくなるのは初めてのことじゃないし。あのね、大学のときにも何回かあったの。親友のあたしにさえ何も告げずに行方をくらまして、二週間くらいしてまたふらりと戻って来たことだってある。そのときは独りで九州を旅行したと言って、旅先での話をいろいろ聞かせてくれた。あとになれば何でも話してくれるの。何もかも終わったあとでなら。でもやることは誰にも相談なしで独りでやってしまう。ナグモの悪い癖ね」

「南雲みはるの姉の電話のときにも、そんなふうに答えた？」

「同じようなことをね。直感て言葉は使わなかったけど」

「実は僕も同じように思う」ためらわずに僕は言った。「彼女はどこかで元気にしてる。つまり、犯罪や事故に巻き込まれての失踪じゃなくて、彼女は自分の意志で旅行を続けている。そんな気がする」

「どうしてそう思うの？」

この質問には答えずに、用意していた切札を使った。

「江ノ旗耕一という名前に心当たりがある？」

「誰？」と篠崎めぐみが聞き返した。

「エノハタ・コウイチ」

「だからそれは誰？」と篠崎めぐみがまた聞き返した。

本当にこの名前を聞いたことがないのかもしれない。僕はストレートに教えた。

「南雲みはるの実の父親。彼女の両親が早くに離婚したことは知ってるよね？」

「知ってる」篠崎めぐみは認めた。「でも別れた父親の名前までは知らない」

「南雲みはるは江ノ旗耕一に会いに行ったのかもしれない」

「どこへ？」

「どこへかは判らない。ひょっとして篠崎さんに聞けば判るかと思って電話をかけたんだ。この話は南雲みはるの姉とはしなかった？」

「してない。この話を知ってるのは三谷さんだけだと思う。ナグモは三谷さんにだけ実の父親の話を打ち明けたのよ」

そうであればどんなに良かっただろうと僕は思った。実の父親の話を手紙の盗み読みで知ったのではなくて、彼女自身の口から聞かされていたのであれば。

「もう少し待ってみたらいい」篠崎めぐみが楽観的なアドバイスをした。「ナグモはきっと無事に帰って来るから。さっきも言ったように、帰って来て、起こったことを全部話してくれるから」

「そうなることを願ってる。ただ、その前にもしそっちに何か連絡が行ったら、すぐに僕に伝えてもらえないかな？　携帯の番号を教えておくから、メモを取って……」

「その必要はないんじゃない？　ナグモが連絡を取るとしたら真っ先に三谷さんだと思うな。大学のときと違って今回はね、あたしじゃなくて三谷さんがナグモの話を聞くことになるのよ」

そうであればいい、と僕は心から思った。

「メモの用意は？」

第七章　一カ月後

1

南雲みはるの失踪から一カ月も経つころには、僕の日常はすっかり元の安定を取り戻していた。

週日は例外なく次のように過ぎた。

毎朝七時十五分にセットした目覚まし時計が鳴る。寮のまかないの朝食はパス。代わりに冷蔵庫に常備しているリンゴを齧り（ときには紙パックのアップルジュースを飲み）、テレビのボリュームをあげて三十分ほどで眠気を覚ます。それから出勤の支度を済ませると、最寄りの南阿佐ヶ谷駅から満員の通勤電車に乗る。赤坂見附で乗り換えて日本橋に着くのが八時四十五分前後。午前九時前には宣伝部のオフィスに入る。

通勤鞄をデスクに置くといったん廊下に出て、自動販売機で紙コップのコーヒーを買う。それを飲みながら部内の同僚や他の部の社員たちと朝の挨拶をかわす。彼らの大半も紙コップのコーヒーを手にしている。相変わらずまずいコーヒーだな、と誰かがぼやく。仮にも陶製品を扱っている会社の社員が揃って紙コップでコーヒーを飲んでいるのは情けない光景だ、と誰かが自嘲する。週に一度か二度、必ず誰かがそんなことを言う。

それから仕事にかかる。九時を過ぎると計ったようにオフィスの電話が鳴り始める。午後五時まで日本橋のオフィスを基点にして蟻のようにあちこち動き回ってはまた戻ることを繰り返す。都内に三カ所あるショールームでは季節ごとに古い型の製品と新製品との入れ替えがおこなわれる。また都内に二カ所あるギャラリーでは毎月新しい催し物が開かれる。それらに関連したポスターやパンフレットやカタログやテレビおよびラジオCMや季刊PR誌をめぐっての会議、会議、会議。新製品発表のための記者会見の設定、記者会見用の原稿書き、書き直し、PR誌の原稿依頼、インタビュー依頼、対談の設定、広告代理店との打ち合わせ、デザイナーとの打ち合わせ、編集プロダクションとの打ち合わせ。その合間に地方のショールームおよびギャラリーへの定期出張もこなす。出張から戻るとリポートの提出、書き直し、再提出。

そして五時を過ぎればまた同じ路線での帰宅。銀座線で赤坂見附へ戻り、丸ノ内線に乗り換え、鮨詰めの電車から吐き出されて夕暮れの南阿佐ヶ谷駅に降り立つ。いつもながらの一日の終わり。翌朝七時十五分に鳴りひびく目覚まし。冷蔵庫から取り出すリンゴ。ボリュームをあげた朝の情報番組。満員の通勤電車。自動販売機のコーヒー。九時を一分過ぎると鳴り出すデスクの電話。いつもながらの一日の始まり。

残業も出張もない日には同僚たちにつきあって居酒屋に立ち寄ることもたまにある。自分だけウーロン茶を飲んでるうちに急に周りでコンパの話がまとまり、翌週は誰かのコネで集まった他の部の女性社員たちとカラオケボックスに行くこともある。もちろん寄り道せずに帰宅し、独身寮の食堂のテーブルで独り、千切りキャベツを添えたトンカツと味噌汁とか、千切りキャベツを添えたチキンカツと味噌汁とかの晩飯を食べる夜もある。

土曜日の深夜か、もしくは日曜日の朝早くには、例のショールームの案内係から携帯に電話が入る。他に予定がなかったら新宿で会わない？　という用件の電話である。日曜日の午後には他に予定もないので、たいてい彼女の誘いは断らない。他に予定もないというのは、言い換えれば（互いに承知の上での言い換えなのだが）僕のほうに他の女性と会う約束がないという意味なのだ。

そんなふうに一日は昨日と同じように、一週間は先週と同じように過ぎてゆく。あるいは、篠崎めぐみの手紙から言葉を借りれば、毎日は「つつがなく」過ぎ去ってゆく。

それは結局のところ、南雲みはると出会う以前の僕の日常と言ってよかった。彼女の失踪によって、彼女の存在が引き算され、もともとあったつつがない毎日の生活が残っただけの話だった。《これまでの僕の生活―南雲みはる＝つつがない毎日》という公式が立てられるくらいに。

〝マイナス南雲みはる〟の日常はこのまま延々と続いてゆきそうな気配だった。そのうちに僕は〝マイナス南雲みはる〟の日常にも（今よりももっと）慣れてしまうだろう。なんなら最初から何もなかったことにして、つまり南雲みはるとの出会いも、およそ半年間の交際もなかったことにしてこのまま忘れてしまうことすら可能のようだった。

実際、僕はときに南雲みはるの失踪の件を忘れかけている自分に気づくことがあった。逆に言えば、一日のうちのある時間に、不意に彼女の不在を思い出すことが多くなった。たとえば始業時刻前の廊下で壁にもたれ、舌がやけどするほど熱いコーヒーを一口飲んだ瞬間などに。たとえば都内のギャラリーへ打ち合わせにむかう際の、中途半端に空いてしまった電車の乗り換えの時間に。たとえばカラオケで隣り合わせにすわった、名前も知らない女性社員が歌う宇多田ヒカルに聞き入っているときなどに。

きっとそういうことなのだ。

人にはそれなりに忙しい毎日がある。それなりに忙しく、つつがなく過ぎてゆく毎日の生活が。失踪した人間の身内にも、失踪した人間の大学時代の友人たちにも、失踪した人間にコンビニで親切にしてもらった女子大生にも、失踪した人間が通っていたバーのママにも。

彼女たちから僕に何の連絡もないのはそのためだ。僕のほうから天笠みゆきや、篠崎めぐみや、岡崎瑠美子や、上山悦子や、『アサヒ』のママに電話をかけることがないのと同様に、彼女たちのほうも僕にわざわざ電話をかけはしない。忙しくつつがなく過ぎてゆく毎日の中で、不意に南雲みはるの不在を思い出す瞬間はあったとしても。

僕たち全員が徐々にそのことに慣れてゆく。そうやって人は徐々に忘れ去られてしまうのだ。

僕はそんなふうに考えていた。あるいは、すでにそんなふうに考え始めていた。南雲みはるの失踪から一カ月が過ぎたある朝、唐突に、そんなふうに考えるのはやっぱり変だ、という思いに捕らえられるまでは。

そんなふうに考えるのは間違っている。

明らかに何かが間違っている。

でもそれは何だ？

その朝、僕は九時には出社しなかった。

南阿佐ヶ谷から通勤電車に乗り、赤坂見附で乗り換え、日本橋に着いて地下鉄の出口で腕時計を見ると八時三十五分。いつもの駅からいつもの電車に乗ったにもかかわらず、いつもより十分近く早めに到着したことになる。

腕時計の電池切れかと思ったけれどそうではなかった。ひょっとしたらぼんやりして、いつもより一本早い電車に乗ったのかもしれなかったけれど、そんなことはこの際どうでもよかった。

地下鉄の出口を上がるといつものように銀行の看板が目に止まった。オフィスのあるビルとは逆方向だが僕はそちらのほうへ気まぐれに歩いた。銀行の名前の入ったビルの一階でスターバックスが営業している。時間が許せば一度、仕事前の儀式ともいえる朝のコーヒーをここで買って行こうと思っていたのだ。今日のこの空いた十分を利用しない手はない。

注文カウンターの列に並ぶまでは、当然僕は持ち帰り用の二重になった紙コップのコーヒーを買うつもりでいた。気が変わったのはたぶん、それを社内に持ち込んだときに、今朝も廊下の自動販売機の周りにたむろしているはずの同僚たちから浴びせられる視線を想像して鬱陶しくなったのと、もう一つ、並んだ客の中に短めのポニーテールに髪をまとめた女性がいて、同じ髪型にしていた出会いの日の南雲みはるの姿を思い出したからである。

もっと正直に言うと、僕はそのとき出会いの日の南雲みはるを思い出したのではなく、女性客の後ろ姿を見て一瞬、南雲みはる本人ではないかとさえ疑ったのだ。が、注文カウンターからコーヒーを受け取るカウンターへ移動するときに見えた横顔は見知らぬ他人だった。もちろん本人であるわけがない。

でもやがて自分の番が来て、カプチーノ・ショートの代金二八〇円を支払い、緑のロゴ入りのカップを手に窓際の席へ向かう途中で、今の女性は違ったけれど、少なくとも横顔で確認するまでは、今の女性が南雲みはる本人である可能性はあったのだ、と僕は思い直した。

南雲みはるは事件や事故に巻き込まれて失踪したのではなく、自分の意志で今も旅を続けている。彼女の親友の篠崎めぐみや、そして僕の直感が正しければ（正しいに違いないのだが）、南雲みはるはどこかに無事でいる。そのどこかがここ東京であって悪いわけはない。日本橋二丁目のスターバックスの注文カウンターに彼女がある日並んでいないとは限らない。

窓際の椅子に腰かけて、出勤途中の人々を眺めながら僕は時間をかけてカプチーノを飲んだ。空きの十分はあっという間に過ぎた。腕時計で八時五十五分を確かめ、これから駆け足で急げばまだ間に合う、デスクで鳴り出す今日最初の電話を取ることができると自分に言い聞かせ、通勤鞄に手をかけた。次の十分がまたあっという間に過ぎたあともまだ鞄に手を添えたままだった。

五分や十分くらいの遅刻ならかまわない、とコーヒーのお代わりを買うために立ち上がりながら僕は思った。三十分だろうと一時間だろうとかまわない。いや一日欠勤してもかまわないかもしれない、一日くらいなら。僕が抜けた穴は誰かが埋める。《宣伝部の仕事マイナス三谷純之輔》。おそらく今日一日何も変わらないだろう。

南雲みはるにもそんなふうに思った瞬間があっただろうか？　たとえばあの問題の日曜の夜——リンゴを買いに出かけたコンビニで急病の女子大生に遭遇し、その女子大生に付き添って救急車で乗りつけた病院で大学時代の親友に再会し、まさにその夜その時刻に夫に先立たれた不幸な親友をなぐさめて大森の家まで送り届けた夜——アクシデントがドミノ倒しのように彼女を見舞った長い夜がようやく明けたときに。

月曜の朝、札幌出張で空港へ急いだ僕と入れ替わりに、一度は南蒲田のマンションに戻ったはずの彼女は、ベランダに干しっぱなしだった洗濯物を取り込みながら、このまま一日や二日欠勤してもかまわないと思ったのだろうか？　いや一週間の休暇を取ってもかまわないかもしれない、一週間くらいなら。《補聴器の組み立て仕事マイナス南雲みはる》。

おそらく何の不都合も生じないだろう。そう考えて勤め先に休暇願を出し、火曜日、彼女は静岡から家出してきていた少女を連れて新幹線に乗り込んだのだろうか？

もう一度二八〇円を支払い、窓際の席で二杯目のコーヒーを飲みながら僕はさらに思った。もしそうなら、そんなふうに考えることから失踪の第一歩が始まったのなら、僕の場合も今ここでその一歩目をすでに踏み出していることになる。

よく晴れた十月の朝、いつもの時間に寮を出ていつもの通勤電車に乗りいつもの駅に降りた男が姿を消す。今日一日の、もしくは今週いっぱいの休暇を取りたいと電話連絡を残したまま。あとになって誰かが僕の足跡をたどり顔写真を持ってスターバックスを訪れるかもしれない。

「ええ、確かにこの人です。カプチーノを二杯飲んで、携帯でどこかに電話をかけてました、そこの窓際の席です」

と誰かが証言するかもしれない。でもそこまでだ。その先は何もわからない。静岡から先の南雲みはるの行方がわからないように。そしてわからないまま一カ月が経ち、そのうちに皆の記憶から忘れ去られるのだ。

でも、そうはならないことを僕は自分でわかっている。頭で失踪のシナリオを描くことはできる。でも普通、人はそれを実行しない。今日は幸いなことに何の会議もない一日だ。

何の会議もない日には部長は十時過ぎにならないと出勤しないことも知っている。別にタイムカードがあるわけではないし、ここで二杯目のコーヒーを飲み干すまで時間をつぶし、三十分やそこら遅刻したところで重大なトラブルが発生するわけでもないと、最初から計算は立っている。

僕はテーブルの上に手帳を取り出して、余白に「補聴器の会社」とメモを書いた。南雲みはるが皆の記憶から忘れ去られる前に、まだやり残したことがあるかもしれない。もし彼女が電話で休暇を願い出たとすればその電話を受けた相手から、そうでなくても会社で彼女のことをよく知っている人物から何らかの話を聞けるかもしれない。

しかしメモを書いたあとで僕は小さなため息をついた。何らかの話を聞けるかもしれないがそれは僕の仕事ではないだろう。言ってみれば、それは松本清張の小説に出てくるような刑事の仕事だ。南雲みはるの失踪に関しては刑事の登場する余地がないとしても、それはもっと彼女に身近な、この場合は実の姉の天笠みゆきの仕事だ、たったの半年間彼女のボーイフレンドだった僕の仕事ではなくて。もしかしたら天笠みゆきはもうとっくに妹の会社の人間から話を聞き出しているかもしれない。

そう考えて手帳を閉じた瞬間に、何かが変だ、という思いに捕らえられていた。もしかしたら僕は何か肝心なものを見落としているのではないか？

鞄の中にシステム手帳をしまい、代わりに一冊の本を取り出した。松本清張の『熱い絹』上下巻を途中で読み飽きて、代わりに新宿紀伊國屋書店で買った本だった。時間にルーズな女と待ち合わせるたびに新しい本が増える。栞をはさんだ頁を開いて何行か読んだとき、背後で声がした。

「ご熱心ですね、三谷先輩。遅刻してまで海外出張の準備ですか？」

宣伝部の同僚だった。部内への配属が僕よりも二年遅かったというだけで年齢も入社も同年の男だった。片手に通勤用の黒いナイロンバッグ、もう一方の手に持ち帰り用のコーヒーを持って立っている。会議のない日に三十分くらい遅刻してもかまわないと考えたのは僕だけではないようだ。

同僚が隣に腰をおろして手元を覗きこんだ。表紙に書店のカバーをかけたままの本を閉じて、僕はそれを鞄の中にしまった。

「イタリア語の勉強？」と彼がさりげなく訊ねた。

「ああ」と僕は生返事でかわした。

「優秀な通訳がつくから心配ないって言ってただろ」

「そうか？」

「そういうときは、いや、イタリア語じゃなくて、テラコッタの勉強だ、なにしろ今回の海外出張は来年の『テラコッタ展』のための根回しだからな、と答えるんだよ」

僕が黙り込んだのを見て、同僚が続けた。

「そうしたら俺が、焼物の勉強はむこうでやれよ、優秀な通訳をとおして職人からじかに学べ、そのための出張だろ？　とか言うんだ。……なあ三谷、悩み事があるのなら早いうちに相談しろ」

僕はカップのつまみに人差指をかけて持ち上げカプチーノを口にふくんだ。同僚が持ち帰り用の紙コップの蓋ごしにコーヒーをすすり、その間も僕の顔から視線をはなさなかった。

「悩み事は別にない」と僕が言った。

「おまえ、このところずっと同じ紺のスーツを着てるな」と同僚が指摘した。「ネクタイも二本をとっかえひっかえだ。海外出張の代わりの者ならいくらでもいると、部長にはこの二週間で四回も嫌みを言われた。それで悩み事がないのなら職を変えたほうがいいんじゃないか？」

「三回だよ、部長に嫌みを言われたのは」

「いや、四回だ」青みがかったグレイによく見ると細かいストライプの入ったスーツを着た同僚が言った。「おまえはぼーっとして一回聞き逃したんだ。部長が五回目に同じ台詞を言ったら、はい、俺が代わりに行きます、と手を挙げるつもりでいる」

「そのスーツはポール・スミスか？」

「いや、愛妻が量販店で買ってきた掘り出し物だ、このブルーのシャツがポール・スミス。……そんなことを言いたいんじゃない、俺が言いたいのはな、おまえがいま隠した本のことだ。何でこんな天気のいい朝に、こんな所で失踪のマニュアル本なんか読んでるんだ？」

同僚が僕の鞄を顎で示した。僕は先程しまった本をもう一度テーブルの上に置いた。同僚がそれを取り上げ、ぱらぱらと頁をめくってみて、やっぱりな、と呟いた。

「この本ならうちの本棚にもあるよ。独身時代に俺が自分で買って読んだ本だ。今ではたまに俺が遅く帰ったときなんかに、妻がベッドでこれを読んでいる」

たぶんジョークなのだろう。僕は礼儀として笑顔を作り、そしてこう切り出した。

「この本を読んで、銀行のキャッシュカードのことを考えてたんだ」

「うん」同僚が先をうながした。

「いいか、仮定の話だ。身のまわりの誰かが、突然失踪したとする。その誰かが銀行口座とキャッシュカードを持っていて、どこかの街のＡＴＭで金を引き出す。するとそれがどこの街のＡＴＭなのか、当然ながら銀行側には記録が残ることになる」

「仮定の話なら」と同僚が慎重な顔つきで答えた。「俺が調べたところでは銀行の本店にはシステム部という部署がある。そこで調べれば、何年何月何日の何時に、どこの銀行のどの支店のATMコーナーで引き出したかまでわかる」

「調べたのか？」

「昔この本を読んだときに、銀行に勤めてる知り合いに話を聞いたんだ」

「そのシステム部の記録はどうすれば教えてくれる？」

「いったいこれは、誰の失踪を仮定しての話なんだ？」

同僚が腕時計に目を走らせて聞き返した。

「おまえ自身か？」

「まさか」僕は答えた。「俺は失踪なんかしないよ。来週は待ちに待ったイタリア出張だ、『テラコッタ展』の根回しをきっちりやって、むこうでスーツを山ほど買いあさって帰国する。部長にもネクタイを土産に買って来よう。そしたらきっと、やっぱり三谷の代わりは誰もいないな、と言われるようになると思う」

「それを聞いてがっかりした」

「心配してくれるのは有り難いけど」と僕は付け加えた。「失踪するのは誰か他の人間だ。日本全国で一年間に、自分の意志で姿を消してしまう人間が七万人もいるらしい。つまり俺が失踪しなくても、今日もどこかで誰かが失踪してるというわけなんだ」

「だったら銀行のシステム部は、おまえじゃなくて、その誰かの身を案じた家族が頼めば記録を見せてくれるよ」

「警察を通して？」

「ああ。警察を通さなくても、たとえばの話、銀行に強いコネでもあればもっと簡単かもしれない」

「そんなことは真っ先に考えるだろうな？」

「誰が？」

「失踪した人間の家族」

「俺なら、妻が家出したとわかったらその日のうちに銀行員の知り合いに頼みこむ」

「一カ月も待たずに……」

「一カ月もあれば、妻をいったん連れ戻して、それからもう二回くらい家出されてるよ。何のために一カ月も待つんだ？」

同僚がまた腕時計に目をやり、席を立つと空の紙コップをごみ箱に捨てて戻ってきた。

「先に行っててくれ」と僕は頼んだ。「ちょっと電話をかける用事を思い出した」

「そのほうがいいかもな」と同僚が答えた。「二人揃ってこんな時間に出社したら、妙な噂が立つかもしれない。おまえは昨日と同じ上着にネクタイだしな」

「十分ほどしたら行く」

「了解。どこに電話をかけるかは訊かない。本当に電話をかけるのかどうかも訊かない」

軽く片手をあげて、出口に向かいかけたところで同僚が振り返り、真顔でジョークを言った。

「そして三谷純之輔は失踪した。十分ほどしたら行く、それが彼の最後の言葉になった」

それはあり得る。今日も日本中のどこかで、何人かがそのような最後の言葉を残して失踪するだろう。でもそれは僕ではない。

同僚を見送ったあと、僕は本当にその場で携帯を使って電話をかけた。都合三回かけた。オフィスに顔を出したのはぎりぎり十時前だった。おかげで部長から、海外出張の代わりならいくらでもいると四回目か五回目に言われる事態は回避できた。

2

ちなみに都合三回かけた電話の内容を説明すると、次のようになる。

僕はまず最初に天笠みゆきの携帯に連絡を取った。コール音が五回も鳴ったあげくに電話に出たのは男の声だった。

「はい？」と男は一言だけ答えた。

天笠みゆきの携帯の番号は、僕の携帯に登録してある。その登録番号のキーを一つ押すだけなので番号違いであるわけがない。

「そちらは天笠みゆきさんの携帯電話では？」

「ああ」と男が声をあげた。「家内に用事ですね？　家内なら自宅のほうにいると思います。失礼ですが……？」

「三谷、と申します」そう答えて僕は続ける言葉を少し迷った。「天笠みゆきさんの妹さんの……友人です」

「ああ」とまた男が言った。「三谷さん！　みはるちゃんの。噂は聞いてますよ。いつかお話しできる機会でもあればと思っていたところです。ただ、私はいま仕事場にいるんです、よかったら自宅の家内のほうへ……自宅の電話番号はわかりますか？」

わからないので教えてほしいと頼み、早口で告げられる番号を手帳に書き留め、自宅のほうへ電話をかけた。が、コール音が数回鳴ったところで留守番電話に切り替わった。メッセージを残さずに切り、三回目の電話をかけた。

「はい？」と天笠みゆきの夫が応答した。

「すいません、また三谷です。自宅のほうはお留守のようなので」

「ああ」と天笠みゆきの夫が言った。「だったら家内は紙粘土の教室のほうかもしれない」

「紙粘土の教室」

「紙粘土で洋風の人形を作るんですよ。教室と言っても、家内の友達の奥さんの自宅ですが、まあそんなことはいい。それで？　何か急ぎの用ですか？」

「急ぎの用というわけではないんです」

と僕は言った。確かにこれは急用ではない。南雲みはるの失踪からもう一カ月も経っているのだから。

「ただ、みはるさんの居場所を探る方法があれば、何でも試してみたほうがいいんじゃないかと思ったんです。もうそちらで手を打たれているかもしれませんが、念のために。たとえばですね、彼女がどこかのＡＴＭでお金を引き出したとします。するとその記録が銀行のシステム部というところに……」

「ああ、それは私たちも考えました」案の定そういう答えが返ってきた。「みはるちゃんの銀行口座の番号もわかっています。その件で銀行員の知り合いに相談もしました」

「で？　どこのＡＴＭで引き出したかわかったんですか？」

「いいえ。実は、あえてそこまでする必要はないという結論に達したんです」

あえてそこまでする必要はない？

「それは、どういう意味でしょう？」

「家内がそう言ってるんです。みはるちゃんのことはもうみはるちゃんの好きなようにさせようと」

やはり何かが変だ。明らかに何かおかしい。でもそれは何だ？

「ええと、三谷さん」天笠みゆきの夫が言った。「申し訳ないですが、私は今、仕事場にいるんです。よかったら夜にでも自宅のほうへ電話をかけてもらえませんか。やはりこの話は直接家内の口からお聞きになったほうが……三谷さん？」

何をどう話せばいいのか迷っているうちに電話はむこうから切れた。

3

空は雲に覆われ、風は冷たかった。

雨を心配して何度も見上げたくなるような灰色の雲で、もし降ってくるとすれば霙《みぞれ》ではないかと観測したくなるような肌寒い風だった。

実際、野球場のスタンドにはビニールの雨合羽を用意してきている観客もいたし、早々と着こんでいる観客の姿もちらほら目についた。天笠みゆきの夫、天笠郁夫《いくお》は前者の一人で、小学生になるその息子が後者の一人だった。

人工芝の野球場でおこなわれているのは野球の試合ではなかった。アメリカンフットボールの試合だった。銀色のユニホームに銀色のヘルメットのチームと、青いユニホームに白いヘルメットのチームの対戦で、両チームの応援席を除いてスタンドは空いていた。プロ野球の公式戦と比較すれば、閑散としていると言ってよかった。おかげで審判の吹き鳴らすホイッスルの音や、反則を説明する拡声器を通した声がスタジアム内にクリアに響き渡った。それだけではなく、オフェンスとディフェンスがぶつかり合うたびに互いのヘルメットのたてる金属音や、選手たちの短い呻き声まで聞き取ることができた。

南雲みはるの失踪からまる一カ月と、さらに一週間が経過した日曜日の午後のことだ。天笠郁夫と彼の息子と僕の三人は、応援団のかたまりからやや離れて、スタンドの最上段に近い席に腰かけていた。フットボールのフィールドに沿って言えば、サイドラインの真ん中、50ヤードラインをほぼ正面に見下ろせる位置で、天笠郁夫の右横に僕、僕の一つ下の段に彼の息子というフォーメーションだった。

「フットボールの試合を見るのは初めてですか？」と天笠郁夫が訊ねた。

生で見るのは初めてだと僕は答えた。

「あまり関心がない？」

「ありませんね」僕は率直に言った。「たまにＮＦＬの中継をテレビで見るくらいで」

するとは天笠郁夫は恐縮して、少なくとも恐縮したような素振りで、こんな所までわざわざ出向いていただいて申し訳ないと謝った。そこで今度は僕が、こちらこそ、日曜日にわざわざ時間を取っていただいて申し訳ないですと謝り返した。そのやりとりは無難な挨拶というよりも、皮肉の応酬にやや近かったかもしれない。あるいは慇懃無礼《いんぎんぶれい》という言葉により近かったかもしれない。

いずれにしても、それがハーフタイム中に僕たちが交わした主な会話だった。

心配した雨は第３クオーターに入っても落ちてこなかった。冷たい風もゲームの行方を左右するほどの強風ではなかった。十月末の曇り空の下、実業団リーグのフットボールの試合は淡々と進行しつつあった。一つのプレイごとにフィールドで審判の笛が鳴り響き、スタンドで拍手が起こり、反対側の応援席からささやかなブーイングが聞こえ、そしてやがてオフェンスとディフェンスが入れ替わった。

実を言えばこの日曜日、僕が直接会って話すつもりでいたのは天笠郁夫ではなく、妻の天笠みゆきのほうだった。

先週、日本橋のスターバックスから天笠郁夫の職場に電話をかけた日の夜、彼の指示通りに横浜の自宅へかけ直してみたのだが、そのときもやはり天笠みゆきとは話せなかった。自宅の電話に出たのも天笠郁夫で、家内はちょうどいま入浴中だと説明した。申し訳ないが、今夜はもう遅いので後日かけ直してもらえないだろうか？

そう言われて思わず腕時計を見ると、時刻は夜の七時半だった。できれば土曜日か日曜日に直接お目にかかって話が聞きたいと僕は頼み込んだ。家内にそう伝えておきます、というのが夫の返事だった。

土曜日になってもう一度自宅に電話を入れると、やはり天笠郁夫が出て、家内は紙粘土の人形の展示会に出かけて留守だと言った。では明日お目にかかれますね？　と念を押して電話を切るしかなかった。ところが一日経ってまたかけ直すと夫婦ともに不在だった。留守電にメッセージを残しておくほどの心の余裕はもうなかったので、続けて天笠みゆきの携帯に電話を入れた。「はい？」と答えたのはまたしても天笠郁夫の声だった。今日中にどうしても会って話がしたいと僕は言った。相手の返事を待たずに、今どちらですか？と聞いてみると横浜スタジアムにいるということだった。

阿佐谷の独身寮を飛び出すと、電車とタクシーを乗り継いで僕は横浜スタジアムに駆けつけた。入場券を買ってから相手の顔も知らないことを思い出し、再び携帯で連絡を取ると、天笠郁夫は、自分はこげ茶色のジャケットを着ている、勤め先のビール会社の応援席のほうにいる、息子と一緒だ、と教えてくれた。それでどうにかハーフタイム中に天笠親子を見つけ出して、初対面の挨拶と慇懃無礼な会話を交わすことができたのだった。

天笠郁夫は緑のボタンダウン・シャツにこげ茶色のコーデュロイのジャケットを着て、携帯用の雨合羽を持参していた。息子のほうはオリーブ・グリーンのジャンパーの上からすでに雨合羽をはおっていた。二人とも痩せていて色白の親子だった。その点は想像通りで、あと実際に会ってみるまでは、漠然と眼鏡をかけた父と子をイメージしていたのだが、二人とも眼鏡はかけていなかった。

第3クオーターが始まってしばらくの間、僕は二つ用意した質問を投げかけるタイミングを計っていた。

一つ、天笠みゆきはなぜ失踪した妹の捜索に熱心でなくなったのか？

二つ、天笠みゆきはなぜ僕に会いたがらないのか？

フィールドではまたホイッスルが吹かれ、ゲームの進行がしばし止まった。僕の前の席で小学生の声が「ホールディング！」と叫んだ。その声に反応したかのように審判が僕たちのいるスタンドのほうを向き、右手を横に水平に伸ばすと、

「ホールディング！　ディフェンス。5ヤード進んでファーストダウン」

とクリアな音声で宣言した。雨合羽を着た息子が振り返りざま父親に笑顔を見せた。

「こちらから家内に連絡が取れればいいんですが」と父親が僕にむかって切り出した。

「最近、携帯電話は私が持たされているんです。いざというときにすぐに連絡がつかないと困る。いざというときというのは、つまり、先月のような事件が……事件というのは言い過ぎですね」

先月、その事件が発生したとき、確かに天笠みゆきは夫に連絡がつかないことを歯がゆがった。天笠郁夫は息子を連れて秋葉原にパソコンを見に出かけていたのだ。

「つまり、実の妹さんが突然いなくなったようなとき」

と僕は声に出して言い、心の中でこう呟いた。いざというときの用心——雨が降り出したときのための雨合羽。

「そうです」天笠郁夫がうなずいた。「そんなことがたびたび起こってもらっても困るんですが。それに、逆に僕のほうに何かあった場合、今度は家内に連絡が取れないという意味では事態は変わらないわけです」

「奥さんは今日も紙粘土人形の展示会ですか？」

「ええ」と悪びれずに夫が答えた。

「だったら」僕は子供の耳を配慮して小声で抗議した。「できれば昨日のうちに、そのことを教えていただきたかったですね」

「またホールディング！」

と雨合羽を着た子供が叫んだ。天笠郁夫は何も答えてくれなかった。子供の判断が正しいことをまもなくフィールドの審判が認めた。

「お訊ねしたいことが二つあります」と僕はさらに小声で言った。「一つは先週電話でお話したATMの件です。ATMでお金を引き出せば銀行に記録が残る。その記録からみはるさんの居場所がつかめるかもしれないのに、どうしてそれを調べるのをやめたんです？」

「敢えてそこまでする必要はない、そういう結論に達したんです」

「なぜですか？」

天笠郁夫が振り向いて僕と目を合わせた。気のせいか、微かにわずらわしげな表情を浮かべたあとで、またフィールドに視線を戻した。これは、早い話が身内の問題なのだ、身内の問題に余計な口をはさまないで欲しい、そう言われたらそこまでだ、と思いつつ僕は敢えて訊ねた。

「理由は僕には説明したくない。でも会えば説明を求められる。だから奥さんは僕に会うのを避けている。そういうことですか？」

「そんなことはない」天笠郁夫がおざなりな答え方をした。「家内は別に、三谷さんに会うのを避けているわけじゃないですよ」

「ファンブル！」と天笠郁夫の息子が言った。

「ファンブルじゃない」父親が訂正した。「今のはパス・インコンプリートだよ」

フィールドでは審判のクルーが集まって協議に入った。いままでになく両チームの応援席が盛り上がりをみせた。どうやらファンブルかパス・インコンプリートかでスタジアム全体の意見が二分されているようだった。

「理由は自分で考えてみました」と僕は言った。「敢えてそこまでする必要がない、というのは要するに……」

天笠郁夫がまたこちらを向いて、一度だけうなずくような曖昧な仕草をした。あなたの考えた理由を聞かせてみて下さい、という意味にも、あなたの考えた理由は聞かなくても想像がつきますよ、という意味にも取れた。審判がパス・インコンプリートの判定を下し、両チームおよびスタンドの応援席の明暗が分かれた。

下の段から息子が頼もしげに父親の顔を振り返り、父親が息子の肩を軽く叩いた。

「要するに」と僕はやりなおした。「みはるさんの居場所がわかったんですね？」

「いや」天笠郁夫は否定した。「居場所はわかりません」

「でも、本人からの連絡があった」

「ありました」

と相手があっさりと答えた。僕はいちど喉仏を上下させてから訊ねた。

「いつですか？」

「今月の初めに電話がかかってきました。電話に出て話したのは家内ですが」

今月の初め——南雲みはるが失踪して二週間が経った頃だ。ちょうど僕がショールームの案内係と新宿で待ち合わせて退屈な映画を見ていた頃のことだ。

「そのときに居場所は聞き出せなかったんですか？」

「そのようです」天笠郁夫が答えた。「でもともかく、みはるちゃんが無事であることはそれでわかった。無事さえ確認できれば、あとのことはもういい」

「あとのことはもういい？」

「ああ、そこまで言うと語弊があるかもしれません」天笠郁夫が失言を認めた。「想像ですが、家内は敢えてあれこれ追及するのは控えたんだと思います。わが妹ながら、呆れて匙を投げた、というニュアンスもちょっとはあったかもしれない。もともと細かい事まで干渉しあうような姉妹ではないし、それに、これまでだって現に、相談なしでみはるちゃんが突飛な行動に出たことはあったわけです、大学を中退したときも、何回か転職したときも。とにかく無事ならそれに越したことはない。自分から話したくなったらまた電話をかけてくればいい。会いたくなったらいつでも会いに来ればいい。今後どこで何をしようと、自分の責任でやりたいようにやってみればいい。だから日曜日に会ったときにも詳しい事情は聞かなかったそうです」

だしぬけにスタンドのそこかしこで観客が立ち上がった。僕の前の席でも雨合羽の小学生が立ち上がり、僕の左隣でも天笠郁夫が立ち上がった。ビール会社のチームが相手チームのエンドゾーンまでボールを運びタッチダウンが成立した模様だった。

「日曜日？」

という僕の問いかけは周囲のどよめきのせいで独り言に聞こえた。

子供が父親のほうへ向き直ってジャンプした。父親のてのひらと息子のてのひらが合わさって小気味よい音をたてた。

「それはいつの日曜日のことなんです？」

僕は椅子に腰かけたままその様子を見守り、風にさらされて冷たくなった両手をこすり合わせながら頭の中を整理した。

日曜日に会ったときにも詳しい事情は聞かなかった？

それから僕はのろのろと椅子を立ち、拍手をしている天笠郁夫と並んで彼の耳元で訊ねた。

「みはるさんは、いつこっちへ帰ってきたんです？」

「えっ？」と天笠郁夫が聞き返した。

「みはるさんは」と僕は言い直した。「南蒲田のマンションに戻ってるんですね？」

「ああ、引き払ったんです」と天笠郁夫が椅子に腰をおろしながら答えた。「先週の日曜日に。引っ越しの手はずを済ませたあとで家内に電話をかけてきて、それで二人はちょっとだけ会ったんです」

「……マンションを引き払ってどこへ？」

「それはだから、さっきも言ったように詳しいことは僕にはわかりません。みはるちゃんと直接会った家内にもわからないんです」

僕は天笠郁夫の隣にすわり直し、冷えた両手を顔に当ててみた。それから深いため息をついてみた。あとほかにできることは思いつかなかった。

その様子を見かねたのか天笠郁夫が声をかけた。

「先週の日曜日に、みはるちゃんから三谷さんのほうへは何の連絡も行かなかったわけですね？」

両手で顔を覆ったまま、うなずく必要もないと思ったけれどうなずいて見せた。

「やっぱり、そうか」

「いったい何がどうなってるかわからない」

「僕は家内に言ってみたんです。わからないならわからないなりに、三谷さんには会って事の次第を説明したほうがいいんじゃないかって。少なくとも一カ月前までは、三谷さんはみはるちゃんのボーイフレンドだった人なわけだしね。でも家内は……」

天笠郁夫が口ごもった。その先を僕が想像した。

「……自分にもわからないことはうまく説明できない。でも会えばきちんと納得のゆく説明を求められる。あの三谷というのはそういう男だ。だから奥さんは、僕と会うのが億劫で気が乗らない。そういうことですか？」

「そういうことかもしれない」天笠郁夫がためらいがちに言った。「おそらくそういうことだろうと思います」

仮にそうだとしても、何かが割り切れなかった。が、僕はもう一度うなずいて見せ、両手をブルゾンのポケットに入れて暖めた。

「彼女はリンゴを買いに出かけたんですよ」

「うん？」

「一カ月と少し前、みはるさんは、コンビニにリンゴを買いに出かけたまま姿を消したんです」

「ああ、その話は家内から聞いています」

「それから一カ月経って、彼女は南蒲田のマンションに戻って来た。戻って来たと思ったらマンションを引き払ってまたどこかへ姿を消した。実の姉にも行方を告げずに。いったい彼女は何をしようとしてるんです？」

「それは私に聞かれても説明できない。一カ月の間、みはるちゃんがどこで何をしていたのかも知らないのに」

「要するにその一カ月の間に」僕は半分独り言で呟いた。「彼女に何かが起こったんだ、南蒲田を引き払う理由になるような何かが」

「そうかもしれない」と天笠郁夫が同様に呟いた。「しかし人の人生で、一カ月の間に起こる出来事なんて高が知れてるでしょう」

「インターセプト！」と彼の息子が叫んだ。

先程と同じくスタンドの観客が一斉に立ち上がった。でも今度は天笠郁夫は椅子にすわったままだった。

「いや、そうじゃないかもしれないな」と彼は言い直した。「一カ月もあれば、人生には思わぬ変化が起こり得るかもしれない。ちょっとした出会いや出来事が重なって新しい展望が開ける、一カ月というのはそのくらいの時間かもしれない」

そして彼は自分で自分の喋ったことに再び異論を唱えるように、複雑な表情を浮かべた。もしくは単にばつの悪い顔つきになった。持って回った彼の言い方を、僕が嚙み砕いて訊ねた。

「それはつまり、みはるさんにほかの男ができたということですか?」

「いや、そうじゃない」彼は妙に照れた。「そんなことを言いたいんじゃないんです。私がいま思いついたのは、たとえばの話、息子の慶太《けいた》は……」

慶太という名前の息子が父親を振り返って右手を上げた。さきほどと打って変わって気のないハイタッチが親子の間で交わされた。

「ほんの一カ月前まで、慶太はアメリカンフットボールのルールすら知らなかったんです。パソコンのゲームにしか関心のない子供で。それが一度ここへ連れてきたことがきっかけになって、今では中学に入ったら自分もフットボールをやりたいと言ってる。家内も私も、息子をフットボール部のある私立の中学へ進ませるつもりでいます」

そこで天笠郁夫と僕は顔を見合わせた。

「つまり私の言いたかったのは、その程度のことです。みはるちゃんの男関係とか、そんな大それたことじゃなくて」

顔を見合わせたまま最初に僕が小さくうなずき、次に天笠郁夫が小さくうなずき返した。あとは二人とも口を閉じ、互いに視線をフットボールのフィールドへ戻した。

それから時間にすれば十分か十五分ほど、僕は楕円形のボールの行方を目で追いながら考えてみた。ここにこれ以上すわっている理由があるだろうか？　南雲みはるの義兄にこれ以上質問して得られる回答があるだろうか？

考えてみた結果、僕は腰をあげた。すると心なしかほっとしたような目で天笠郁夫が僕を見上げた。

「帰りますか？」

「帰ります」

「今夜、もう一度三谷さんのことを妻に話してみましょう」

天笠郁夫が最後に思いやりを見せた。

「もしよかったら、明日の午後にでも自宅のほうへ電話してみて下さい。僕の説明では埒《らち》のあかないことでも、妻なら、別の言い方でご説明できるかもしれません」

「でも奥さんは電話に出ないかもしれない」

僕は軽く頭を下げた。

天笠郁夫が苦笑いを浮かべて会釈を返した。

明日、天笠みゆきと電話で話すことはできない。明日の午後にはイタリアに向けて出発している。そのことを告げぬまま、僕はスタジアムの階段を降りた。

4

スタジアムの外に出ると僕はまず空を振り仰いだ。灰色のグラデーションが一段階濃いめに進行したようだった。いつ雨粒が落ちてきても不思議ではない曇り空だ。てのひらを上へ向け、雨がまだ降っていないことを確かめてから、別に行くあてもなく歩き出した。行くあてはなかったけれど、電話をかけてみたい相手は天笠みゆき以外に何人かいた。イタリア出張の準備はすでに万全だったので、今日一日は余裕がある。今日中に確認できることは確認しておいたほうがいいだろう。

僕は歩きながら携帯電話を取り出し、最初に篠崎めぐみの番号を押した。コール音を十五回まで鳴らして待ってみたが、彼女は受話器を取らなかった。篠崎めぐみは後回しにすることにして、次に岡崎瑠美子の大森の家に電話をかけた。今度はコール音三回でつながり、本人が出た。

「三谷です」と僕はゆっくり歩きながら名乗った。

「三谷さん？」と相手が聞き返した。その声にまじって幼い子供の声が伝わってきた。

「先月、いちどお会いしました、大森のご自宅のそばで、南雲みはるのお姉さんも一緒に」

「ええ、もちろん憶えています。お元気でした？」

「突然電話してすみません。ちょっと妙なことをお訊ねしますが」

「何でしょう。南雲さんのこと？」そう言ったあとで岡崎瑠美子は電話口でむずかる子供をたしなめた。「だめ、この人は知らないおじさんだから」

「最近、彼女と話しましたか？」

「最近っていうと……」

「先週の週末」

「ええ、日曜日に」岡崎瑠美子が言った。「うちにお参りに来てくれたけど。四十九日の法事には出席できそうにないからって。だめよ……」

「……はい？」

「ごめんなさい、下の子が電話に出たがってしょうがないの、ちょっとだけ話してくれます？」

受話器が母親の手から幼い娘にわたる気配があり、もしもし？　と間延びした声が言った。もしもし？　と僕が一言だけ応えた。それで幼い娘は満足した様子だった。

「その前にも一度電話があったんじゃないですか？」と僕は母親に訊ねた。

「先月の電話のことね？」母親が答えた。「いきなり初七日に出られなくてごめんみたいなことを言うから、そんなこと謝ってる場合じゃないでしょって叱ってやったの。あたしだけじゃなくて、三谷さんがどんなに心配してたかって重々言い聞かせておいたから。そのことは南雲さんから聞いてます？」

「ええ、まあ」

「でも何事もなくて良かったですね」

「静岡から先の話はそのとき出ましたか？」

「……何の話？」

「例の、家出した女の子を静岡まで送って行って、そのあとどうしたかという話」

「いいえ、何も」

「その電話はどこからかけて来たんだろう、静岡から？」

「三谷さん」岡崎瑠美子の口調が改まった。「その話は……、女の子の話はあのあと一切していません」

僕は横断歩道の手前で立ち止まり、空を見上げた。このまま歩き続けるなら早めにどこかで傘を手に入れたほうがいいかもしれない。歩行者用の信号が青の点滅から赤に変わるのを見て、僕は言った。

「先週の日曜日に会ったとき、彼女は今後の予定のようなことは何か話しましたか？」

「南雲さんの、今後の予定？」

「そうです」

「ねえ、三谷さん」岡崎瑠美子がようやくこちらの意図に気づいた。「この電話は何なの？　南雲さんの身にまた何かが起こったの？」

南雲みはるの身にまた何かが起こったのではない。僕は心の中で言い返した。先月から何かが起こり続けているのだ。

先月、福岡の篠崎めぐみと電話で話したとき、彼女は「もう少し待ってみたらいい」と僕にアドバイスした。「ナグモはきっと無事に帰ってくるから。帰って来て、起こったことを全部話してくれるから」と。そして南雲みはるが起こったことを全部話す相手は、今回は僕になるはずだと予言した。

どうやらその予言ははずれたようだ。南雲みはるは確かに無事に（一度は）戻ってきた。でもまだ僕には何も語ってくれていない。同時に、実の姉の天笠みゆきにも、岡崎瑠美子にもほとんど何も語ってはいない。

「彼女はもう南蒲田にはいないんです」と僕は電話に向かって言ってみた。

「……どういうこと?」と岡崎瑠美子が訊いた。

「どういうことかはわかりません。ただ、今度は心配する必要もないみたいです。彼女は、自分で荷物をまとめて引っ越したんだから」

それだけ言うと、僕は一方的に電話を切った。

歩行者用の信号は依然として赤だった。その場で再度、篠崎めぐみに電話を入れてみたがつながらなかった。

心配したとおり、信号が青に変わる前に雨が降りはじめた。

5

上山悦子は大学の図書館にいた。

一カ月以上も前に本人から聞いて、こちらの携帯に登録しておいた番号に初めてかけてみると、コール音が五回ほど鳴り続けたあとで、意図的に低く抑えた声が「もしもし?」とだけ応えた。心ならずも電話に出てしまったという感じの応答だった。

それで上山悦子が大学の図書館にいることが想像できた。日曜日の夕方、彼女の出先として僕に想像できるのは、大学の図書館と、あとはコンビニのサンクスくらいしかない。

電話をかけてきたのが僕だとわかると、すぐにこちらからかけ直しますと彼女は言った。そして実際に三分と経たないうちにかけ直してきた。彼女の電話を待つほんの短い間に、僕はむこうの様子を次のように想像してみた。

図書館の閲覧室で資料調べの最中に電話がかかる。しばらくして鳴っている電話が自分の携帯だと気づき、上山悦子はあわてて隣の椅子に置いた例の、中身の詰まって重そうなショルダーバッグのジッパーを開く。コール音が五回鳴るまでに携帯をつかみ出し、周囲の目を気にしながら通話のキーを押す。電話をかけてきたのが一カ月以上も前に一度会ったきりの三谷純之輔という男だとわかる。こちらからかけ直しますと断っていったん電話を切る。すぐに彼女は椅子を立ち、閲覧室を出て静まり返った二階の廊下を通り、一階のロビーで話すつもりで階段を降り始める。降りながら携帯の着信キーを押して表示された番号に折り返しかけ直す。電話はコール音が一回鳴り終わらぬうちにつながる。ちょうど階段の踊り場に立ったあたりで。

「三谷さん？」と彼女の普段の声が言った。

「さっきは驚かせてすみません」と僕は一言謝った。「図書館にいるんですね？」

「はい、そうなんです、いま図書館にいます」

「少し話せますか？」

「だいじょうぶです。もう閲覧室を出て、ちょうど階段の踊り場に立ってます」

さきほど僕が名乗ったとき、彼女が「三谷純之輔」という名前を——一カ月以上前にたった一度だけ会ったことのある男の名前を——思い出すタイミングは予想よりも少々早すぎたように思う。

その点を考慮に入れて、僕にはすでにある程度の想像がついていた。上山悦子がいま階段の踊り場に立って電話をかけていること以外にも。

「先週の日曜日に」と僕は単刀直入に切り出した。「南雲みはると会ったんでしょう？」

「ええ、会いましたけど」と上山悦子が答えた。

「会う前に、彼女のほうから連絡があった？」と僕はできるだけさらりと訊ねた。「彼女は上山さんがコンビニに預けていた御礼の手紙を読んだのかな？」

「いいえ、あれはまだ読まれてなかったみたいですよ。先週の日曜日に会ったのはほんの偶然なんです」

「偶然」

「そうなんです。駅前通り商店街で偶然にすれ違ったんです。あたしのほうはもちろん、お顔は憶えてなかったんですけど、南雲さんが先に気づかれて、もしかしたらって、声をかけていただきました。感激でした。声をかけてもらって良かったです。でなかったら、もう二度とあのときの御礼を言う機会もなかったかもしれないし」

「……それはつまり、彼女が南蒲田のマンションを引き払って他所へ移るからという意味だね？　その話もそのとき聞いたのかな？」

「はい。でも引っ越しのその日に、こうやってばったり会えたのは、やっぱり私とあなたは何かしら縁があるのかもねって、南雲さんには言っていただきました」

電話のむこうで、階段を降りはじめる気配があった。

「でも、二度と御礼を言う機会がないかもというのは大げさだな」僕は少し考えて、鎌をかけてみた。「外国に移り住むわけでもないんだし、東京のどこかにいる限り、またどこかでばったり出会うかもしれない」

「あら、南雲さんは今も都内にいらっしゃるんですか？」

「そのことは、聞いてない？」

「ええ、引っ越し先の話は何も。ほんの数分立ち話をしただけですから。じゃあ、南雲さんは東京を離れるというわけじゃないんですね？」

「離れるような口ぶりだった？」

「いいえ、そういうわけじゃないですけど。たぶん、あたしの早とちりかもしれません」

「……たぶんね」

上山悦子が階段を降りつづける気配が伝わる。彼女の微かな息遣いでそのことが想像できる。閲覧室は二階ではなく三階か四階にあるのかもしれない。

それで？　と上山悦子の声が言った。その声に応えないでいると、もう一度、三谷さん？　と上山悦子がうながした。それでこの電話の用件は何なのですか三谷さん？　という意味なのだろう。

「ほかに何か彼女は言ってましたか？」と僕は訊いた。

「ほかに？」と上山悦子が聞き返した。

「引っ越しの話のほかに」

「あたしの身体を心配してくれたことと、それから……三谷さんのおっしゃる『ほかに何か』って、たとえばどんなことでしょう？」

これから上山悦子に会おうと思えばどこかで待ち合わせてすぐにでも会えるはずだ、と僕は考えてみた。でもその必要があるだろうか？　あの小柄な女子大生ともう一度会って、南雲みはるに関する何らかの情報を——先週の日曜日以降の南雲みはるに関する、いまだ僕の知り得ない情報を——一つでも聞き出すことができるだろうか？

上山悦子の通う大学は横浜にある。一方、僕のほうも今、山下町の通りの一角に、ここまで歩いて来る途中にコンビニで買ったビニール傘をさして立っている。僕の背後には喫茶店の扉がある。さっき覗いたところでは、その喫茶店は若いカップルや若い女性客のグループで満員だった。だから僕はこれ以上どこへ行くあてもなく雨の中に立ちつくしている。

「いや、いいんです」迷った末に僕は言った。「今の質問は別に何でもない。それと念のために言っておくけど、この電話にも深い意味はない。ただ、あのとき上山さんには一緒になって彼女の行方を探してもらったわけだからね。無事だとわかったからといって、それっきりというわけにもいかないと思った。電話で申し訳ないけれど、一言挨拶しておこうと思ったんだ」

「そうですか」

と歯切れの悪い声が相槌を打った。そのあとで彼女は階段を降り切って足を止め、明らかに口調を変えた。

「でも、南雲さんに何事もなくて本当に良かったですね」

「うん、良かった」

「三谷さん、今度また南雲さんに会ったら、あたしからよろしくと伝えてください」

「伝えておくよ」と僕は答えた。「調べ物の邪魔をして悪かったね」

電話を切ったあとも僕はしばらくその場に佇み、日曜日の夕方の人出をぼんやりと眺めていた。

横浜スタジアムからこの近辺まで歩いてくる間に、雨はちょっとやそっとでは止みそうにない降り方になり、気温も下がって空はいっそう暗さを増している。でもまだこのまま阿佐谷の寮へ戻るわけにはゆかない。

やがて背後で軽やかな鐘の音がして扉が開き、学生風の男女が一組出てくると、雨の中へ傘も持たずに走りだしていった。

その喫茶店はおよそ七カ月前、南雲みはると初めて出会った日に二人で利用した店だった。だからそこに立って辛抱強く空きを待っていたわけではなく、歩き疲れて一休みしようと思ったときに偶然その店の看板が目にとまっただけなのだが、それもまた（たった今、二人分の空きができたことも含めて）南雲みはると僕との間に何かしら縁のあることの、控えめに言ってもまだ多少は縁が残っていることの証明かもしれない。上山悦子のように駅前通り商店街でばったり再会するほどの縁ではないにしても。

僕は軒先でビニール傘をたたみ、滴を切り、喫茶店の扉を押した。中で一休みしてコーヒーでも飲もう。そして夜になるのを待とう。明日イタリアへ発つ前に、とにかく今夜中に話を聞いておきたい相手がまだ二人いる。

6

しかし思い出の店はカップルと若い女性のグループで混み合っていて、時間つぶしに独りでコーヒーを飲む客には非常に居心地が悪く、結局、夜になるのを待ちきれずに僕は元町の『アサヒ』の前に立っていた。

七時オープンのバーはまだ看板を灯していなかったけれど、その代わり扉に鍵もかかってはいなかった。店内に一歩入ると、一月《ひとつき》前と同様にほのかにワックスの匂いがした。左手のカウンター席に客がいないのは当然だが、割烹着姿のママも見当たらない。

日曜日の開店前だから、たぶん暖簾で仕切られた奥のキッチンで名物のメンチカツを揚げる準備でもしているのだろう。そう思ったとき、片手で暖簾を分けて当のママが顔をのぞかせた。

「お店は七時からなんですよ」

「わかってます」と答えて僕は奥へ進んだ。「こんばんは、三谷です。ここに来るのはこれで三度目です」

割烹着姿のママがカウンターの中に入ってきた。店内には前回ここを訪れたときと同じ曲が流れていた。CDプレーヤーが再生しているのはビートルズの「ザ・ロング・アンド・ワインディング・ロード」で、歌っているのは日本人の女性ボーカリストだった。ひょっとしたら突き出しのメンチカツ同様、毎週日曜日と月曜日にかけるCDは決まっているのかもしれない。

「三谷純之輔」とママがうなずいて見せた。「憶えてるわよ、今度は」

「こんな時間にすみません」僕は腕時計に目をやって一応謝った。「開店が待ち切れなかったもので。ここにすわって、メンチカツが揚がるのを待っててもいいですか?」

「何時?」

「ちょうど六時です」

「もう揚がってるよ。今夜はね、大学のラクロス部の女の子たちの予約が入ってるから、多めに揚げてある。マッシュポテトも、コールスローも、ミートボールも出来上がってる。これからチキンの空揚げをこしらえるとこ。全部この店の名物だけど、メンチカツでいい?」

「いいですよ」

「飲み物は、ウーロン茶?」

「アブジンスキーを」

僕は前回と同じ椅子に腰をおろしてママと顔を見合わせた。実際のところ飲めるものならアブジンスキーでも何でも飲んで酔っ払ってみたいところだった。そんな決意が僕の顔に表れていたのかもしれない。それを『アサヒ』のママは正確に読み取ったのかもしれない。

「ビールにしときなさい、ビールに」

目の前のカウンターにキリンの小瓶と高さ十センチほどの華奢なグラスが置かれた。

そのあとで濃いめの狐色に揚がったメンチカツ二枚に、千切りキャベツと練り芥子《がらし》の添えられた皿が置かれ、その脇に食卓用の瓶詰ウスターソースが置かれ、ママは再びキッチンに戻ってチキンの空揚げ作りに取りかかった。

「これを久しぶりに彼女も食べたわけですね？」僕は割り箸でメンチカツをつまんで暖簾のむこうに訊ねた。「先週の日曜日の晩に」

「彼女？」と暖簾越しにママの声が聞き返した。

ウスターソースも練り芥子も付けずにメンチカツに一口かぶりつき、残りを皿に戻し、ビールを手酌でグラスに注ぎ終わったところで、ママの声が続けて訊いた。その前にため息が聞こえたようにも思ったけれど気のせいだったかもしれない。

「ナグモのことね？」

「言っときますけど」僕はビールを一口飲んだ。「今夜は彼女とここで待ち合わせじゃありませんよ」

「だって、ナグモはもうこっちにいないんじゃないの？　メンチカツの味はどう？」

「なかなかいけますね」もう一口飲むとグラスが空になった。「もうこっちにいないとしたら、今はどこにいるんですか」僕はさらに手酌でビールを注いだ。「南蒲田を引き払って彼女はどこに行ったんです？」

「さあ、それは聞いてないけど」

またか、と僕は思った。みんな同じだ。僕以外のみんなが先週の日曜日に南雲みはると会っている。しかもみんな揃って彼女の行先を聞き漏らしている。

「行先も聞かずに、ほかに何の話をしたんです？」

「別に、これといって何も。いつもとおんなじ、お久しぶりですって入ってきて、そこにすわってメンチカツを食べて、あたしの作ったカクテルを何杯か飲んで、ごちそうさま、じゃあ、またそのうちって帰って行った」

「そのうち？」僕が言葉尻を捕らえた。「そのうちにまた来るって彼女が言ったんですか？」

「言葉のあやだよ」とママがかわした。「そのうちっていうのは、いつになるかわからないけど、今度会うときまでさようなら、お元気でって意味」

僕は気を取り直して二杯目のビールを飲み、この僕に関する話題は一言も出なかったのかと強気に訊ねてみた。

「ナグモの口からはね」とママが答えた。「でもあたしは水を向けてみた。三谷純之輔があんたのことをずいぶん心配してたよって」

「……そしたら？」

「ナグモは何も答えなかった。ただ笑ってただけ」

「笑ってた？」

「声をあげて笑ったんじゃないよ」ママが菜箸を持った手で暖簾を開いてこちらの様子をうかがった。「ただ、何も言わずに笑顔を見せただけ。その話ならもうわかってるからいいんです、そんな感じ。だからあたしはそれ以上余計なことは言わなかったの。念のため」

暖簾が閉じて油の弾ける音が伝わり始めた。

僕は二杯目のビールを飲みほし三杯目を注いだ。早くも顔が火照りだしているのが感じ取れた。こんなに早いペースでアルコールを口にしたのは、あの晩のアブジンスキーを除けば生まれて初めてかもしれない。

メンチカツの残りにウスターソースをたっぷりと垂らし、練り芥子を付けて頬ばった。空腹で飲み続けるよりも腹に何か詰めておいたほうが酔いはいくらか遅くなるはずだ。二枚ともきれいにたいらげたところでビールの小瓶はちょうど空になり、次に千切りキャベツをつまもうとして、箸の代わりにいつのまにか携帯電話を握りしめている自分に気づいた。腹に何か詰めるのを思いつくのが遅すぎたのかもしれない。

リダイヤルのキーを押すと市外局番092で始まる番号が表示された。横浜スタジアムをあとにして以来、何度となくかけ続けている番号だ。その番号に電話をかけた。もしまたつながらなくてもかけ続けるしかない。今夜中に、篠崎めぐみの声を聞けるまで、リダイヤルキーを押し続けるしかない。

「はい」と女の声が出た。

むなしく鳴り続けるコール音を今度は何回まで我慢して聞こうかと考えていたので大いに意表をつかれた。

「やっとつかまえた」と僕は言った。「お久しぶり、三谷です。三谷純之輔です。突然で悪いけど、もしそこにみはるがいるなら代《かわ》ってくれないか?」

かなり長い沈黙の応対が返ってきた。その間に店内に流れていた女性ボーカリストの歌声が途切れ、キッチンで油の弾ける音がまるで外の激しい雨音のように耳についた。CD

プレーヤーが自動的に同じCDを頭から再生しはじめたところで、篠崎めぐみの声が言った。

「ナグモはここにはいないわよ」

「じゃあどこにいる？」

「そんなこと、あたしに聞かれてもわからない」

今日は同じ質問ばかりしているような気がする。

しかも同じ芸のない回答ばかり聞かされているようだ。

「きみは彼女の親友だろ？」僕は言った。「きみがわからないで誰にわかるんだ」

「ナグモからは何も聞いてない」篠崎めぐみが答えた。「あたしも無理には聞き出さなかった。昔からナグモとあたしはそういう付き合いなの。そこら辺のべたべたした親友とは違うの」

「彼女とは電話で話したのか？」僕は質問を変えた。「それともじかに会ったのか？」

「酔ってるの？」と篠崎めぐみが気づいた。

「じかに会ったんだな」酔ったなりに僕は推測した。「いつ、どこで会った？」

「先週の土曜日に」と無愛想な声が答えた。「福岡まで会いに来てくれた」

「きっと昔話に花が咲いたんだろうな」

「娘の顔が見たいっていうから、三人で一緒にご飯を食べただけよ、福岡空港のレストランで。会ったのはほんの一時間くらい。その足で彼女は東京に戻った」

「南蒲田のマンションを引き払うために」と僕があとを続けた。「それは知ってるんだ。でもその前と後のことがぜんぜんわからない」

「あたしは言わなかった？　三谷さん。いずれナグモは自分から全部話してくれるって、そのときを待ったほうがいいって」

「ああ、きみはそう言った。彼女が全部を話す相手は今回は僕しかいないとも言った。でもきみの直感はあてにならない。彼女はまだ僕に電話の一本もかけてこないんだ」

「それはだから、まだ何もかもが終わったわけじゃないのよ。三谷さんだけじゃなくて、ナグモの話を全部聞いた人はまだ誰もいないのよ」

「いったい何が終わってないんだ？」僕は癇癪を起こしかけた。「彼女は誰か、新しい男とのトラブルでも抱えてるのか？」

電話のむこうから深い吐息が伝わってきた。

「どうしてそういう発想しかできないのかしら」

「違うのか？」

「だいたいね、今になって何が起こったのか何が起こったのかってそんなに知りたがるくらいなら、あの月曜の朝にナグモの帰りを待つべきだったのよ」

「月曜の朝」

「そう、それがそもそもの始まりだったんでしょう？」

そもそもの始まり……もう一カ月以上も前の月曜の朝。あの日、南雲みはるのベッドで独り目覚めた僕は、札幌出張のために早朝から羽田へ向かわなければならなかった。南雲みはるの帰りを気長に待っているだけの時間の余裕はなかったし、彼女の部屋を出がけに、籐の小物入れの上で鳴り出した電話にも出る時間は残されていなかった。

「その月曜日に、三谷さんは飛行機を一便遅らせてでも、ううん、出張を一日遅らせてでもナグモが帰るまで待って、二人で話し合うべきだったのよ。そうしなかったのが、あたしに言わせれば致命的よ」

二人で話し合うべきだった、という篠崎めぐみの表現がこのとき酔った頭の隅に微かにひっかかった。が、愚かなことに僕はそのひっかかりを重要視しなかった。本当はその場でこう訊ねるべきだったのだと思う。いったい僕たちは何について二人で話し合うべきだったんだ？

それがとどのつまり、南雲みはるの失踪の理由に少しでも近づくための、本筋の質問だったとずっと後になって気づくことになる。

でも僕は自分から脇道に逸れてしまった。

「きみはその話だけ彼女から聞き出したんだな？　福岡空港のレストランで」

「あたしに皮肉を言ってる場合？」

「アブジンスキーの話は聞き出せなかったのか？」

「何よ、それ」

「そもその始まりというなら、あの月曜の朝じゃなくて日曜の晩だと僕は思うんだ。日曜の晩に、僕はアブジンスキーを一杯半も飲んだ。もとはと言えばアブジンスキーがすべての始まりなんだ。実は今もあのときと同じ店にいる。君たちの大学時代の思い出の店に」

「……アサヒにいるの？　それで酔ってるのね？」

「僕が酔うわけないだろ。彼女から聞いてないのかもしれないけど、僕は実は酒が飲めないんだ」

「酔ってるわよ」篠崎めぐみが短い吐息をついた。「もうこの電話は切るわよ。あたしは三谷さんと違って気ままな独り暮らしじゃないんだから、たったいま外から帰ってきたばかりで、これから娘をお風呂に……」

そのとき耳元で甲高い警告音が二、三度鳴り響いたので僕は眉をひそめた。何なんだ、この耳障りな音は？

「充電だって切れそうじゃない」篠崎めぐみが指摘してくれた。

「携帯でかけてるんでしょ？」

そしてまもなく相手の声がぷつりと途絶えた。

篠崎めぐみが受話器を置いたのか、携帯のバッテリーがあがって電話が切れたのかよく区別がつかない。携帯をポケットにしまい、もう一度あの問題の月曜の朝に思いをはせている途中で、空揚げを作り終えた『アサヒ』のママがカウンターをはさんで前に立った。

「お代わりは？」

「もう充分です」

僕は腰をあげ、まっすぐに立てることを確認した。

「どうしたの」

「明日どうしても遅刻できない仕事があるので帰ります」

「ウーロン茶でも飲んで、酔いを醒まして行ったら？」

「先週の日曜にここへ来たとき」僕は耳を貸さずに財布を探った。「彼女はどうでしたか？」

「どうでしたかって？」

「前と変わったところがありましたか。髪を短く切ったとか、酒の飲み方がいつもと違ったとか、あと、たとえば表情に暗い影がさしていたとか」

ママが首を振った。

「見かけはぜんぜん変わってない。飲み方もいつもどおり。何かトラブルを抱えてるようには見えなかったし、暗い影なんか全然さしてなかったと思うね」

「僕が今、心の中で何を考えているか見えます？」

「彼女はなぜ僕に会わずに、こんな店に顔を出したのか」

僕はうなずいて見せた。

「もっと言うと、こんなふうに思ってるんです。ひょっとしたら、みんなでぐるになって彼女の失踪を助けてるんじゃないか。つまり、僕にだけ彼女の居場所を隠そうとしてるんじゃないか。それとも、彼女が僕にだけ……」

「みんな？」

「あなたのほかに、彼女の実の姉や、親友の篠崎めぐみのことです」

「それは考え過ぎ」と言ってママが笑顔を浮かべた。「そのうちみんなに引っ越し先から絵葉書でも届くと思うよ」

「そのうちね」僕は財布から一万円札を引っぱり出した。

「でもそのときには手遅れのような気がします。これで足りますか？」

そしてママが手提げ金庫のそばでお釣りを勘定している間に僕は次のように考えた。

たぶんママの言うとおりに、そのうち南雲みはるはみんなに絵葉書でもよこすだろう。でもそのみんなの中に僕は含まれていないはずだし、たとえ彼女の居場所をみんなの中の誰かに教えられる日が来たとしても、そのときにはやはり手遅れなのだ。

なぜなら、今の段階で南雲みはるが誰にも行先を告げていないというのが事実だとしても、それはおそらく（これまでの経緯から考えてまず間違いなく）、誰かの口から他ならぬこの僕に行先が漏れるのを恐れているためと推測できるからだ。失踪して一カ月と少しの間に、彼女はみんなとは何らかの連絡をつけて会っている。にもかかわらず僕には電話の一本もかけて来ない。南雲みはるが僕を避けている証拠だ。彼女がいつかみんなに絵葉書をよこすとき、それはきっと僕にとって彼女の居場所が何の意味も持たなくなったときに違いない。

つまり、今の時点で確かに言えるのはこういうことなのだ。

『南雲みはるはただ意味もなく世間から行方をくらましたのではない。実は僕の前から姿を消したがっている』

それがその晩、仕事でイタリアへ旅立つ前の晩、雨の横浜で僕がようやくたどりついた一つの結論だった。

第八章　半年後

1

雪は午前中から降りだしていた。

傘が必要なほどの降りではなく、道を歩いていると目の前を白い花粉のようなものがすっと横切っては消える。何度目かにそれがようやく細かい雪だと気づいて、気づいたとたんに寒さをおぼえコートの襟を立てたくなる。朝のうちはまだその程度の降り方だった。

午後になると傘をさした人の姿が目につきはじめた。でもまだ積もるほどの雪ではない。空はときおり明るさを取り戻し、いきおいを増していた雪はそのたびに小止みになる。そして舗道には雨上がりのような黒い染みが残る。それの繰り返しだった。

二月の第二日曜日の午後。

僕は新宿駅東口の近くにあるフルーツパーラーで鈴乃木早苗《すずのきさなえ》と待ち合わせた。

そしていつものように彼女が十五分遅れでやって来るのを待っていた。窓越しに、降る雪と、雲間からときおり洩れてくる明るい日差しとを交互に眺めながら。降る雪は、窓枠で切り取られた外の景色や歩行者天国を行きかう人々の姿を、見る価値のある一枚の絵のように描いてみせた。洩れてくる日差しが短時間でその絵を塗り直して元の見慣れた街に戻した。

年が明けて鈴乃木早苗と会うのはそれが初めてだった。新年早々、僕は自分が担当した『テラコッタ展』の準備に忙殺されていたからだ。部長にぶつぶつ言われながらもイタリアにまで出張させてもらい、一から十まで僕自身の手でアレンジした展覧会なので失敗するわけにはいかない。正月からほとんど休みなしで動きまわったし、たまの休日に彼女から呼び出しの電話がかかったとしても応じる元気はなかった。

二月の第一土曜日に、『テラコッタ展』は予定どおり開幕した。あとは予定どおり、月末の日曜日に閉幕するのを見守るのが僕の仕事で、そこまで無事にたどりつけば、社内での僕の株はあがるはずだった。同時に、部長の僕に対する評価もかなり持ち直すに違いなかった。

雲間から洩れていたほのかな日差しが陰り、窓の外で雪がちょっとした花吹雪のように舞いだした頃、鈴乃木早苗はキャメルのコートに身をつつんで僕の前に現れた。

テーブルをはさんで向かいにすわった彼女の顔はほんのり赤らんで、頭の上にはまだ解けきれない雪が一、二片残っていた。何を飲んでるの？　と僕に訊ねるときの声も、お冷やを運んできたウエイターに注文を告げるときの声も、かすれて息苦しそうだった。

「走ってきたのか？」と僕は腕時計を見て訊ねた。

待ち合わせの時刻をきっかり十五分過ぎている。グラスの水をほんの一口飲んで喉をしめらせ、年上の女はただうなずいてみせた。

「駅から走るくらいなら、十五分早めに家を出るようにすればいいんだ」

そうアドバイスして、僕はカップに残ったロイヤルコペンハーゲンのアールグレイの気品を味わった。でも相手は返事をしない。一口味わうとカップの中は空になった。何も本気でアドバイスしているわけではないのだから、軽口でも返せばいいのに彼女はそうしない。

あいかわらずだ、と僕は思った。待ち合わせて会うと必ず、最初の十分間だけ、この女はよそよそしい態度をくずさない。まるで気乗りのしない見合いの席にでもやって来たみたいに。まもなく彼女はタバコを吸いはじめるだろう。タバコを吸ったあたりでようやく堅い表情がほぐれ、普段どおりの、つまり仕事場のショールームで僕の知っている年上の女の軽快さが戻ってくる。それまでの我慢だ。

ふと、手元に鈴乃木早苗の視線を感じたので、僕は教えてやった。

「この文庫は、松本清張だよ」

「……面白い？」

「それは去年読んでたのと同じ本？　って最初に訊けよ。そうなんだ、忙しくて読む暇がなかったけど、やっと下巻に入った」

「そう」

「でももう犯人の目星はついてる。よかったら上巻から荒筋を話して聞かせようか？」

鈴乃木早苗が微笑んだ。微笑んだ顔がややこわばっていたので、僕は心の中でため息をついた。

ウエイターが彼女のためにハーブティーを運んできて伝票を伏せ置きして去った。そのあと彼女がハーブティーをすすり、バッグの中からメンソールのタバコを取り出し、ライターで火を点ける前に、「吸ってもいい？」と僕の了解を求めた。何もかもあいかわらずだ。

「吸えよ。遠慮しないで」僕は答えた。「さっきから待ってるんだから」

「何を？」

「僕はきみがタバコを吸うのを見るのが大好きなんだ」

「……どうしたの？」

「どうもしない。積もる話って何だ？」

「積もる話？」

「ゆうべの電話で言ってただろ。積もる話もあるし、久しぶりに新宿で会わない？　そう言わなかったか？」

鈴乃木早苗は答えなかった。タバコを口にくわえ、火を点けたあとで視線を窓の外へ泳がせただけだ。外の雪はまたも小休止している。ふたたび戻った淡い日差しが濡れた舗道を光らせている。

「純之輔君がご機嫌ななめなのは」やがて彼女が口を開いた。「仕事のプレッシャーのせいかしら？」

「まさか」と僕は答えた。「評判を聞いてないのか？　僕の担当した『テラコッタ展』は、今までのどの展覧会よりも盛況なんだ。おとといなんか、あの渋い部長からご褒美に鮨をおごってもらったくらいだよ」

「じゃあこのタバコ？　タバコを吸う女が嫌なら嫌ってはっきり言えばいいのに」

「そんなことを言うつもりもないね。タバコを吸うも吸わないも、イッツ・ユア・ライフ、きみの人生だ」

鈴乃木早苗が一瞬眉をひそめて僕の目を見つめ、次に急いでタバコの灰を灰皿に落としてから、にこやかに微笑んだ。ふたりの会話の歯車がやっとかみ合ったという合図の微笑だった。

「それは、あの映画の台詞よね？　一緒にホテルで見た映画の台詞をまだ憶えてるの？」

(きみもまだ憶えてるじゃないか)

と答える代わりに、僕は正直にこう言った。

「今ふっと思い出したんだ」

そして慎重に付け加えた。一度だけ火遊びしたあの晩、もしくはあのホテルのことをと付け加える代わりに。

「あの映画のことをね」

「じゃあ純之輔君の不機嫌の原因は何？　どうしていきなり意地悪ばかり言うの？」

「ちょっと訊いてもいいか？」

僕は松本清張の文庫を閉じてテーブルの端に置き直した。ついさっきまで、ここで彼女とこんな話をするつもりなどなかったのにと思いながら。

「電話で、きみは話があるから会いたいと言う。いつも同じことを言う。でも実際に会ってみると話らしい話はない。きみは自分からは何も話そうとしない。ただ、バッグの中に映画のペアチケットを持ってるだけだ。それを見せて映画に誘うだけだ。たぶん今日も持ってるんだろう。ここでお茶を飲んで、歌舞伎町の映画館に行く予定でいるんだろう？　だったら最初から電話のときにそう言えばいい。積もる話があるとか意味ありげなことを言わずに映画に誘えばいい。違うか？」

そうね、その通りね、という返事はむろん貰えなかったので僕は続けた。

「もっと疑問に思うのは、きみのよそよそしい態度のことだ。自分では気づいてないかもしれないけど、きみはいつも待ち合わせに十五分くらい遅れてやって来る。遅れて来て、何を飲んでるの？　何を読んでるの？　必ずご機嫌うかがいのような質問を僕にする。まるで初対面の男と会った、あがり性の女みたいに。それからあとは僕が喋るのをずっと待ってる。ぜんぜん普段のきみらしくない。ここで待ち合わせて会うと最初のうちはいつもそうだ。なぜ最初からもっとリラックスできないんだ？　仕事を離れて私服に戻ると人が変わるとか、何か理由があるのか？　前々からそのことが不思議でしょうがなかったんだ」

そこまで勢いで喋ると、僕は周りのテーブルに注意を払い、こちらに聞き耳をたてている客がいないことを確かめた。そのあいだに鈴乃木早苗がタバコを消した。

「マジで？」と彼女は言った。

「何？」

「マジで話してもいいの？」

「理由があるなら話せよ」僕はなりゆきで言った。「こっちもマジで訊いてるんだから」

「純之輔君がそうだからよ」と彼女は理由を話した。「自分じゃ気づいてないかもしれないけれど、ここに来るといつも、純之輔君は初めて会う女を点検するみたいな目であたしを見る。おれはここでこんな女を待ってたんだっけ？　心の中でそんなふうに思ってるのがわかる。だから、あたしはあがり性じゃないけど、ついあがってしまって、何をどう喋っていいのかわからなくなる。落ち着け、落ち着けって自分に言い聞かせながらタバコを吸う。あたしの態度がよそよそしいと言うのなら、それは純之輔君の態度が鏡に映ってるのよ」

「思い過ごしだよ」と僕は言った。

「ううん、違う」傷ついた表情で彼女が言い返した。「そんな気休めみたいな一言で片づけないで。マジで話せって言ったのは純之輔君なんだから。電話で、話があるから会いたいってあたしは言う。いつも同じことを言う。でも本当は別にこれといって話なんかない、ただ純之輔君に会いたいからそう言うの。普通、そういう曖昧なことを言って相手を誘うのは男のほうなのよ。でも待ってたって純之輔君から電話はかかってこない。だからあたしからそう言うしかない。積もる話があるっていうのは、久しぶりに会いたいから出てきて欲しいときの決まり文句じゃないの。それはできれば、ふたりでたまにマジな話だってしてみたいけど、でもそれをさせないのは、会ったとたんに純之輔君の態度がよそよそしいのに気づくからよ。ああ、これは下手な話はできないな、気をつけないともう二度と会ってもらえないかもしれないな、そう思うからあたしはいつもあがってしまって、いつもの調子で喋れなくなるのよ」

「わかったよ」僕はそこで音を上げた。

「わかったって」彼女が訊いた。「どうわかったの？」

「マジな話をさせれば、きみの舌は滑らかになる。滑らかになった分だけ僕の立場が不利になる。それに第一、昼間からフルーツパーラーでマジな話をするべきじゃない」

さらに深く傷ついた表情で、彼女が座席の背にもたれかかった。

「今のはジョークのつもりなんだ」と僕は言った。

僕の態度についての鈴乃木早苗の指摘は、あるいは当たっているのかもしれない。彼女の思い過ごしなどではないのかもしれない。

正直に言って、このときの僕は相手の説明をまるごと信じかけていた。男の態度が、鏡に映るようにして、女の態度を変えるというレトリックに富んだ説明を。僕自身の態度が曖昧だから、彼女の電話での誘い方も曖昧になるのだ。僕自身の態度が親密さに欠けるから、待ち合わせに現れたときの彼女は最初のうち常によそよそしく、控えめで、弱気な、あがり性の女みたいにふるまうのだ。

そんなふうに僕はほとんど納得しかけていた。いや、むしろ彼女の語ったことを全部信じて、その場で他愛なく納得してしまったのだと、ここでは言い切ったほうがいいかもしれない。

彼女の語ったことに僕が疑いを持つようになるのは先の話だ。確かに彼女はあのとき、雪の日のフルーツパーラーの窓際の席で、ある程度正直な気持を打ち明けてくれたのかもしれない。でも正直な気持を打ち明けることと、事実を洗いざらい喋ってしまうこととはまったく別なのだ。その点に僕が気づくのはもっとずっと先の話になる。

でも今は雪の日の午後に話を戻そう。

「わかったのなら」と彼女は言った。「本当にわかったのなら今度から気をつけてほしい」

「うん、気をつける。今度からきみが余計なことを考えなくてすむように、ここに来たらまず抱擁で迎える。そして耳元で、だいじょうぶ、あがらなくてもいいんだよ、と囁くことにする」

「ジョークしか言えないの？」

「マジな話のあとで照れてるんだ。自分の過ちを指摘された男は、悔い改める前にいったん照れてみせるんだ。だから男がジョークを言うときは、恐縮してはにかんでるときだ、今後のために覚えておくといい。早く、そのお茶を飲みほせよ」

「どうするの？」

「歌舞伎町に映画を見にいこう」

「今日はバッグの中にペアチケットなんか持ってないわよ」

「僕がおごるよ」

鈴乃木早苗は僕に言われたとおりにハーブティーに口をつけた。そのあいだに僕は、すでに飲みほしたロイヤルコペンハーゲンのアールグレイのカップに目をやりながら、テーブルの端に置いた松本清張の文庫に手を触れながら、南雲みはるの失踪のことを少しは思い出してみたかもしれない。でも思い出したとしても、それはほんの短い時間に過ぎなかった。

「ねえ……」とうながす声に目をあげると、鈴乃木早苗はティーカップを両手で包み込むように持って口へ運ぶ途中で、窓の外の白い絵に見入っていた。

「また雪」と彼女が言った。「夜には積もるかもしれない」

実際、夜になると雪は積もりはじめた。

もちろん全部を雪のせいにするつもりはないのだが、仮にそういう状況でなければ——いつものように星も見えない夜空の下の乾いた街をふたりで歩いたのであれば、その晩の出来事はいくらか違った結果をむかえていたかもしれない。現実に起こったとおりのことは起こらなかったかもしれない。

歌舞伎町の映画館で、主演の俳優が野球選手のユニホームを上手に着こなしてみせるだけの映画を見たあと、僕たちは雪の降る道を新宿駅東口のほうへ引き返した。メニューに「鍋」のある店で夕食をとって温まり、そして外に出るともうあたりは一面の雪に覆いつくされていた。駅まで歩く途中で彼女は何度か足をすべらせ、何度目かにすべらせたあとで両手で僕の腕をつかんだ。そのまま寄り添って歩きながら、電車はだいじょうぶかしら？　と彼女が心配を口にした。

駅に着くと電車はまだ動いていた。でもこのまま雪が止まなければ運休の可能性もある。現にその可能性を心配して家路を急ぐ人々で構内はひどく混雑している模様だった。人波の中に呑まれるのをためらい、僕たちは入口で立ち止まってしばし顔を見合わせた。

「どうする？」と僕が先に口を開いた。

「どうするって、何を？」彼女がぼそりと言った。「そんな曖昧な質問じゃ、質問されたほうが戸惑うだけよ」

「近くの公園で雪合戦でもやるか？」と僕は言い直してみた。「今のはそういう質問なんだ」

鈴乃木早苗が笑い声を洩らした。

「それとも雪だるまを作ろうか？　僕が胴体を受け持つから、きみは頭を作れ」

「照れたのね？」と彼女が言った。「また自分の過ちに気づいてはにかんだのね？」

「質問に答えろよ」

「純之輔君と一緒に行く。阿佐谷の寮まで」

「それは許されない事なんだ。あそこは男子寮だから」

「だって評判を聞いてるわ、あの寮にはしょっちゅう女が出入りしてるって」

「行こう」

僕は駅の反対側に通じる地下道へむかって歩き出した。人込みをかきわけながら何歩か歩いたところで彼女が追いついて僕の手を握った。

「どこに行くの」

「西口の近くに知ってるホテルがあるんだ。阿佐谷まで行ってもいいけど、途中で電車が止まったら困るだろ？」

「そうね」彼女はあっさりと同意した。「あのホテルならテレビの衛星放送で深夜映画だって見れるしね。でもこの天候で、部屋が空いてるかしら」

きっと空いているだろう、と僕は思った。

きっと朝方までには雪も止むだろうし、それまでの時間をホテルで過ごして僕たちは始発の電車で別れるだろう。あのときと同じように。

今から行くホテルで一度だけ火遊びをした晩と同じように、ベッドの上で深夜映画を見て、その中の一つの台詞を思い出にして、彼女は彼女の自宅へ僕は阿佐谷の寮へ帰るだろう。月曜日の朝、僕たちは遅刻することもなく、何事もなかったような顔でそれぞれの職場へ出勤するだろう。そしていつもの一日が始まり、いつもの一週間が、一カ月が過ぎてゆくだろう。鈴乃木早苗と僕の関係はまた元どおり曖昧に続いてゆくだろう。土曜日の晩か日曜日の朝に彼女のほうから僕の携帯に、新宿で会わない？　と誘いの電話がかかり、フルーツパーラーで待ち合わせ、映画を見て食事をし、ときには一晩を西口近くのホテルで（決して阿佐谷の寮ではなく）過ごす関係が、ふたりのうちどちらかが潮時だと判断するときまで続いてゆくだろう。

と僕が予想したとおり、その晩ホテルに空室はあった。

他の予想についても、一つを除いて、おおむね現実になった。

2

二月の最終日曜日に『テラコッタ展』はつつがなく幕を閉じた。その時点で、つまり最終日までトラブルらしいトラブルが発生しなかった時点ですでに成功と言えたのだが、一カ月間の総入場者数も、各種メディアでの取り上げられ方も、担当した本人の期待をはるかに上回っていた。

おかげで部長の機嫌も上々だった。宣伝部の打ち上げの席にはなんと僕のイタリア土産のネクタイを締めて現れたほどだった。おまけに、乾杯の前の挨拶ではそのネクタイをつまんで皆に示し、「これだけでもじゅうぶん三谷をイタリアに行かせたかいがあったのだが」とめったに聞かれないジョークまで言った。

つつがなくカレンダーがめくれて三月に入ると、また以前の安定した日常が戻ってきた。午前七時十五分起床。遅くとも八時には寮を出て、いつもの通勤電車で九時までにはオフィスに入り、自動販売機の紙コップのコーヒーを一杯飲んで仕事にかかる。そして夕方五時過ぎにはまた同じ路線での帰宅。そんな決まりきった一日が始まり、判で押したように翌日も翌週も繰り返された。

一日のうちで南雲みはるのことを思い出す時間はほんのわずかだった。一日のうちに、その時間が含まれていたとしてもほんのわずかだったと言い直したほうがいいかもしれない。ふとしたはずみで、ときたま思い出すことがあるので、それが毎日のことなのか、それとも二、三日にいっぺんくらいのことなのか自分でもよく区別がつかなかった。

たとえば、読み終えて本棚に立ててある松本清張の本が目に留まったとき、寮の近くのコンビニで夜中に買物をした帰り道に耳にした救急車のサイレン、あとは週末に鈴乃木早苗と会って他愛のない話をしている最中のふとした沈黙、それらがそのふとしたはずみになって、僕はかつて自分のガールフレンドだった女の顔や、声や、言葉の断片を記憶によみがえらせた。でもその時間はほんのわずかだった。その記憶にはもう、僕を半年前の過去に引きとどめておく力がなかった。松本清張の背表紙から目をそらしたとたんに女の顔はぼやけ、コンビニでリンゴを買って寮に戻るころには声もかき消えていた。路面に落ちた瞬間に黒い染みに変わってしまう雪のように。何を考えてるの？　と鈴乃木早苗がひとこと訊ねるだけで、僕は窓の外の景色から目をそらし、現実に戻ってマジな話をしたりジョークを飛ばしたりすることができた。

南雲みはるの姉夫婦や、親友の篠崎めぐみに電話をかけて、本当のところはどうなのか、彼女が失踪した本当の理由は何だったのか、ヒントだけでも聞き出したいというやみくもな気持もそのころには薄れていた。イタリア出張から戻って以来、月に一度か二度、定期的に、というよりも発作的にそんな気持に悩まされることがあったのだが、結局、僕は横浜へも福岡へも一度も電話をかけずにその時期を乗り切ることができた。

誰に電話をかけてもおそらく無駄だろう。何らかのヒントを誰かに貰えたとしても、そこから何らかの解答を導き出せたとしても、今度はそれが果たして真実の解答なのかどうか、僕はまた誰かに電話をかけるだろう。堂々めぐりの電話を発作的にかけ続けるだろう。これまで何度も自分に言い聞かせてきたように、確かなことが知りたければ、直接本人を探し出して本人の口から聞き出す以外に手立てはないのだから。

そう考えて僕はなんとか発作の時期を乗り切った。それからさらに時がたち、一日のうちで南雲みはるのことを思い出す時間はほんのわずかになった。仮に、一日のうちにその時間がふくまれていたとしても。

三月に入って第二週目の朝のことだ。

いつものように七時十五分にセットした目覚ましが鳴り、五分後には僕は布団の上にあぐらをかいて、眠気覚ましにボリュームをあげたテレビを眺めていた。そのときまで、南雲みはるの顔は頭の隅にも浮かんでいなかった。冷蔵庫から買い置きのリンゴを取り出したときにも、それを皮ごと齧っているときにも同様だった。

テレビには三匹のイルカとウエットスーツを着た二人の飼育係が映っていた。彼らは人工の入江の岸に近いあたりをゆったりと泳ぎ、女性のリポーターが岸に立って、いまはまだシーズンオフだが五月のゴールデンウィークの頃には、日本各地から観光客がここに押し寄せてイルカたちとじかに触れ合う姿が見られるだろうと説明した。どうやら朝の情報番組はシーズンオフの沖縄のリゾートホテルを特集している模様だった。

芯を残してリンゴを一個食べつくしたところでCMが入り、僕は着替える前にトイレに立った。ついでに歯磨きと洗顔をすませて戻ってみると、特集はまだ続いていて、カメラはリゾートホテルの内部に入りフロントのカウンターを映していた。地元局のリポーターが、沖縄の夏に備えて準備をしているのはイルカたちだけではありませんと前置きして、ダブルのスーツに身をつつんだ初老の男を紹介した。「このかたがエノハタ副支配人です」

エノハタ？　とワイシャツに腕を通しながら僕は思った。

リポーターが言うには、その男はリゾートホテルの副支配人であると同時に、沖縄県の美術展の常連でもある画家だった。冬場に描かれた彼の力作は、毎年シーズンになるとホテル内のレストランなどに飾られて宿泊客の好評を博している。今年は早くもそのうちの一枚が完成し、フロントの壁に掲げられた。カメラがその力作をズームでとらえると、僕の目には、粘土遊びをしている女の絵のように見えた。「やちむん」という言葉を使って画家がその絵のタイトルを説明し、「やちむん」とは沖縄の言葉で焼物のことだとリポーターが付け加えた。

ワイシャツのボタンを留めている途中で僕は息を呑んだ。

テレビの前にしゃがみこみ、カメラが切り替わるまでその絵を見つめ続けた。絵の中で焼物の土をこねている女の横顔――エノハタ副支配人が冬場に描いた新作のモデルの顔に僕は見覚えがあった。

エノハタ？　と僕はもう一度思った。江ノ旗耕一？

3

正午前に羽田を発ち、那覇空港に着いたのは午後二時四十分だった。

空港から名護行きのバスに乗りこんだのがちょうど三時で、リゾートホテルの名前のついた停留所でバスを降りたのが五時近かった。

そこまでは、東京であらかじめ立てていたスケジュールに狂いはなかった。

三月第二週の土曜日のことだ。

沖縄の天候は飛行機の中でアナウンスされたとおり、もしくはそれ以上に良好だった。阿佐谷の寮を出るときに着ていたコートは名護行きのバスに乗ったときにはもう余計な荷物になっていた。窓から差し込む日差しのせいで車内の気温はかなり高く、暖かいというよりもむしろ暑いくらいだった。バスの運転手をはじめとして、上着を着こんでいる乗客は僕以外にひとりもいなかった。

で、午後五時に、予約を入れておいたリゾートホテルの前にたどり着いたとき、僕は右肩にショルダーバッグをかけて右手でコートをつかみ、左手には一時間半ほど前に脱いだ上着を握りしめていた。上着を脱いだあとのシャツは袖を肘のあたりまで捲りあげた恰好だった。

フロントデスクで宿泊カードに記入を済ませると、さっそく僕は江ノ旗副支配人の所在を訊ねた。

できれば今すぐにでも面会したい旨を申し出たのだが、返ってきたのは不在という曖昧な回答だった。そこから東京で立てていたスケジュールに狂いが生じ始めた。不在の意味をもう少し突っ込んで訊ねると、江ノ旗副支配人は当館ではなくコテージのほうに常勤しているとの納得のゆく回答が得られた。どうやらこのリゾートホテルには本館の他にコテージと呼ばれる別館がどこかにある模様だった。

　ではコテージにはどう行けばいいのかと僕は訊ねた。するとフロント係の女性が、本館とコテージのあいだをマイクロバスが一時間に一本往復している、五時発の便がたった今こちらを出発したばかりだと教えてくれた。だったら次の便まで一時間待つか、タクシーを呼んでもらうか二つに一つだと僕は考え、それから試しに、そのコテージに空室はあるのかどうか、もしあればそっちに予約を変更することは可能かどうか訊いてみた。

　調べてみます、と言ってフロント係の女性が持場を離れると、陰になっていた壁の絵がまた僕の視界に入った。

　フロントデスクの内側の壁には例の、テレビで見た油絵の実物が飾ってあった。焼物の土をこねている若い女の姿を描いた絵が。その女の顔は近くで見れば見るほど南雲みはるに似ていた。そしてその絵を描いた人物のフルネームが江ノ旗耕一であることはすでに東京からの電話で確認済みだった。

　シーズン中には宿泊客の好評を博するはずの、副支配人の力作に注意を払っているのは僕ひとりしかいなかった。その時間にフロントデスクでチェックインの手続きをしている宿泊客は他に誰もいなかったし、吹き抜けになっただだっ広いホールはひっそりとして人影もあまり見当たらなかった。ラクダ色の制服を身にまとった若いベルボーイがひとり、部屋の鍵を持って僕を案内するために後ろに控えているのが気になる程度だった。

まもなくコテージに空室のあることが判明した。本館がこの調子なのだから当然で、もちろん予約の変更も可能だった。その場でタクシーを呼んでもらうことに決め、十分後には手持ちぶさたの若いベルボーイに見送られてリゾートホテルの本館をあとにした。西日に赤く染まる山道を延々とタクシーで登りつめて、目指すコテージに着いたのは五時半過ぎだった。

コテージの受付では、宿泊カードに記入するまえに念のため江ノ旗副支配人の所在を確認した。それが正解で、江ノ旗副支配人は朝から所用で那覇に出かけているという回答だった。帰りは何時頃になるのかと僕は訊ねた。さあ、と受付の女の子が首をかしげた。

そのときポロシャツに短パン姿の青年が僕のそばを通りかかった。「小峰《こみね》君」と女の子が呼びかけたのでコテージのスタッフの一人に違いなく、ラケットを何本かまとめて胸に抱えていたのでその姿はテニスウエアに違いなかった。

「小峰君、副支配人の帰りは何時頃になるか聞いてる？」

「え？　那覇に泊まるって言ってなかった？」とラケットを抱えた青年が答えて建物の外へ出ていった。

「副支配人は今日はもう戻らないかもしれません」

とビジネスの口調に戻って受付の女の子が宿泊カードを僕のほうへ滑らせた。ショートカットの小柄な色の白い女の子だった。丁寧語も上手に使いこなした。

「でも明日の九時には出てくると思います。ご記入が終わられましたら、スタッフがお部屋までカートでご案内いたしますので、しばらくお待ちください」

「副支配人は携帯を持ってる？」

「はい？」と女の子がまた首をかしげた。

「那覇にいる副支配人と連絡が取りたいんだ」

「ですから副支配人は明日の……」

「明日の九時までは待てない」と僕は言った。「できれば今すぐにでも話したい。副支配人の携帯に電話をかけてもらえないかな？」

「お知り合いのかたですか？」

僕は大きくうなずいて見せた。

「東京から、はるばる江ノ旗さんに会うために来た。江ノ旗さんのお嬢さんの知り合いなんだ」

「お嬢さん？」

「南雲みはる」と僕は試しに言ってみた。

「ああ」と女の子が大きくうなずき返した。「あのひとの知り合い」

「南雲みはるを知ってる?」

「お話ししたことは何度かあります」

「どこに行けばそのひとに会えるかわかる?」

「いいえ、そこまでは」

「彼女も副支配人を訪ねてここに来たんだね?」僕は確認した。「去年の秋ごろの話?」

「ここにいたんですよ」と女の子が受付カウンターを指さして答えた。

「ここに?」

「ここに立って受付の仕事をされてたんですよ、一カ月くらい」

電話はすぐにつながった。

東京から副支配人とどうしても話したいという男の人が来ている、とメッセージを的確に伝えたあとで、受付の女の子は僕を振り返って「お名前は?」と訊ねた。

僕が右手を差し出すと、女の子は少しためらっただけで黙って受話器を渡してくれた。

「三谷です」と僕は電話にむかって名乗った。

「三谷さん?」とテレビで一度聞いた柔らかな声が聞き返した。

「三谷純之輔といいます、みはるさんの知り合いの」

そう言えば通じるかと多少の期待はあったのだが、相手は僕のフルネームに聞き覚えがない様子だった。

「それで、ご用件は？」

「できればお目にかかって話したいんですが」

「今日はもうそっちへは戻りません」と江ノ旗耕一が言った。「明日の午前中でよければ」

「明日はあまり時間がないんです」と僕は答えた。「東京行きの午前中の便を予約してあります。今日のうちに会っていただけませんか？　ほんの三十分でも」

「そう言われても、私は今、那覇にいるんですよ。それにこれから……」

「僕がそちらへ行きます、これからすぐにタクシーを呼んでもらって」

「三谷さん、とおっしゃるんですね」ため息まじりの声が言った。「みはるとはどんなお知り合いですか？」

　適切な表現を探すために僕はしばし黙った。電話口で誰かが江ノ旗耕一に呼びかける声が伝わり、江ノ旗耕一がその声に対して何事かを答えた。そのあいだに僕は嘘を一つ思いついた。

「みはるさんから去年、お父さんの手紙を見せてもらったことがあります。南雲家の女性のニガウリ嫌いのことが書かれた手紙です」

「南雲家の女性のニガウリ嫌い？」と鸚鵡返しに言って、江ノ旗耕一は微かに笑い声をたてた。「あの手紙を、みはるが三谷さんに？」

「ええ」

「そうですか」と呟いて今度は江ノ旗耕一がしばし黙りこんだ。

「とにかく、これからすぐにタクシーで那覇へ戻ります」僕はもう一押しした。「コテージの予約は申し訳ないですがキャンセルしてもらって、今夜は那覇に宿を取ることにします」

「三谷さん？」と江ノ旗耕一が訊いた。「那覇の地理にはお詳しいですか？」

「いいえ、沖縄はまったく初めてです」

「じゃあメモを取ってください。そのメモをタクシーの運転手さんに見せてください。そこで九時に会うことにしましょう」

言われた場所を宿泊カードに書き留め、電話が切れたことを確認して受話器を女の子に戻した。

「ここの予約はキャンセルで」と物分かりのいい女の子が言った。「すぐにタクシーを呼ぶんですね？」

彼女の呼んでくれたタクシーが山道を登ってコテージに到着するまでに二十分ほど時間

を要した。

おかげで、南雲みはるがアルバイトの受付係として働いていた一カ月間の様子について、ある程度の情報を訊き出すことができた。

4

最初に断っておくと、それから那覇市内へとんぼ返りして僕が得たものは何もなかった。少なくとも南雲みはるの居場所を突き止めるための鍵になるような情報は、江ノ旗耕一からは得られなかった。

その代わりに一つだけ、江ノ旗耕一は僕に貴重なアドバイスをくれた。実は、この物語の冒頭で紹介しておいたエピソードを——ショーウインドーに飾られた一足の靴を欲しがったせいで、恋人を失ってしまった男の話を——江ノ旗耕一が自分自身の思い出として語ってくれたのはその晩のことである。

本人がどこまで意図的にその話を僕に語ったのかは別として、結果的に、それが僕にとっての貴重なアドバイスになった。そう言っていいと思う。これまでの出来事に決着をつけるという意味で。南雲みはるを探すために費やした半年間に決着をつけて、それを過去の出来事として記憶の引き出しの奥に整理するという意味で。

だがそんな話の前に、その晩、江ノ旗耕一から訊き出した南雲みはるに関する情報は、コテージで女の子から聞いた内容と重なるだけで、耳新しいものは何ひとつなかった。まとめると次のようになる。

昨年の秋、といっても沖縄ではまだ暑い夏が続いていた九月の上旬に、南雲みはるはふらりとやって来た。デイパックを背負い、他に荷物らしい荷物もない身軽な恰好でコテージの受付に現れ、実の父親である江ノ旗耕一との面会を求めた。

二十数年ぶりの再会を果たしたあとで、しばらく当地にとどまるという娘に、父親はコテージでの仕事を与えた。以後、南雲みはるはほぼ一カ月間、臨時の受付係として働くことになる。そのあいだ彼女はスタッフの宿直室で寝泊まりした。江ノ旗耕一はとっくの昔に再婚していて、自宅には妻とその間に生まれた子供たちもいるからだ。一度や二度夕食に招待されることはあっても、長期間の滞在となれば話は別だった。

週に六日、彼女はきちんとコテージでの仕事をこなした。休日には海水浴をしたり、一人で小旅行に出たり、また地元の焼物に興味をしめして父親の案内で窯元を訪ねたりした。そのときの思い出をもとにして、父親は後に一枚の油絵を描くことになる。

そして一カ月が過ぎ、沖縄の長い夏が終わった。コテージの客足も途絶えはじめた頃、南雲みはるは来たときと同じようにまたデイパック一つを背負い、みんなの前から姿を消した。

「そのときどこへ行くのか、彼女は言ってましたか？」

と僕は一応訊ねてみた。同じ質問に対してコテージの受付の女の子が答えたのと似たりよったりのことを江ノ旗耕一は言った。

「いや何も聞いてない。みはるは東京へ帰るつもりなんだと私は思っていたし」

確かに南雲みはるは沖縄からいったんは東京へ戻っている。でも問題はそのあとだ。そのあとすぐに彼女は南蒲田のマンションを引き払い、再びどこかへ旅立ったのだから。

「それで去年の十月に別れて以来、みはるさんからは何の連絡もないわけですね？」

「うん、何の連絡もない」と答えて、江ノ旗耕一はグラスの酒を口にふくんだ。

「それはちょっと変じゃないですか」と僕は指摘した。「二十何年かぶりで実の親子が再会したというのに、そのあと連絡を取り合わないというのは」

「変かな？」と相手が意表をつかれた顔つきで訊き返した。

「変ですよ。彼女の居場所を江ノ旗さんが知らされていないというのも、その気になればいくらでも疑えますね」

「でも本当に知らないんだ」江ノ旗耕一はまた酒を口にふくむと笑顔を浮かべた。「こう考えれば、変じゃないかもしれない。二十何年もの長いあいだ、僕たちはただの一度も連絡を取り合わなかった。だから今さら……みはるが沖縄を出たのが去年の十月なら、今日で五カ月目くらいか？　今さら五カ月くらいお互いに音信不通だからといって騒ぎ立ててもはじまらないだろう。再会するまでの月日に比べれば、そのくらいは何でもない。どうかな？」

「……なるほど」僕は江ノ旗耕一の笑顔に見つめられてそう答えた。「それもそうですね」

「そうだろ？」

江ノ旗耕一も僕も、飲んだ量こそ違え、そのころには酔いが回り始めていたと思う。

僕たちは那覇市街にある居酒屋のカウンター席に並んで腰かけていた。そこは「琉球料理と泡盛」を看板に掲げてかなり繁盛している店で、江ノ旗耕一は泡盛を飲みながらニガウリの炒め物をつまみ、僕は豆腐と野菜と豚肉の炒め物を食べながら泡盛をソーダで可能なかぎり薄めたのを飲んでいた。

カウンター席とは別に、僕たちの背中にあたる方向に座敷が設けてあり、そっちではアマチュアの画家たちが集まって宴会を開いていた。江ノ旗耕一の説明によると、月に一回催される絵かき仲間の親睦会の流れということらしかった。その宴会には、Tシャツにジーンズ姿の若い女性が加わり、三線《さんしん》の弾きがたりで地元の民謡を歌いつづけていた。これも江ノ旗耕一の説明によると、その若い女性は画家ではなく居酒屋の女将の娘ということだった。

　また行きどまりだ、と僕は泡盛のソーダ割りをなめながら思っていた。どこまで追いかけても南雲みはるの居場所にはたどり着けないのだ。

　沖縄へ来て、彼女の実の父親に会いさえすれば何らかの突破口が見つかる。そう期待していた分だけ失望は大きかった。失望だけではなく一日の疲労も大きかった。阿佐谷から羽田へ、羽田から那覇へ、那覇から山の上のコテージへ、それからまた那覇へと動き回った疲れが、たぶんその晩の僕の酔いに拍車をかけていたはずだ。

　江ノ旗耕一が例の一足の靴にまつわるエピソードを話し始めたのはそんなときだった。

　彼がまだ二十代前半の若者だった時代の話。あるとき彼はショーウインドーに飾られた靴に目をとめ、どうしてもそれが欲しくなった。でも金の持ち合わせがなかったので、一緒にいた恋人から金を借りて買うことにした。恋人は彼に金を貸したせいで、タクシーで帰宅する予定を変更してバスに乗った。そしてバスの中で昔のボーイフレンドと再会する。その偶然の再会がきっかけで、後に彼女は彼のもとを去り、昔のボーイフレンドと一生をともにすることになった。そんな話だ。

「この話の核心は靴だね」と江ノ旗耕一は最後につけ加えた。「一足の靴を欲しがったせいで、自分は大切な恋人を失ったわけなんだね」

たぶんそれは僕が江ノ旗耕一に語った話に対しての、お返しの意味があったと思う。

その晩、僕は事の顚末をぜんぶ彼に話した。居酒屋のカウンターで初対面の挨拶を交わしてから、泡盛のソーダ割り一杯でふらふらになるまでのあいだに、これまでの経緯をあらかた(南雲みはる宛の私信を盗み読みしたという事実だけ除いて)話しつくしていた。だから南雲みはると僕がどこでどうやって知り合ったのか、彼女が僕の前からいつどんなふうに姿を消したのか、彼女の行方を探すために僕がこれまでどんなことをやってきたのか、彼はすべて承知の上で、お返しに一つ昔話をしてくれたのだ。

「今の言い方をこっちにあてはめると」と僕はしばらく考えて答えた。「僕の話の核心はアブジンスキーということになりますね。飲めもしないカクテルを飲んだせいで、僕はみはるさんを失ってしまったわけですね」

江ノ旗耕一が曖昧にうなずいて見せた。

でもそれは違うのではないか?

南雲みはるの父親の横顔を見守りながら僕はそう思い直した。間近で見る江ノ旗耕一の顔はテレビでの印象よりもずっと痩せていて、そのせいか高い頰骨のあたりが娘の顔を連想させる。僕のここまでの話に核心があるとすれば、それは一杯のカクテルなどではなく、僕のもとを去った南雲みはるの意志、その意志をかたちづくった理由なのではないか？それを突きとめるために僕は沖縄まではるばるやって来たのではないか？

「この話の核心は靴だとか、もちろんそんな言い方は、好きな女に逃げられてその場で思いついたわけじゃない」と江ノ旗耕一が言った。「それはもっと時が経ってからの話で、たぶんみはるの母親と出会って結婚を決めた頃じゃなかったかと思う。あるとき過去を振り返って、悲しい出来事をそんなふうに冷めた目で見ている自分に気づくわけだ。あの話の核心は靴だったと。過去の出来事をそんなふうに見なせる、そんな言い方で語れるということは、つまり、自分の気持の中で決着がついているという証明なんだろうね」

「でもみはるさんの件は」と僕は言い返したが、ろれつがよく回らなかった。「まだまだ、過去の、出来事じゃないですよ」

「三谷くん、きみはさっき『僕はみはるさんを失ってしまった』と言ったよ」

「言いましたか？」

江ノ旗耕一が振り向いて、僕の顔色を読むような目つきで続けた。

「明日の午後は予定が入っているとも言った。だから朝の便で東京に帰る、こっちでゆっくりしている時間はない。電話でも、ここに来てからもそう言った」

「……それが？」

「みはるのことが頭の隅にひっかかって、そのせいで三谷くんの人生に支障が出るような、そんな状況がいつまでも続くのはまずいと思うよ」

「そんな大げさなことではないんです」と僕は言った。「ちょっと人と会う予定が入っているだけで」

「大げさかな」と江ノ旗耕一が首をひねった。「しかしみはるのせいで、三谷くんがたとえば、何か先へ進めないような問題でも抱えているとしたら、早いうちに過去は過去としてけりをつけてしまったほうがいい。アブジンスキーのせいで自分はみはるを失った、むしろそう冷めて諦める方法を選んだほうがいい。そのほうが三谷くんのためにもなるし、きみの話を聞いていると、実はみはる自身もそれを望んでいるような気がする。だいたい、みはるは南雲家の女性としてはやや異色かもしれないが、私のほうの血を確実に受けついでいると思うんだ。一カ月のあいだ、そばで様子を見ていてそのことがしみじみわかった。あれは、私の口から言うのも何だが、世間一般に、いい奥さんになるだろうなと言われるタイプには程遠いね」

あくまで微妙な言い回しだったし、聞かされた僕のほうはかなり酔っ払っていたにもかかわらず、そのとき江ノ旗耕一の伝えたがっていることは理解できた。要するに彼は、明日僕が東京で会う相手が女性だと見抜いて、なおかつ、自分の娘よりもそっちを選べと僕に勧めているのだった。そうに違いなかった。

そのことに僕はまず驚き、次に、実の父親から一方的に良妻には程遠いタイプと決めつけられた南雲みはるという女を気の毒にも思った。が、正直に言うと、驚いたのも気の毒に思ったのもほんの一瞬に過ぎなかった。

ではいったい彼女はどんなタイプの女だったのか？

自分にそう問いかけてみて、僕は答をつかみそこねた。世間一般に、いい奥さんになるだろうなと言われるタイプには程遠い女だと、彼女を見て思った記憶は一度もなかった。それは確かだったが、その反対のことを思った記憶も同じように一度もなかった。結局のところ、僕は南雲みはるをそんな目で見たことが一度もなかったのだ。

ちょうど一年前、去年の春に僕たちは出会い、それから秋までのたったの半年間、月に一度か二度、電話で約束をして横浜で待ち合わせるといった交際を続けた。女性の出入りには寛容だと社内でも評判の、阿佐谷の寮に彼女を呼び入れたこともまだなかった。いつかはそうなるだろうと漠然と予想はしていたけれど、半年の間にその機会は訪れなかった。逆に僕が彼女の部屋に泊まったのも二回だけで、しかも二回目の晩には彼女はコンビニにリンゴを買いに出たきり戻って来なかった。

要するにふたりのつきあいはまだその程度だったのだ。僕たちは言わばスタートラインに立ったばかりで、お互いに相手がどんなタイプの人間であるかもよくつかみ切ってはいなかった。現に、僕は彼女が大学を中退したことも、彼女の親友が福岡にいることも知らされていなかった。リンゴを買いに出かけて戻らなかった晩、その間際まで彼女は僕のことを、三谷さん、と他人行儀に呼んでいたくらいで……。

「三谷くん」と江ノ旗耕一の呼ぶ声で僕はいったん我に返った。

隣を見ると、いつのまにか江ノ旗耕一の姿は消えていた。二度目に僕を呼ぶ声は背後から三線の音にまじって届き、そちらの宴会がいっそう盛り上がっている様子が感じ取れたが、振り向いて確かめるのも億劫だった。

江ノ旗耕一に肩を叩かれ椅子を立ち、座敷のほうへよろよろと歩きながら、僕は新宿のフルーツパーラーで会う約束をしている鈴乃木早苗のことを考えていたような気がする。

座敷に上がるとすぐに誰かが泡盛の入ったグラスを差し出し、明日の日曜日、と僕はそのグラスを受け取って思った。いつものように僕は鈴乃木早苗と歌舞伎町で映画を見て、そのあと彼女を阿佐谷の寮に連れてゆくだろう。彼女はきっと嫌がらないはずだし、そうすることで、僕は頭の隅にひっかかっている過去の出来事に自然と決着をつけることになるだろう。

そしてその調子でこれからの一日一日を乗り切ってゆけばいい、と僕は思った。そのうちいつか、南雲みはるの失踪の理由についてすら僕は関心を失ってしまうだろう。いつかはそういうときが訪れるだろう。真実を知りたいという突発的な感情に、二度と悩まされることのない平穏な日々が、きっと。

そう思ったあとで、その晩の記憶はぷっつりと途切れた。

翌朝、僕は那覇空港に程近いホテルの一室で目覚めた。

二日酔いの頭をどう振りしぼっても、前の晩そこへたどり着いた経緯は思い出せなかった。たぶん江ノ旗耕一が親切に送り届けてくれたのだろう。そして午前七時のモーニングコールまで手配してくれたのだろう。

おかげでスケジュールどおり羽田行きの朝の便に乗ることができた。機上で僕は一度だけ、心残りはないかと自分に訊ねてみた。この旅が終わると同時に、およそ半年にわたる南雲みはる探しの旅にも決着をつける。ゆうべ自分はそう決心した。本当にそれでいいのか？

それでいい、というのが僕の答だった。

心残りは見当たらなかった。沖縄旅行の土産話に、リゾートホテルの呼び物のイルカを見逃したことくらいしか思いつかなかった。

第九章　五年後

失踪からまる五年後の夏に、僕は南雲みはるとの再会をはたした。

こう語り始めるとあまりにも唐突で、あまりにもあっさりとした言い方に聞こえるかもしれないけれど、事実、それは僕が心から望んだ再会ではなかった。

失踪当時に僕がそうしたように彼女の行方を探し求めて、そのあげくにとうとう思いがかなった、というかたちの再会ではなかった。そんなかたちの再会は現実には起こりにくい。五年前の経験でそれは身にしみているし、あと、もう一つ経験から言わせてもらえば、人は誰かとの再会のために、ただそれだけのために長い歳月を費やしたりもしない。リンゴを買いに出かけたまま失踪したガールフレンドを五年間探し続けたりもしないし、彼女の失踪の理由を五年間考え続けたりもしない。少なくとも僕はそれほど根気のある人間ではない。

だからもしそれが起こるとすれば、唐突で、しかもごくあっさりとした再会になるのは当然といえば当然のなりゆきだったと思う。

実のところ、僕は南雲みはるとばったり再会する以前に、彼女の居場所についてのある程度の情報をつかんでもいた。その気になりさえすれば、自分で何とか彼女を見つけ出して会うこともできたはずだった。でも僕はそうしなかったし、そうすることも可能なのだと思いながら行動に移さないでいるあいだに、偶然の力が先に僕たちを引き合わせてしまったのだ。

僕たちは五年ぶりに出会い、互いに互いの顔を見分けて挨拶をかわし、二時間ほど話をした。そして八月の光の溢れる駅のホームで別れた。それ以来、彼女とは会っていない。再会といっても、これから語るのは単にそれだけのことだ。

もちろん、それだけのことをもっと劇的に語ることはできるかもしれない。南雲みはるの居場所についての情報を入手したのもある種の偶然からだったし、その件もふくめて、僕たちのあいだに働いた偶然の力をもっと劇的な表現に置き換えて語ることはできるかもしれない。たとえば僕がその日、南雲みはるとの再会を予感していたというふうに。たとえば僕たちが、再び出会ってお互いを理解し合うためには五年の歳月が必要だったのだというふうに。でもそれでは事実と掛け離れてしまう。

五年前に南雲みはるが失踪したとき、ある時点で僕はこう予想した。いつの日にか彼女の噂を耳にすることがあったとしても、それはきっと僕にとって彼女の居場所が何の意味も持たなくなったときに違いないと。

そして五年のあいだに僕の予想は現実になっていた。現実に、僕は彼女の居場所に関する情報を耳にしたけれど、その情報を頼りに彼女の居場所を突きとめる行動はもう起こさなかった。五年後の僕は彼女との再会を（どんなかたちの再会であろうと）すでに望んではいなかったのだ。

僕はその日、南雲みはると出会う直前まで何も予感しなかった。当然ながら、彼女のほうでもそれは同様だったに違いない。僕たちは、ちょうど五年前の春に横浜で出会ったときのように、思いがけず出会った。でも今回は、そこからは何も始まらなかった。僕たちはお互いの連絡先も交換せずに別れた。とどのつまり、それは予期せぬ再会と二度目の別れに過ぎなかった。そういった出来事を、単なる偶然以外のどんな劇的な言葉に置き換えられるだろうか？

で、僕はこれから事実をありのままに、南雲みはるとの再会について語りたいと思う。劇的な出来事ではないにしろ、たぶんそれを語ることで、彼女の失踪当時の謎がいくらかでも解き明かされることにはなるだろう。謎の解明が、五年後の僕にとってもう何の意味も持たなかったとしても。

1

前の晩から僕は出張で福岡にいた。

出張といっても、福岡と大阪のショールームが立て続けにリニューアル・オープンすることになり、当日のセレモニーに本社宣伝部から僕が招かれただけのことだった。仕事らしい仕事は何もなかった。お決まりの祝辞をいくつか聞き流して、拍手をする。夕方からのパーティーでは乾杯に唱和して、名刺を配って、適当にお世辞を使えばそれで済んだ。

パーティーのあとの付き合いは、酒の強い部下をひとり連れて来ていたのでそっちに任せて、僕は早々にホテルに引き上げた。夜の七時だった。福岡の真夏の夜なのでまだ外は昼間のように明るかった。シャワーで汗を流し、冷蔵庫から缶入りの麦茶を取って飲んだ。それから埼玉の自宅に電話をかけた。

電話には義母が出て、妻はいま娘を風呂に入れているところだと教えてくれた。どこからかけているのかと訊ねるので、福岡のホテルからだと答えると、義母は、あした僕が乗る予定の飛行機の心配をした。電話のむこうからは義母の声に混じってテレビの音声が伝わってきた。どうやらどこかの国で航空機事故が発生して、ＮＨＫのニュースがその事故を速報している模様だった。

　あした僕は飛行機に乗る予定のないことを義母に説明した。今日は羽田から飛行機に乗ったけれど、明日は福岡から新幹線で大阪まで移動し、一泊してあさって東京に戻る。その足で出社するつもりだから、あさっての夜には普段どおりの時刻に帰宅できる。その説明の途中で、パパ、パパ、と呼びかける娘の声が聞こえた。続いて義母の声が、濡れた髪のしずくがどこかに落ちると注意した。受話器が娘の手に渡り、舌たらずの声が今日一日の出来事をリポートし、パパという一人称を使って僕は娘の相手をしばらく務めた。次にようやく妻が電話に出た。

　今ごろはお酒を飲まされて酔っ払ってるかと思っていた、と妻は冗談から始めた。いや、そっちの付き合いは全部松永《まつなが》君に任せたんだと僕は答えた。あしたもそうしてもらえば？と妻が言い、ああ、そのつもりだと僕は答えた。九州は暑い？　暑いよ、東京と同じくらい暑い。晩ご飯は？　パーティー会場で鮨をつまんだ。これから何をして過ごすの？　テレビで野球でも見るよ。だったら、せっかくだから福岡ドームにダイエーの試合を見に行けばいいのに。ダイエーは東京ドームで日本ハムと試合中なんだよ。その試合をいま地元のテレビ局が放送している。そうなの？　そうなんだ、ところで航空機事故はどこで起こったんだ？　さあ、どこか中東のほうじゃないの？　と妻は答えた。そんなことより、リンゴはいまのうちに冷蔵庫に入れておいたほうがいいかもしれないわ、傷まないうちに。

「リンゴ？」と僕は聞き返した。

「あしたの朝のぶんと、あさってのぶんと二つ鞄に入れておいたの」

電話を切ったあとで鞄の中を調べてみると、確かにリンゴが二つ入っていた。

僕はリンゴが二つ入った紙袋を冷蔵庫に押し込み、麦茶の残りを飲みながらテレビで日本ハム対ダイエー戦の中継を見た。他にやることも思いつかないので最後まで見続けた。その途中で、僕はときおり妻の思い出にふけった。

結婚する前の妻は、当時僕が住んでいた阿佐谷の独身寮を（建前上は密かに）訪れるたびにリンゴを持参した。土産はかならずリンゴだった。その日になって僕が頼んだカミソリの刃やコーヒー豆を忘れることはあっても、頼みもしないリンゴを忘れたことは一度もなかった。果物屋で選んだブランド物のリンゴであったり、コンビニで売られているパック詰めのリンゴであったりまちまちだったが、彼女はそれを自分の手で一つ一つ、数を確認しながら冷蔵庫の中に収めた。毎朝リンゴを一個食べるのが僕の習慣だと知っていたからだ。

彼女は次に自分が独身寮を訪れるまでの日にちと、冷蔵庫に残っているリンゴの数をぴったりと合わせた。そうしないと気がすまない様子だった。彼女のそういった几帳面さを、一度でも病的だなどとは感じたことはなかった。むしろ僕は好ましく思った。おかげでこちらはリンゴの買い忘れの心配から解放されたわけだし、解放されてみるとその状況は居心地が良かった。考えてみればそれは、大学に受かって上京し独り暮らしを始める以前の状況とそっくりだった。つまり彼女の几帳面さは、息子のために冷蔵庫にリンゴを欠かさなかった僕の実家の母親を思い出させた。

日本ハム対ダイエー戦の中継を見終わると、僕は旅行鞄の中から小型の時刻表を取り出した。そんなものを持ってきたつもりはなかったので、妻がリンゴと一緒に鞄に詰めてくれたものに違いなかった。明日とあさっての新幹線の切符は取ってあるし、今さらこれを読む必要はないのだと思いながら、僕はベッドに横になって時刻表を開いてみた。

何度か頁をめくり、行ったり来たりしたあげくに「長崎本線・佐世保線　下り」という見出しにたどり着いた。その頁をざっと眺めたあとで、始発の博多から下へ細かい文字を指でなぞり、有田、という駅名を探しあてた。ありた、と僕は心の中でつぶやいてみた。

それがどんな街であるかはまったく知らない。でも時刻表によると、福岡からその街までは電車でほんの一時間弱の行程のようだった。その気になれば、明日にでもそこへ行ってみることはできる。もし自分がそれを望むならば。

野球中継のあとに始まったバラエティ番組の笑い声が耳についたので、僕はベッドを降りてリモコンを探しテレビを消した。室内がしんと静まり返り、エアコンの低い唸りが耳もとに伝わった。たったそれだけのことで僕の気持は収まっていた。ベッドに放り出した時刻表を拾いあげて同じ頁をもう一度開いてみる気はもうなかった。

僕は時刻表を鞄の中に詰め直し、ベッドの脇のデジタル時計で時刻を確認した。十一時十五分前だった。

ためしに部下の松永君の部屋に電話を入れてみたが、彼はまだホテルに帰り着いていない模様だった。

2

翌朝、部下の松永君が寝坊した。八時半にホテルのレストランで朝食、という予定表に従って待ってみたのだが彼は現れなかった。

朝食がテーブルにセットされる前に一度、食べ終わってから一度、携帯から携帯に電話をかけてみたがつながらないので、直接部屋の前まで行ってチャイムを鳴らし続けた。すると松永君はようやくドアを開けて顔を出した。すいません、寝坊しました、と彼は片目をつぶって挨拶した。ひどい二日酔いです。見るからにそのようだった。

これから風呂に入ります。少し待ってくださいと彼は言った。僕は腕時計を見て、新幹線の時間もあるし、これから風呂に入っている余裕はないようだと指摘した。もちろん朝食をとる時間もない。食欲なんかないですよ、と彼はまた片目をつぶって顔をしかめた。でも風呂には入らせてください。朝風呂に入らないと一日が始まらないんです。朝風呂が毎日の習慣なんです。お願いします。上司としてどう対処すべきか、考えているうちにドアが閉まった。

一年中欠かさない朝の習慣というものは誰にでもある、そう考えて僕は気持を静めた。僕は毎朝リンゴを齧る。部下の松永君は朝風呂に入る。彼が身支度をととのえて携帯に電話をかけてくるまでのあいだに、僕は旅行鞄の中から時刻表を取り出して検討した。出張の予定表に従えば、僕たちは博多駅を九時半に出るのぞみに乗らなければならない。大阪ショールームの開店セレモニーは午後一時からなので、それ以降の電車ではどうしても間に合わない。その点を再確認して僕は時刻表を鞄の中に戻した。ともかく部下の朝風呂が終わるのを待つしかなかった。

博多駅に着いたときには予定表から一時間半ほどずれていた。すでに十一時だった。セレモニーを欠席しても誰も気づきませんよ、夕方からのパーティーで名刺を配ればアリバイは成立しますよ、というのが部下の松永君の意見で、彼は朝風呂のおかげで食欲を取り戻したのかキヨスクの駅弁に興味を示した。

僕はみどりの窓口で九時半発の切符を払い戻してもらい、次のいちばん早い便の指定席券を頼んだ。夏休みの移動で電車は混んでいて、いちばん早い便には自由席しかなかった。駅弁を二つ買って戻った松永君が、横から、自由席じゃすわれるかどうかわからないし、その次か、次の次ののぞみにしましょうと提案した。予定表からいっても、その次か、次の次ののぞみに乗ればパーティーにはじゅうぶん間に合いそうだったので、僕は部下の意見を受け入れることにした。

それで僕たちは博多駅構内の喫茶店で時間をつぶし、正午前に新幹線のホームに上がった。指定席の取れた僕たちののぞみはすでにホームに停車中だった。僕は何の予感も覚えずにその電車に乗り込み、部下の松永君が窓際の席を勧めてくれたのでそこに腰をおろした。腕時計を見るとちょうど正午だった。三時過ぎには大阪に入り、パーティー会場のホテルまでタクシーを飛ばす。パーティーの開始は四時だから、何とか恰好がつくだろうと僕は予想を立てた。

そのときホームの反対側に下り線ののぞみが到着した。

そっちを眺めていると、駅弁を一つどうぞと隣の席の松永君が言った。山笠弁当って、中身は何なんでしょうね？　僕はそれを受け取らなかった。到着した電車から旅行客が一斉にはきだされてホームに降り立つ。その中の一人から目が離せなかった。

Tシャツにジーンズという軽装の女の子だった。年齢でいえば高校生くらいだろう。かなり背が高く、引きしまった身体つきで、一方の肩にデイパックをかけて立っていた。バレーボールかバスケットボールの選手といった雰囲気の女子高生だ。ホームに降り立った旅行客の中で、彼女が目立った理由はほかにも二つあった。一つ、出口へむかう人々の波が引いてしまったあとも、彼女はその場にたたずんで誰かを探し求める様子だったこと。二つ、彼女のてのひらの上には赤いリンゴが載っていたこと。

彼女は最初、無表情にそのリンゴを一度宙に放り、てのひらで受け止めた。それを二度、三度と繰り返したところでいきなり頬を緩めた。それで彼女が誰かを探しあてたことがわかった。その誰かが彼女のそばに歩み寄った。歩み寄った人物の手にも同じようにリンゴが一つ握られていた。

どうかしました？　と部下が訊ねた。その声で我に返り、僕は座席から腰をあげた。

「気分でも悪いですか？」と両手に山笠弁当の箱を持った部下が言った。

「ちょっと用を思い出した」と僕は部下の膝の前を通り抜けた。

「でも課長」と部下の声が呼んだ。「電車はすぐに発車しますよ」

僕はかまわずに通路を歩き、車両のドアを一つ開け、開いたままの乗降口からホームに降りた。そのとたんに発車のベルが鳴り響いた。

ほんの五メートルほど先にふたりの女が向かい合って立っていた。年上の女は、色づかいが違うだけで女子高生とほぼ同じ恰好だった。そのせいで彼女たちの年齢差は実際よりも接近して見えた。洗いざらしたポロシャツにジーンズ、ただし荷物は何も持っていない。彼女が手に持っているのは一個のリンゴだけだ。

網棚に旅行鞄を置いたまま電車を降りてしまったことに気づいたのは、背後で乗降口のドアが閉まったあとだった。上り線ののぞみがホームを離れてまもなく、二人の女のうち一人が僕を振り返った。

3

二人の女のうち年上のほうが僕を振り返った。でもそれは僕の視線に気づいたからであって、僕が誰であるかに咄嗟に気づいたわけではないようだった。

彼女はリンゴを目印にして待ち合わせた女子高生のほうにいったん向き直った。そして一言二言喋ったあとで、今度は女子高生にうながされてうしろを振り返った。五メートルほどの間隔をあけて、僕たちの目と目が再び合った。

彼女が僕の視線を正面から受け止め、わずかに首を傾げた。僕はうなずいて見せた。すると彼女の唇がゆっくりと開いた。僕はもう一度うなずいて見せた。

「やっぱり……」と南雲みはるは僕のほうへ歩いて来て言った。「三谷さんでしょう?」

僕は三度目にうなずいて見せた。

「あたしのことがわかる?」

「もちろん」とだけ僕は答えることができた。

「憶えててくれたのね?」

「もちろん」

「ねえ、この人は三谷さん」と南雲みはるがそばの女子高生に僕を紹介した。「三谷、純之輔さん。とても懐かしい人なの、あたしにとって、ゆみのちゃんと同じくらいに」

ゆみのちゃんと呼ばれた女の子が僕にお辞儀をした。

「なんだか、今日は特別な日みたいね」と南雲みはるが陽気な声をあげた。「懐かしい人といっぺんにふたりも会えたし」それから彼女は僕たちを交互に見てこう言った。「でも三谷さんは昔とぜんぜん変わってない。ゆみのちゃんは見違えるほど大きくなったけど」

昔とぜんぜん変わってないのは南雲みはるのほうだと僕には思えた。失踪した最後の晩から、というよりもむしろ最初に横浜で出会った日から彼女は変わっていないようだ。第一に、あのときと同じように彼女は年齢よりもずっと若く見え、その顔はあのときと同じように高い頬骨と尖った顎が印象的で、薄く化粧しているのか素顔なのかもよく見分けがつかなかった。失踪当時、何度となくうなされた夢の中で、彼女は髪をばっさりと切って変貌していたのだが、現実に再会してみるとあの日と同じようにポニーテールに結ってい た。そしてあの日から変わらず彼女はまだるっこいことが苦手なたちのようで、率直な喋り方をし、その喋り方とは裏腹に僕に対して一定の距離を置きたがっているのが感じ取れた。

「ところで三谷さん」と南雲みはるが質問した。「今日はこんなところで何をしてるの？」

僕は上りののぞみが走り去った方向へ目をやり、ネクタイを少し緩めた。

「これから仕事で大阪へ行く予定なんだ」

「そう。あたしたちはこれから有田まで行くの。有田というのはね、佐賀県にある街で……」

「知ってる」と僕は言った。

「……知ってる？」

「うん、君が有田にいることは前から知ってる」

「そう」と南雲みはるがまた相槌を打った。どのくらい前から？　とは聞き返さなかった。

「今年の春ごろ、きみの大学時代の親友と横浜で会った」と僕は説明した。「偶然にね。憶えてるかな、バーニーズ・ニューヨーク、あそこの香水売場で、こっちは気づかなかったんだけど、むこうから声をかけてきて、そのときにきみから届いた絵葉書の話をしてくれた」

「……シノザキが？」

「いや、僕が会ったのは内田瑠美子さんのほうだよ。篠崎さんは確か、こっちで予備校の先生をしてるんじゃなかった？」

「おととしまではね。でも今は東京にいる」

五年前に何度か電話で話した篠崎めぐみの声と、南雲みはるに宛てて書かれた手紙の文面がよみがえった。でも僕自身は一度も会ったことがなく、しかも失踪以前には南雲みはるの口から名前すら聞いたことのなかった親友の消息について、今ここで、もっと詳しい話を聞き出すべきなのかどうか判断がつかない。迷っているうちに、構内のアナウンスが東京行きの新幹線がもうじきホームに入ると告げた。

「へえ」と僕は曖昧な相槌を打ち返した。

南雲みはるが僕から目をそらし、女子高生に時刻を訊いた。女子高生が答え、リンゴを軽く宙に放って受け止めた。答を聞いた南雲みはるが右手を僕に差し出した。

「じゃあ、あたしたちもそろそろ行かないと。もっと話したいけど、電車の時間があるし」

「ああ、そうだね」僕は彼女の右手を握った。

「とにかく、今日ここで会えてよかったわ」

「うん、僕もそう思う」

僕の上着のポケットで携帯電話が鳴りはじめた。南雲みはるの右手が離れ、僕の右手にリンゴが残った。

「さよなら」と彼女が笑顔で挨拶した。

女子高生が僕に二度目のお辞儀をして、南雲みはるのあとを追いかけた。

「さよなら」と僕はふたりの背中に言った。

4

電話は新幹線で大阪へむかっている部下の松永君からだった。携帯のモニターに表示された名前でそれを確かめると、コール音が鳴りやむまで待って電源を切った。

新幹線上りホームにしばらく立ちつくし、空いた椅子を見つけて腰をおろした。上着を脱ぎ、ハンカチで顔の汗を拭いた。それから南雲みはるとの五年ぶりの、唐突な、あまりにもあっさりとした再会を振り返った。

（とにかく、今日ここで会えてよかったわ）

（うん、僕もそう思う）

それが五年前に失踪した南雲みはるの台詞であり、彼女をついに探しあてた僕自身の台詞であることが信じ難かった。あの晩、コンビニでリンゴを買って五分で戻ると言い残した南雲みはるが、五年後のいま、リンゴを手にして僕の目の前に立つ。まるで五年間かけて買物から戻ったかのように。そしてそのリンゴを僕に手渡して去る。

悪い夢でも見ているようだ。僕はワイシャツのいちばん上のボタンをはずし、首筋の汗を拭きながら隣の椅子に転がっているリンゴに目をやった。いったいこのリンゴは何なのだ？　あの女子高生は誰で、二人は何のためにリンゴを目印に待ち合わせたのだ？

僕はワイシャツの二番目のボタンをはずして風を入れながら、でもそんなこと考えても意味がないのだと自分に言い聞かせた。僕はこれから次の東京行きの便で部下を追いかけなければならない。大阪で夕方からのパーティーに顔を出して名刺を配りアリバイを作らなければならない。それに明日は（絶対に寝坊するなと部下に釘をさして）朝いちの新幹線で東京に戻り、定例の会議に出席しなければならない。そう、確かに、と僕はさきほどの南雲みはるの指摘を認めた。三谷さんは昔とぜんぜん変わっていない。

東京行きの電車が目の前のホームに入って来た。あのときと同じように今も仕事を優先する、と思いながら僕は椅子から立ち上がった。遠い昔に南雲みはるの部屋でむかえた月曜の朝と同じように。いつまで待っても帰って来ないガールフレンドの心配よりも、札幌への出張にこだわった五年前の自分と同じように。そして今度もまた南雲みはるは僕の前から姿を消し、あの女の子は誰で、彼女たちはなぜリンゴを一個ずつ持っていたのか、彼女は何のために女の子を有田へ連れてゆくのか、そもそも彼女はその街で何をしているのか、そういった疑問は疑問のまま永遠に残りつづけることになるのだ。

僕は隣の椅子からリンゴを拾いあげた。それらのちょっとした疑問は、彼女に直接ぶつけることで、今すぐにでも解決するのだと考えながら。そして僕は歩き出した。東京行きの電車のほうへではなく、新幹線ホームの出口へ向かって。簡単なことだ。五年前の僕は、今よりももっと大切な疑問を抱えていた。正しい解答は南雲みはるを探し出して、本人の口から聞く以外に方法はないと考えて、それが果たせなかったのだ。その本人がいま手の届くところにいる。その気になりさえすれば、彼女を追いかけて聞いてみることができる。たとえ彼女の解答が、五年のあいだに僕にとって意味のないものになっていたとしても。

あのとき君は、なぜ、僕の前から姿を消してしまったのだ？

僕はリンゴを手に新幹線のホームを走った。

ゆうべ時刻表を読んでいたおかげで、自分がどこに行けばいいのかは判っていた。長崎本線・下りホーム。そこから南雲みはると女子高生はみどり号という電車に乗るはずだった。

時刻表を鞄に詰めてくれていた妻の気遣いに感謝しつつ、僕は南雲みはるのあとを追った。

5

特急みどり11号は定刻の十二時二十二分に博多駅四番ホームを離れた。

その電車のいちばん後ろの車両にぎりぎりで駆け込むことができた。駆け込んだあとでわかったのだが、それは自由席の車両だった。乗降口は車両の端と端にではなく真ん中に設けられていて、そこを境に一つの車両がA客室とB客室とに分かれている模様だった。

僕はまず後方のAと記された自動ドアを通り抜けた。が、そちらの乗客のなかに南雲みはると連れの女の子の顔は見つからなかった。引き返して今度はB客室に入った。そこにも二人の姿はなかった。A客室もB客室も満員であることがわかっただけだった。

電車の進行方向へ向かってなおも歩き、一つ前の自由席車両に移ったところで、はずむ息を整えるために立ち止まった。博多駅のホームを走った分だけ呼吸の調整には時間がかかったが、そのあいだに僕は自分にこう言い聞かせた。

前の晩に読んだ時刻表によれば、博多から有田までの所要時間は一時間と少し。だから少しも急ぐ必要はない。彼女たちはこの電車に乗っている。そして僕もこの電車に乗りこんだ以上、今からどう急いだところで大阪でのパーティーには間に合わない。出張のことや、部下の松永君のことや、新幹線に置き忘れた旅行鞄のことを、今ここで心配してみても始まらない。なるようになる。

やがて僕は平静を取り戻した。自分の吐く息の音はもう聞こえなかった。一定の速度で走行する電車の、一定のリズムで繰り返される揺れと音に意識を集中することができた。次の客室のドアの前で、僕は右手に握っていたリンゴをいちど宙に放り、それを受け止めた。それから中に入っていった。南雲みはると連れの女の子はそこにいた。

進行方向に向かって左側の座席に二人は腰かけていた。窓際の席に女の子、通路側に南雲みはる。女の子は先程と同じように片手でリンゴをもてあそんでいた。どちらの顔にも微笑が浮かんでいた。二人で懐かしい思い出話でもしていたのかもしれない。南雲みはるが先に気配を感じて振り向いた。

「探したよ」と僕は声をかけた。

「三谷さん」と南雲みはるが静かに答えた。

その声にはいくらか驚きのひびきが混じっていたと思う。でもそれだけだった。いきなりそばに立った僕に気づいても彼女はなごやかな態度を崩さなかった。微笑んだ顔のまま僕を見上げて、そのあとごく自然に首をかしげて見せた。それで？　用は何？　とでも言いたげに。

「聞き忘れたことがあるんだ」と僕は言った。「だから、できればもう少し話がしたい。この電車が有田に着くまでのあいだ」

「ええ」

と南雲みはるがごく自然にうなずいて見せ、隣の女の子に何事か囁いた。

「その子はあのときの小学生なのか？」と僕は我慢できずに訊ねた。「五年前に、静岡から大森まで家出してきた小学生がその女の子なのか？」

質問には答えずに南雲みはるが座席を立った。

「行きましょう」

「どこへ」

「ここじゃ話せないでしょう？」南雲みはるが耳元で言った。「三谷さんのすわるところもないし。外に出て話しましょう」

「五年前に」と僕は繰り返した。「家出した小学生を君は静岡まで送り届けた。二人でリンゴを一個ずつ持って新幹線に乗った。その話を僕は内田瑠美子さんから聞いて、いまだに憶えている。彼女があのときの小学生なんだろ？」

南雲みはるが女の子に気兼ねをしてちらりと振り返った。それから満員の客室を見渡して、短い吐息を洩らした。

「違うのか？」と僕は問い詰めた。

「聞き忘れたって言ったのはそのことなの？」

「そのことからまず聞きたいんだ」

6

「きみがあのとき小学生と一個ずつ分けたリンゴ、あれは本当は僕が食べるはずのリンゴだった。月曜の朝、出張で札幌へ行く前に。憶えてるか？　そのためにきみは日曜の晩、コンビニにリンゴを買いに出かけたんだ。ところが買物に行ったきり翌朝まで帰って来なかった」

僕はまずそこから始めた。

「なぜ帰って来なかったかは、だいたいわかっている。当時、きみのお姉さんと一緒にあちこち話を聞いて歩いたからね。あの日曜の晩、リンゴを買いに行ったコンビニで、急病に苦しんでいる女子大生と出くわしたんだ。きみは見るに見かねて、救急車で東邦医大まで付き添った。そして今度はそこで、大学時代の親友と久しぶりに再会した。親友は夫に死なれて嘆き悲しんでいた。きみはまた見るに見かねて彼女をなぐさめ、あげくに大森の自宅まで送って行った。それが月曜の早朝までの出来事だった。つまり、きみはあの晩、帰って来なかったというよりも、帰って来られなかったんだ。自分の意志にかかわらず、アクシデントに巻き込まれてしまったせいで。ここまで、僕の喋っていることは正しいか？」

「そうね」と南雲みはるが曖昧に認めた。「そうだったかもしれない」

「……かもしれない？」

「たぶん」と小さく二度うなずいて南雲みはるが言い直した。「そのとおりだったと思う」

僕たちはA客室とB客室とのあいだのスペースに立っていた。互いに軽く壁にもたれた姿勢で向かい合っていたが、二人の顔と顔の距離は1メートルも離れていなかった。僕の喋っていることと、きみの記憶とに食い違いがあったら指摘してほしい、そう断った上で僕は話を進めた。

「アクシデントに巻き込まれている最中に、きみは僕に連絡を取ろうと思ったかもしれない。それとも僕のことを思い出すどころじゃなかったかもしれない。どっちにしても、僕は朝早く南蒲田のマンションを出た。きみの帰りを待たずに羽田へむかった。預かっていた部屋の鍵を、ガムテープで郵便受けの中の天井に貼り付けて。入れ替わりに、つまり僕がマンションを出たあとで、きみは大森から戻って来た。でも郵便受けの中の鍵には気づかなかった。たぶん用心のために合鍵を持ってたんだろう。あの頃いつも持ち歩いていたデイパックのポケットにでも入れておいたんだろう。きみはその合鍵を使って自分の部屋に入った」

「そうね」と南雲みはるがまた呟いた。「でも、その前にいちど三谷さんに電話をかけたような気がする。大森の内田さんの家の電話から、あたしの部屋の電話に。確か、あたしの携帯はバッテリーが切れてたんじゃなかった？」

「憶えてるよ」と僕はうなずき返した。

あの月曜の朝、彼女の部屋を出がけに鳴り出した電話のことを僕は憶えていた。もしあのとき、すぐに部屋に戻って電話に出てさえいれば、電話に出て、ほんの三十秒でも一分でも彼女と言葉をかわしていれば、のちの展開はがらりと変わっていたはずだった。五年後の今になって、二人でこんな場所に立ち記憶を確かめ合う必要もなかっただろう。あのときそうしていれば。

でも仮定の条件ならいくらでも立てられる。もしあのとき、リンゴを買いに行く彼女に僕が付き添ってさえいれば。もしあのとき、横浜のバー『アサヒ』でアブジンスキーを一杯半も飲まなければ。仮定の話をすればきりがない。現実に、僕は彼女からの電話を取らなかったのだ。飛行機に乗り遅れることを心配して、ほんの三十秒なり一分なりの時間を惜しんだのだ。

A客室の自動ドアが開いて、みどり11号の車掌が現れた。切符を拝見します、と彼は言った。有田までの切符と特急券を南雲みはるがポロシャツの胸ポケットから取り出して見せた。車掌がそれを確認し、次に僕に向き直った。僕が切符も特急券も持っていないことが判明すると、彼は行先を訊ね、手帳型の電卓を使って有田までの金額を計算し、支払いを求めた。そしてB客室へと去った。

そのあいだ南雲みはるは乗降口の窓越しに外の景色をぼんやり眺めていた。

「月曜日の午後には」と僕は彼女の横顔に向けて話を再開した。「きみは大森に戻って内田さんの夫の通夜につきあった。火曜日の葬儀にも出て、そのあと例の家出少女を静岡まで送っていく役目を引き受けた。つまり、そこからはきみの意志だ。親友の夫の通夜と葬儀、そこまでは立て続けに起こったアクシデントの結末だとしても、そのあと、わざわざ静岡まで小学生を送っていったのはきみが自分で買って出たことだ。自分の考えで。だからその辺から謎が生まれてくる。なぜきみは勤務先に休暇願を出してまで小学生のお守りを引き受けたのか。それは直接本人の口から聞いてみるしかない。五年前にも僕は同じことを思った」

南雲みはるは窓を見たまま返事をしなかった。あるいは窓の外に、五年前に静岡へ向かう新幹線から眺めた景色をよみがえらせていたのかもしれない。その景色を再現することで、当時の自分の気持を思い出そうと努めていたのかもしれない。でも僕は待てなかった。電車は鳥栖《とす》駅に着き、じきに発車した。車内アナウンスが次の停車駅は佐賀だと告げた。

「やっぱり」と僕は話しかけた。「見るに見かねてのことだったのか？　そのときは僕はまだ何も知らなかったけど、あとから考えれば、きみとその小学生は似たような境遇だものな。二人とも父親の顔を知らないという意味で。だから、きみが自分と同じ境遇の女の子に同情したのだと言うのなら、それはそれでわかるような気もする。僕がきみの立場でも、やっぱり女の子を静岡の母親のもとへ送り届けたかもしれない。でも、仮にそうだったとしても、問題はそのあとだ」

南雲みはるが僕のほうへ向き直った。

「そのあとが僕にはもっと大きな謎なんだ。静岡へ行ったあと、きみは東京へは引き返さなかった。そのまま行方不明になった」

「自分では行方不明になったつもりはないのよ」と南雲みはるが初めて言い訳した。電車が大きく横揺れしたので彼女は壁の手すりをつかんだ。「そのまま旅行を続けることにしたの。会社には一週間の休暇願を出してあったし」

「自分ではそのつもりがなくても」僕も同じく壁の手すりをつかんで答えた。「あとに残った人間にとっては同じことだ。現に、一週間が過ぎてもきみは行方不明のままだった。僕がどんなに心配して探しまわったか、ちょっとはそんな話も聞いてるだろ、お姉さんや篠崎さんや内田さんたちから」

南雲みはるが目を伏せた。

「ごめんなさい。そのことは申し訳なかったと思ってる」

「なぜ僕に連絡をくれなかったんだ?」

「あのときは……」と彼女は言いかけて、途中で答をはぐらかした。「結局、沖縄に行くことにしたの」

「知ってる」と僕は言った。「きみが沖縄で絵のモデルになったことも知ってる。君のお父さんとは一緒に酒をくみかわした仲なんだ、五年前にね」

　ジョークが通じたしるしに南雲みはるが顔をあげて微笑んだ。たぶん父親の江ノ旗耕一から僕の沖縄行きの話も聞かされていたのだろう。僕はあらためて南雲みはるの顔の特徴に目をとめた。高い頬骨と尖った顎。彼女の笑顔は五年前に横浜で出会ったときのままだ。

「なぜだ？」と僕はあらためて訊いた。

「最初はそんなつもりはぜんぜんなかったの」南雲みはるが答えた。「ゆみのちゃんを連れて新幹線に乗ったときも、静岡に着いたときにも、三谷さんとは早く連絡を取らなくちゃって、そう考えてたはずなの」

「でも現実に、きみは電話の一本もくれなかった。それきり僕の前から姿を消した。静岡に着いたときには早く連絡を取らなくちゃと思っていたのに、そこで気が変わったのはなぜなんだ？」

「それは……」と言いかけて彼女はまた気を変えた。「うまく説明できそうにない」

「静岡で何かが起こったのか？」

　しばらくのあいだ彼女は返事をしぶった。それからこう言った。

「いいえ、何かが起こったということではないの。ただね……」

「ただ何だ？」と僕は訊いた。

　何であろうとそれは嘘に違いなかった。率直な喋り方が身上の南雲みはるが、解答をはぐらかしたりしぶったりする。どこからどう見ても彼女が何かを隠そうとしているのは明白だった。五年前に静岡で何かが起こったのだ。

「ねえ三谷さん」と彼女は言った。「この話はもうやめにしない？　確かに、あのとき連絡もなしに姿を消してしまったのはあたしが悪かったと思う。三谷さんには申し訳なかったと思ってる。でも、なぜ連絡をしなかったのかと今になって訊かれても、うまく答えられそうにない。もう五年も昔の話だし、あの頃の自分が何をどんなふうに考えて行動したのか、正確に思い出せる自信もないの。わかるでしょう？　五年前のあたしと今のあたしは違う。五年のあいだに三谷さんが変わったようにあたしのほうも変わった」

「嘘だ」と僕は言った。

南雲みはるが薄く目をつむった。

「きみは僕に対して申し訳ないとは思っていない。もしそうならさっき、博多駅のホームで会ったときに真っ先に謝ったはずだ。でもそうじゃなかった。きみはまるで、高校の同級生にでも再会したみたいに挨拶しただけだ。昔の話だから忘れているのかもしれないけれど、きみは僕のガールフレンドだった。半年のあいだ僕たちはつきあってた。半年つきあった恋人に突然、前触れもなく去られてしまったほうの身になってみろ。どんな気持になるかわかるか？」

僕は当時の自分自身を思い出すためにしばらく間を置いた。

「自信喪失だ。自分が芯のないリンゴみたいに頼りなく思えるんだ。なぜ彼女は消えたのか？　肝心かなめの疑問がいつまでも頭の隅に居すわって、その答が埋まらないからだ。なぜ？　という疑問には普通は考えれば答が出るんだ。だから人は考えて、一つ一つ疑問を解決することで自信を回復して生きてゆけるんだ。わかるだろ？　それが僕にはできなかった。五年間、一つの疑問が解けていない。解答欄はブランクのままだ」

南雲みはるの返事はなかった。僕は右手に持ったリンゴをもういちど宙に放り、それを受け止めてから、次のように先を続けた。

うまく説明できそうにない、ときみは言う。でも僕は上手な説明を聞きたがっているわけじゃない。ただきみに正直に答えてほしいだけだ。そのためにわざわざ博多駅からあとを追ってきたのだ。この電車はあと一時間もしないで有田に着く。そこできみは降りる。僕はUターンして大阪へ行く。僕たちはまた別れ別れになる。おそらくもう二度と会うことはないだろう。だから今ここでブランクを埋めてほしい。なぜ？　という疑問を解く機会は今日しかない。同じ疑問をかかえてこれからも生きていくのは気が進まないし、同じ夢を見て物悲しい気分になるのはもううんざりなのだ。

「夢？」と南雲みはるが聞き返した。

「きみの夢だ」と僕は告白した。「初めて見たのは五年前、リンゴを買いに出たままきみが戻らなかった晩。それ以来、同じ夢を見続けている。五年経った今でも、たまに見ることがある。髪を短く切ってすっかり変貌したきみが、僕にリンゴを届けに来る夢だ。きみはただ、赤いリンゴを一個、地面の上に置いて帰ってゆく。ほら、ここに置いたわよ、という目つきで僕を見て、背中を向けて歩いてゆく」

「………」

「僕は南蒲田のマンションのベランダに立っている。追いかけても間に合いそうにない。ちょっと呼んだくらいでは声も届きそうにない。きみは川の向こう側の原っぱをずんずん歩いてゆく。大声で叫ばないと、と僕は思う。大声で叫べば、きみは足を止めて、振り返ってくれるだろう。僕はベランダから身を乗り出して声をふりしぼる。でも声が出ない。みはる！　と叫びたいのに叫べない。きみは気づかずに歩いてゆく。僕に背中を向けて歩いてゆく」

「どこへ？」

「わからない。夢の中のきみは一言も喋らない」

電車が佐賀駅に到着した。

ほんの一分程度の停車中に、A客室とB客室から乗客が数人ずつ現れて駅に降りた。逆に乗り込んでくる客の数はその半分程度だった。次の肥前山口駅でも、武雄温泉駅でも、同じような乗客の入れ替わりがあった。従って、自由席にも幾つかの空きが生じた模様だった。

そのことを知らせるためと、たぶん僕たちの様子を観察するために、途中で例の女の子がB客室から顔を出した。が、南雲みはるは笑顔をつくって女の子を安心させただけで、客室に戻ろうとはしなかった。結局、僕たちは有田駅まで同じ場所で立ち話を続けることになった。

今度は南雲みはるの長い話を僕が聞く番だった。

長い話を始める前に、彼女はまず唐突な質問をした。

「三谷さんは、結婚したんでしょ？」

「結婚した」と僕は隠さずに答えた。「娘も一人いる」

「同じ会社で働いていた人と」

「同じ会社と言えなくもない。妻はうちの会社のショールームで働いていた」

そう答えたあとで、僕はこの情報はきっと内田瑠美子から彼女に伝わっていたのだろうと思った。もしくは内田瑠美子から篠崎めぐみか横浜のバー『アサヒ』を経由して彼女に伝わっていたのだろう。

「静岡と言ってもね」と南雲みはるが質問と同じように唐突に話を切り出した。「ゆみのちゃんの実家は、新幹線で浜松まで行って、そこからまた私鉄に乗り換えても二時間ほどかかる小さな町なの。五年前のあの日、あたしはその小さな町の駅まで彼女を送って行った。駅で別れて、それから浜松へ戻る電車を待っていた。三十分か四十分か、そのくらいだったと思う。地図で言えば天竜川の近くの、田舎の駅。そこのプラットホームで、ベンチに腰かけてぼんやり蟬の声を聴いていた。もうほかに何もすることはなかった。日曜の晩から、偶然の出来事がばたばたと重なって起きて、それがやっと全部片づいたという感じだった。これから東京に戻ってひと休みできる。会社には休暇願も出してあるし、今週いっぱい自分がやりたいことができる。そのうちに、あたしはふと思い出した。月曜の朝、南蒲田のマンションに帰ったときテーブルの上に置いてあった手紙。あとで読むつもりでデイパックの中に入れて持ち歩いてたんだけど、そのときまですっかり忘れていたの。それであたしはその手紙を開けて読んだ。誰もいない駅の、プラットホームのベンチで、ゆっくり時間をかけて。最後まで読み終わって、目をあげると、そばにゆみのちゃんが立っていた。別れたときのままの恰好で、リュックを背負った女の子は、あたしに向かってこう訊ねた。お姉ちゃん、これからどこに行くの？」

ゆみのちゃんは？　とそのとき南雲みはるは訊き返した。タカマツに行く、と小学生が答えた。それは四国の高松のことだった。四国の高松には彼女の生みの母親が住んでいる。おばあちゃんとおじいちゃんの家には帰らなかったの？　とわかりきった質問を南雲みはるはした。そのあとで、高松まで一人で行けるのかとさらに訊ねると、小学生は真剣な表情で、しかも元気良くうなずいて見せた。

「二つとも訊くだけ無駄な質問だった」と南雲みはるは思い出し笑いを浮かべた。「彼女はもともと、祖父母の家で暮らしたくないから東京に家出したはずなんだし、それに考えてみれば、一人で電車に乗って大森までたどり着けるくらいの子供だから、一人で高松までだってどこまでだって行けないはずはない。もちろん、その気になれば祖父母の家にだって自分で帰れるでしょう。だからあたしが東京から一緒に新幹線に乗ったのは、さっき三谷さんが言ったように、彼女の身の上に同情したせいもあったかもしれないけれど、それだけじゃないと思う。あたしにはあたしの事情もあったんだと思う。あの頃、一言でいえば自分の日常に飽きてたような気がする。毎日毎日会社へ行って補聴器の細かい部品をピンセットで組み立てる仕事にも。机を並べて仕事をしている同僚たちとの人間関係にも。行き帰りの通勤電車の風景にも、帰宅して南蒲田のマンションの窓越しに見る景色にも。だからあたしは自分の意志で、意志でというよりも最初はちょっとした気まぐれで、ゆみのちゃんに付いていくことを選んだんだと思う。小さな駅のホームで、浜松に戻る電車を待ちながら、あたしは残っている休暇のことを考えた。今週いっぱい自分のやりたいことができる。でも、自分のやりたいことなんて別にないんだと気づいた。少なくとも東京に帰ってやりたいことは何もない。だったらこのまま旅行を続けよう。とにかく今週いっぱい、行けるところまで行ってみよう。それで結局、あたしはまたゆみのちゃんに付いていくことにした」

「高松まで？」

「ええ」

「静岡から沖縄へ行ったんじゃないのか？」

「それは休暇が終わって、いったん東京に戻ってからの話」

「いったん東京に戻った？」

「そうよ」

「ちょっと待ってくれ」僕は記憶を整理するために時間を取った。「きみがいったん東京に戻って来たのは、沖縄で一カ月を過ごしたあとの話だったはずだ。そのときに南蒲田のマンションを引き払って、きみはまたどこかへ姿を消したんだ」

「ううん、休暇が終わる週末には一度戻って来た。はっきりと憶えている。日曜日には、あたしは新宿にいた」

「……新宿に？」

　五年前、リンゴを買いに出かけたまま南雲みはるが姿を消したのが日曜日。それからまる一週間後の日曜日、彼女はいったん東京へ戻り、新宿にいた。ではその日、いったい僕はどこで何をしていただろうか？

「水曜日に高松に着いて」と南雲みはるが話を戻した。「そこでまたいろんな出来事が起こった。とにかくあの日曜日の晩から始まって次の日曜日までは出来事が起こり続けた。思い出して一冊の本が書けるくらいに、あたしの人生は波乱に富んでいた」

　それから彼女は高松で小学生の母親を探しあてた話に移った。その母親が一緒に暮らしていた男の話。その男が悪い人ではなかったという話。でも僕はそれらの話を身を入れては聞かなかった。僕はようやく思い出していた。五年前の、南雲みはるの人生が波乱に富んでいた一週間、その最後の一日、日曜日に僕がどこで何をしていたかを。

「そのとき高松で別れて以来、ゆみのちゃんと会うのは今日がはじめてなの。たまに手紙で連絡は取り合っていたけれど、五年分の詳しい話はあとで本人の口から聞いてみないとわからない」

　日曜日に僕は新宿にいたのだ。

「彼女は今、高松の高校に通ってる。高校でバスケットボールの選手をしてるの。三十センチも背が伸びたっていうし、五年ぶりに会っても見分けがつかないかもしれない。だから博多駅で待ち合わせるときに、お互いにリンゴを持って目印にしようって……」

「きみはあの日」と僕は訊いた。「新宿で僕を見たのか？」

「ええ、見たわ」と南雲みはるがあっさりと答えた。あまりにもあっさりと。「三谷さんは日曜日に新宿にいると、あの手紙が教えてくれたから、あたしは確かめに行ったの」

……あの手紙。そうだ、僕が南雲みはるのマンションの郵便受けから取り出して、台所のテーブルの上に置いた手紙。公共料金の請求書やダイレクトメールの中に一通だけ混じっていた差出人の名前のない封書。彼女はそれを田舎駅のプラットホームで電車を待っているあいだに開いたのだ。そしてそれを読んだあと、彼女は小学生と一緒に高松まで旅を続けようと心を決めた。

日曜日に僕が新宿にいることを、手紙で彼女に教えた人間。教えることのできた人間。それは僕自身を除けば一人しかいない。あり得ないことだが、たった一人だけ考えられる。

「三谷さんの奥さんからの手紙だった」と南雲みはるが言った。

7

あの日曜日の午後、僕たちは新宿で落ち合った。

彼女から電話で誘いをうけたのは前日のことで（その土曜日にも僕たちはほんの一時間ほど新宿で会った）、当日の午前中にも一度確認の電話がかかったように思う。僕たちはいつものように新宿駅東口そばのフルーツパーラーで待ち合わせた。

そしていつもの習慣で、彼女は待ち合わせの時刻に十五分遅れてやって来る。それは間違いなかったから、僕は紀伊國屋書店に寄り道し、静岡県の地図を立ち読みして、天竜川流域の町をざっと調べてみたのではなかったか。ざっと調べたうえで、南雲みはるの足跡を追って現地へ（天竜川流域という唯一の、曖昧な情報を頼りに）出向くというアイデアはやっぱり無謀だと、その場で諦めをつけたのではなかったか。

それから僕は彼女とフルーツパーラーで会ってお茶を飲んだ。彼女はその頃好んでいたハーブティーを飲み、僕はコーヒーと、昼食代わりにアップルパイか何かを食べたかもしれない。そこで過ごした一時間ほどのあいだにふたりでどんな話をしたのかはもう思い出せない。でもそのあとのことは、まだ具体的に憶えている。

そのあと、新宿で彼女と別れたあと、僕は品川から京浜急行に乗り換えて蒲田へ向かった。失踪した南雲みはるのマンションを再び訪れて、何らかの手掛かりを探そうと試みたのだった。鍵を使って部屋に上がり込み、私物を漁っている最中に、籐の小物入れの上の電話が鳴った。あのとき電話は三回かかり、そのうち二回は受話器を取った。が、二回とも無言電話だった。

記憶をそこまでたどったとき、特急みどり号が武雄温泉駅に到着した。

停車時間はほんの数十秒だった。電車はまたおもむろに走りだし、車内アナウンスが、次の有田駅の到着時刻は十三時三十八分だと告げた。腕時計に目をやると十三時三十八分まであと五分しかない。

「……早苗が」と僕はようやく口を開いた。「鈴乃木早苗が、きみに手紙を？」

「ええ」

「それは確かなのか？」

「まちがいない」南雲みはるがうなずいて見せた。「鈴乃木早苗という名前はいまでも憶えている。その人と、三谷さんは結婚したんでしょ？」

僕は微かにうなずき返した。

「いつだったか、三谷さんにはもう奥さんがいるという話をシノザキから教えられたときに、あたしはそれが鈴乃木早苗さんだとすぐにわかった。シノザキは奥さんの名前までは知らなかったから、確かめようがなかったけれど、でもきっとまちがいない。そうか、やっぱり三谷さんと鈴乃木早苗さんは結婚したんだ、きっと幸せな結婚なんだろうなとあたしは思った」

「なぜ」と僕は訊いた。

「なぜって、……さっき、娘もひとりいるって言ったでしょう？　幸せな結婚じゃないの？」

「そうじゃない、そんなことを僕は訊いてるんじゃない。僕が結婚したと教えられたときに、なぜ相手が鈴乃木早苗だとすぐにわかったんだ？」

「だって、五年前から、鈴乃木早苗さんは三谷さんとの結婚を望んでいたわけだし、三谷さんのほうでも当時、ある程度は結婚を考えて彼女とのつきあいを続けていたはずよ」

「……何の話をしてるんだ」

「そんなふうに彼女の手紙には書かれていたの」

電車がカーブにさしかかって車輪の軋む音がした。車両全体が急角度に傾き、窓外の景色も大きくぶれたような錯覚をおぼえた。壁に渡された手摺りをつかみながら、僕は一瞬、立ち眩《くら》みがした。

五年前の記憶。南雲みはるが失踪した当時の、早苗と僕との関係についての記憶。僕は慌ただしくそれらの切れ端を拾い集め、ジグソーパズルを完成させるように一つの正しい絵を復元しようと試みた。あの頃、僕は早苗とのつきあいを続けていた。確かにそう言って言えないこともないだろう。南雲みはると出会ったあとでも、早苗と僕との腐れ縁は続いていた。彼女のほうから電話の呼び出しがあるたびに、僕は新宿のフルーツパーラーへのこのこと出かけることを繰り返していた。でも僕は彼女との結婚を念頭においていただろうか。彼女との会話の中にたった一度でも結婚という言葉が出てきたことがあっただろうか？

「嘘だ」と僕は言った。「彼女がそんなことを手紙に書くはずがない」

「ううん」南雲みはるが首を振った。「嘘じゃない。彼女は本当にそう書いていたの。自分たちは将来の結婚を見据えて真面目なつきあいをしている。だから南雲さん、できればあなたには私たちの邪魔をしないでほしい。あなたと私と、どちらが三谷さんの妻にふさわしいかよくよく考えてほしい。私は同じ職場にいるから三谷さんの仕事の内容も、苦労もよく理解できる。でもあなたはどうなのか、本気で三谷さんと交際して、ゆくゆくは結婚して三谷さんの子供を産み、夫の仕事を主婦としてサポートしてゆく決心があるのかどうか、真剣に考えてほしい……そんな文面だった」

嘘だ、ともう一度呟いたあとで僕は深いため息をついた。南雲みはるが先を続けた。

「あたしはその手紙を静岡の小さな私鉄の駅で読んだ、プラットホームのベンチにすわって、蟬の声を聴きながら。とても意外な内容だった。五年前のあの波乱に富んだ一週間の中で、いちばん思いがけない出来事は彼女の手紙を読んだことだったかもしれない。でもね、あたしはびっくりして声も出なかったけど、三谷さん、あなたの奥さんがあのとき書いたのは立派な手紙だったと思う。自分が三谷さんのことをどれだけ思い、そのために何をするつもりでいるか、あたしに何を求めたいか、そんなことが全部きちんとした文章で書かれていた。曖昧な部分や思わせぶりの文句は一言もなかった。誰かを愛している人が、その思いを第三者に告白する、お手本のような手紙だった。愛している人との結婚を望む女が、自分の一生を賭けて書いた、そんな迫力の伝わる手紙だった。読み終わったあとで、感動して、この手紙は記念にずっと取っておこうと考えたくらい。五年のあいだに、いつのまにかどこに置いたか忘れてしまったけれど」

まもなく有田駅に到着するという車内アナウンスが聞こえた。電車が次第に速度をゆるめ、外の景色は緑の木立で占められた。窓一枚がその色に染まったかと思えるほどに濃い緑だった。木立のあいだには古びた赤レンガの煙突が幾つも目についた。

「きみはあの日曜日に」と僕は重い口を開いた。「鈴乃木早苗と僕が新宿のフルーツパーラーにいるのを見た。そうなのか?」

「そう、あたしはあなたたちがお茶を飲んでいるのを窓越しに見た。毎週日曜日にそこで待ち合わせると彼女が書いていたから、その点だけでも確かめてみようと思ったの。確かめたことで、彼女の手紙に嘘はないとわかった」

「どうして声をかけなかったんだ」

「声をかけてどうなるの?」南雲みはるが微笑んだ。子供を諭すような微笑み方だった。「どっちにしても、もう五年も前の話だけど。ねえ三谷さん、東京に戻ってもやりたいことなんか何もないんだって当時のあたしは思い始めていた、さっきそう言ったでしょ? でも、ひとつ心残りがあるとすればそれは三谷さんのことだった。あの年の春に、横浜で偶然三谷さんと出会ったことで、あたしの退屈な人生にもちょっとだけ変化がついたと思う。そのあとも何度か会って、一緒にご飯を食べたり、冗談を言い合ったりするだけでもけっこう気が紛れたし、その三谷さんが東京にいるのなら、まだあたしが東京に戻る理由もあるかなと思わないでもなかったの。でも新宿でふたりを目撃したことで、その思いもふっ切れた。仮に、あたしがふたりの中に入っていってもぐずぐずした三角関係が出来あがるだけでしょう? そんなのはあたし向きじゃない。鈴乃木早苗さんの手紙にあったように、ゆくゆくは三谷さんと結婚して、子供を産んで、家庭を守って三谷さんの仕事をサポートするのもたぶんあたし向きじゃない。本気でそうしたいと願っている人がいるのなら、その人が三谷さんとずっと一緒にいるべきなのよ。だからあたしひとりで旅を続けることにした。結局、あのとき南蒲田のマンションには戻らずに、その足で沖縄に飛んだ」

みどり号が有田駅のホームにゆっくりと入って行った。

「そしていまはここにいる」と南雲みはるが言った。「この街で、陶器のデザインの勉強を続けている」

B客室のドアが開いて、デイパックを肩にかけた女の子が姿を見せ、ここで降りるんだよね？　と南雲みはるに訊ねた。そうよ、ここで降りるのよ、と南雲みはるが答えた。みどり号が停車し、乗降口のドアが開くとまず南雲みはるが、続いて女の子と僕が外に出た。その車両からホームに降り立ったのは僕たち三人だけだった。

小さな駅だ。僕たちの降り立ったホームとじかに改札口が接している。改札口は一つ、幅は人ふたりがすれ違える程度。その小さな改札口を十人ほどの人々が順番に通り、小さな待合室を通り抜け、そのすぐむこうの出口へ、八月の午後の真っ白な日差しが降りそそいでいる小さな駅前の通りへと歩き去る。

「この街で陶器のデザインの勉強を続けてる？」と僕は訊ねた。

「そう」南雲みはるが答えた。「有田の窯元の、デザイン企画室という所で働いてる。働いてるって、まだ胸を張って言えるような腕前じゃないんだけど、でも何とか頑張ってる」

「きみが陶芸に興味があるとは知らなかったな」

「これでも大学出よ」

「大学は中退したんだと思ってた」

「一つ目はね。でもここの大学ではちゃんと勉強して卒業証書も貰った」

「……ここの大学？」

「有田窯業《ようぎよう》大学」

小さな駅のプラットホームに発車のベルが鳴り響いた。改札口に立った駅員が僕たちのほうへ訝しげな視線を投げた。あるいは僕と女の子の手に一個ずつ握られているリンゴに好奇心を持ったのかもしれない。みどり号が次の駅へむかって走り出した。

「悪いけど」と僕は女の子に頼んだ。「もう少しだけ、ふたりで話をさせてくれないか？」

女の子と南雲みはるが顔を見合わせ、うなずき合い、南雲みはるがジーンズのポケットからキーホルダーを取り出して女の子に渡した。

「駐車場に赤い軽乗用車が停まってる、待合室を出て左、すぐにわかる。先に乗ってエアコンを効かせておいて」

女の子は素直にうなずいて改札口を通り抜け、僕たちは電車が走り去った方向へとホームを歩いた。線路を二本はさんで向かい側に博多行きの上り線のホームがある。そこへは小さな跨線橋《こせんきょう》を渡らなければならない。

ホームの先のほうに跨線橋に通じる階段があったが、南雲みはるはその手前の日陰で足を止めた。日よけの下に清涼飲料水の自動販売機があり、自動販売機の隣には木製のくたびれたベンチが据えてあった。

「有田窯業大学？」と僕は訊いた。

ベンチに腰をおろすと微かに風が吹いているのを感じた。蟬の声が聴こえる。何種類かの蟬の声が折り重なって耳に届く。のどかという言葉がぴったりの小さな駅だ。

「そうよ」南雲みはるは自動販売機の前で答えた。「何か飲む？」

僕はベンチの上にリンゴを置き、財布を探って千円札を一枚引っ張り出した。南雲みはるが目もくれずにコインを挿入し、ボタンを二度押した。取り出し口に転がり落ちたのは缶入りのウーロン茶だった。僕は財布をしまい、ウーロン茶を受け取って黙って一口飲んだ。

「窯業大学を卒業して」と南雲みはるが話を続け、リンゴをはさんで僕の隣に腰をおろした。「そのまま有田で就職口を見つけたの。それがもう二年前になる」

「その前は」

「窯業大学で下絵の勉強をしてた」

「五年前、沖縄からいったん東京に戻っただろ？　それから南蒲田のマンションを引き払ってまたどこかへ姿を消した。どこへ行ったんだ？」

「鹿児島、宮崎、大分、熊本、福岡、長崎」南雲みはるが棒読み口調で答えた。「そして最終的にここへ来て、一人で住める部屋を見つけて、大学の受験勉強をすることにした。沖縄でね、ある若い陶芸家を紹介されたの。彼女はもともとこっちの人で、沖縄の地元の焼物に興味を持って見学に来てたんだけど、たまたまあたしが父の知り合いの窯元へ遊びに行ったときに紹介されて、その日のうちに仲良くなった。結局、その人と出会った一日が、あたしがいまこうして有田にいるきっかけになった」

「きみが絵のモデルになったときだね」

「ええ。彼女と出会って、陶芸の話をいろいろ聞かされて、彼女のつてで九州のいろんな土地を旅してまわった。自分で工房を開いて陶芸をやっている人達を訪ねて歩いたの。訪ね歩くうちにね、あたしは、自分が本気で彼らと同じ仕事をしたがっているという気持を確認できた。別に、若い陶芸家たちと仲良くなって、みんなの真似をしたがってるわけじゃなくて、久々に、心の底から好奇心がわくのを感じた。その話を父にしたら、やっぱりおまえは南雲家の女としては異色なんだって、江ノ旗のほうの血を濃く引いてる、要するに蛙の子は蛙なんだと言って応援してくれたけど、本当のところはどうなのか自分でもわからない。父はただ、あたしが東京よりもずっと沖縄に近い土地に住むことを喜んだだけなのかもしれないしね。ともかく、そういうわけなの。そういうわけでいま、あたしはこの街で陶器のデザインの勉強を続けている」

「そうか」と僕は呟いて、ウーロン茶の残りを飲んだ。

「これで全部よ」と南雲みはるがしめくくりにかかった。「これが三谷さんの知りたがった、あたしの失踪の謎」

「うん」とうなずいて僕は微笑んだ。五年目にしてとうとう突き止めた謎の答え。でもうまく微笑むことができたかどうか僕は自信がなかった。

「ねえ三谷さん」とベンチから立ち上がったあとで南雲みはるが言った。「全部は話さないほうが良かった？」

それが早苗の手紙の件を意味しているのはよく判った。そんなことはない、というつもりで僕は首を振った。そんなことはない。全部を聞きたがったのはこの僕なのだ。

「三谷さんが言ったように、あたしたちはもう二度と会うこともないかもしれないわね」南雲みはるが自然な笑顔を作った。「会ったとしても、こんなふうに二人で話すことはもうないかもしれないわね。だから今日、偶然にでもこんな時間が持てたのは本当に良かったと思う。博多駅で挨拶をしたまま別れてたら、きっと後悔してたわ。仕事を犠牲にしてまで、追いかけてきてくれてありがとう」

僕はベンチから腰をあげ、ウーロン茶の缶を始末し、最後に握手をして別れる準備をした。南雲みはるがリンゴを拾いあげ、僕の右手の上にそっと載せてくれた。

「これでおしまい。これでもう、三谷さんがあたしの夢を、五年前のあたしの出てくる物悲しい夢を見ることもない」

「そうだね」

「これから大阪へ行くんでしょ？」

「うん」

「お仕事頑張って」

「きみも」と僕は言った。「いつか自分の工房が持てるように」

「そうね、そうなるように頑張って続けてみる」

僕は右手のリンゴに視線を落とした。さよなら、という一言を残して南雲みはるが背中を向けた。

「もし、仮に」

「……？」

「五年前のあの月曜の朝」

僕は振り向いた南雲みはるに言った。いまさらこんなことを言っても無駄だと思いながら。

「今日と同じように、僕が仕事を犠牲にしてきみの帰りを待っていたら、未来はまったく変わっていたかもしれない。少なくとも、きみはあの手紙を、僕の妻が書いた手紙の内容をまるごとは信じなかったかもしれない。手紙を読んだあとで、きみはまず僕にそれが事実かどうか確認したかもしれない。きみは沖縄にも行かなかっただろうし、陶芸家と出会いもしなかっただろう。きみはいまこんな田舎には住んでいなかったはずだ。一つだけ言っておきたいんだ。あの手紙に書かれていたことは嘘だ。どんなに立派な手紙だったかは知らないけれど、彼女が書いたことは嘘だ。僕は彼女との結婚なんか考えてはいなかった。五年前のあの時点では、いまの妻と結婚することなんか少しも考えていなかった。いまさら言っても仕方のないことだけど、それだけ信じてほしい」

「信じるわ」

南雲みはるが僕の目を見つめて答えた。

「でも、あたしはいまこうなって良かったと思っている。あのとき可能性のあった未来の中から、いまこの未来を手に入れられたのは良かったと思っている」

三つ数えるくらいのあいだ僕たちは互いの目の中を覗きこんだ。そのうち僕は彼女の目の中に、切り返しの質問を読み取った。あなたは自分自身のいまを、これで良かったとは思ってないの？　僕は瞬きをして目をそらした。

「言いたいのはそれだけ？」と南雲みはるが訊ねた。

「ああ」

「本当に、それが最後？」

「もう一つある」僕は言った。「上りの電車は何時に来るんだ？」

南雲みはるが声をたてずに笑い、ゆっくりと首を振った。

「三谷さんのそういうところが、五年前には新鮮で楽しかったの。電車はじきに来るわ、むこう側のホームに渡って待っていれば」

「さよなら」

さよなら、と答えて南雲みはるがまた背中を向けた。

改札口のそばで彼女は一度だけ振り返り、軽く手を振ってみせた。そして僕の視界から消えた。

それから僕は日陰のベンチを離れ、改札口とは逆の方向へ歩き出した。照りつける日差しを全身に浴びつつ目の眩むような真っ白な景色のなかへと入っていった。線路を二本はさんで向かい側のホームで、何時にやって来るかもわからぬ上り電車を待つために。

跨線橋を渡りながら僕は、五年前の出来事を再び思い出していた。もう一回だけ、これが最後だと自分に言い聞かせて、記憶をたどった。あの日曜日、南雲みはるのマンションで私物を漁っている最中にかかってきた二度の無言電話。受話器ごしにどこかの街の喧騒が微かに伝わってくるだけで切れてしまった電話。あれはもしかしたら鈴乃木早苗が、のちに僕の妻となる女がかけてきた電話だったのかもしれない。南雲みはるの所在を確かめるために。もしくは、新宿で別れた僕の行く先を確かめるために。

(最近よくかかってくるの。こちらから何を言っても全然応えてくれない。今のもきっと同じ人だと思う)

失踪前夜、南雲みはるが口にしたあの台詞はやはり真実だったに違いない。彼女は無言電話に悩まされていたのだ。携帯にも、マンションの電話にもちょくちょくかかってきた無言電話。それをかけていたのは、僕のいまの妻だったのかもしれない。当時の僕が、南雲みはるの周りにいる見知らぬ男の影を疑ってみたのは、まったくの見当はずれだったのかもしれない。

そう考えれば辻褄が合う、と僕は跨線橋を渡る途中で思った。頭上からまともに降りそそぐ太陽の熱に身をまかせ、いっときも休まずに鳴き続ける何種類かの蟬の声に耳を傾けながら。それが事実だとすれば、鈴乃木早苗は、いまの僕の妻は、そのことを僕に隠し通していることになる。無言電話の件と、南雲みはるにあてて書いた嘘の手紙の件を含めて、五年間、隠し通していることになる。

五年前、新宿のフルーツパーラーで待ち合わせて会うたびに、鈴乃木早苗の態度はよそよそしかった。会って最初の十分間だけ、かならず彼女はあがり性の女みたいにふるまった。当時の僕はその点にひっかかりを覚えたのだ。でも僕の指摘に対して、彼女は、それはあなたのせいだと答えた。男の態度が、鏡に映るようにして、女の態度を決めるのだと。僕はその言い訳を信じてしまったのだが、それも嘘だったのかもしれない。鈴乃木早苗は当時、待ち合わせて会うたびに、最初の十分間だけ密かに恐れていたのかもしれない。無言電話や手紙の秘密が僕にばれてはいないかと、怯えながら懸命に僕の表情をうかがっていたのかもしれない。そう考えれば辻褄が合う。

五年前のあの日曜日、南雲みはるがいったん東京に戻り新宿で僕たちを目撃した日、鈴乃木早苗の態度はいつにもましてよそよそしくはなかっただろうか。彼女はしきりに窓の外を気にして、僕はそのことを注意したのではなかっただろうか。あるいは彼女は窓の外に南雲みはるの姿を見つけたのかもしれない。一瞬でも南雲みはるの視線をとらえて、僕が気づかぬ程度にそっとうなずいて見せたのかもしれない。

僕は跨線橋を渡りきり、階段を降りて人影のない上り線のホームに立った。ハンカチで顔の汗を拭い、日陰を求め、古びた木製のベンチの端に腰をおろした。でも鈴乃木早苗は、あの時期に、いったいどうやって南雲みはるの電話番号や住所を知り得たのだろう？　ベンチの上にリンゴを置き、ハンカチでなおも汗を拭いながら僕は思った。その答は直接、本人の口から訊き出すしかない。そう思ったあとでまたしても軽いめまいをおぼえた。

五年前、僕は同じことを思ったのだ。南雲みはるが僕の前から姿を消したときに、その理由を考えあぐね、結局のところすべては南雲みはる本人の口から訊き出すしかないのだと。その思いが今日かなった。五年後に謎はすべて解明された。そしてまた一つ謎が生まれる。今度は自分の妻に関しての謎が。でも、それはどうしても解明されなければならない謎だろうか？

結婚しておよそ四年、一緒に暮らし、毎晩同じベッドで寝ている女の顔を僕は思い浮かべた。あれは判りやすい女だ。南雲みはるのように気まぐれな、予期せぬ行動に走る女ではない。毎朝リンゴを齧らなければ一日が始まらない僕のために、冷蔵庫に買い置きのリンゴを欠かさない。僕の実家の母親が昔そうしてくれたように。僕の娘を産み、家庭を守り、主婦として僕の仕事をサポートしてくれる。本人が南雲みはるにあてて書いた手紙の内容通りに。あれはいつどこへ行ってしまうかと男が不安を抱くようなタイプの女ではない。僕はそのことがよく判っている。あれは僕の妻にふさわしい女だ。

ハンカチをポケットにしまい、腕時計に目をやると午後二時をまわったところだった。これから上り電車に乗って博多へ戻り、博多からいちばん早い新幹線で大阪へ行く。大阪では仕事がらみのパーティーに出席して、パーティーに間に合わなければ二次会にでも三次会にでも顔を出して名刺を配り、とにかくアリバイを作らなければならない。

僕はベンチに置いたリンゴをつかみ、いちど宙に放って、てのひらでそれを受け止めた。明日の朝には東京に戻り、定例の会議に出席する。それからいつものように一日の仕事をこなし、夕方には埼玉の自宅に帰り着く。でも僕は明日この話を妻にはしないだろう。これからもずっと、彼女が言い出さないかぎり、そして僕が忘れてしまわないかぎり、今日生まれた謎は死ぬまで謎として残り続けるだろう。それでかまわない。もういちどリンゴを放り上げ、もういちどそれを受け止めたあとで僕は心を決めた。それでいい。僕は自分自身のいまを、これで良かったと思っている。

蟬の声は途絶えることがない。何種類かの鳴き声が折り重なってひとつにまとまり鼓膜を震わせる。僕は片手にリンゴを握りしめたまま待った。真夏の光の降りそそぐ小さな駅の、人影のないプラットホームのベンチに腰かけて、いつやって来るともわからない上り電車を待ち続けた。

解説

山本文緒《やまもとふみお》（作家）

何故、彼はそのカクテルを飲んだのか。

この物語の主人公・三谷純之輔の人生を変えたのはアブジンスキーというアルコール度がものすごく高い（アースクエイクという別名を持つくらいの）カクテルだった。ビール一本で酔っぱらってしまう酒の強くない彼が、何故その夜、よりによってアブジンスキーなんかを飲んでしまったのか。

読了後、私個人がもった一番の謎はそれだった。

さて、これから本書の解説を書くわけなのだが、どうか読者のみなさんにお願いがあります。先に解説を読まないでください。ネタバレを恐れるという理由もあるが、本書に限らず佐藤正午という不思議な作家の小説は、なんの先入観もなしで読む方が、より物語を味わい楽しめると感じるからだ。単行本で読んでいて再読の方にもお願いしたい。もちろん私自身も再読で、しかも単行本発売の折りに沢山の書評や著者インタビューまで読んでいたにもかかわらず、再読で発見した多くのものがあり、故《ゆえ》に一度目には思いつきもしなかった謎が浮かび上がったのだ。

本作『ジャンプ』は、一九八三年に『永遠の½』で鮮烈なデビューを飾り、その後小説の世界では評価が高くも、多くの一般読者の手になかなかうまく届かず、好きな人は好き、という失礼な表現をすれば地味な作家だった著者の、デビュー作以来のベストセラーとなった本だ。つまり佐藤正午の代表作がやっと『永遠の½』ではなくなった。本作が今のところ佐藤正午の代表作と言ってもいいだろう。

さて、作家にとってそんな大切な本の解説を、書評家や文芸評論家に頼まず、同業者であり、しかも異性であり、もっと言えば代表作が『恋愛中毒』というタイトルである私に依頼がきたのも謎といえば謎である。ご本人が望まれたのか、ご本人は解説なんかどうでもよくて編集者に任せてしまったのかは「本人の口から聞くしかない」。だから私は聞かないことにする。著者は経歴や評論的なものを自分の代表作の解説に求めていないと、この物語の主人公のように、勝手な解釈の下に原稿を書き綴る。

本書は平凡なサラリーマンの主人公が、付き合いだして半年ほどのガールフレンドとデートをし、その時件《くだん》のカクテルを飲み、泥酔に近い状態で彼女の部屋へ辿り着いたところ、彼女が彼の朝食のためのリンゴを買い忘れ、五分で戻ると言い残してコンビニに向かったあと、忽然と失踪する物語だ。

　私は大抵の佐藤正午の読者のように『永遠の½』で著者の存在を知ったのだが、その頃はまだ精神的に子供すぎて、正直な感想は「よくわからない」というものだった。その後、『彼女について知ることのすべて』の単行本を出版社の方から貰い（貧乏だったので二千円もする本は買えなかった）打ちのめされた。余談だが、私にとって『彼女について〜』は未だに四十年の人生の中で二番目に大事な本となっている。その後はただ黙って著者の未読本を読み、新しく出版されれば黙って買って読み続けていた。そんな中で本書の初読時の印象は、『Y』と二卵性双生児的なものだなと感じたのを覚えている。「もしも」の話。もしもあのときああしていれば、もしもあのときあれをしなければ、と過去への執着の話。しかしまあ、小説というものは身も蓋《ふた》もなく言えば、全部もしもの話なのだけれど。

　この物語を読んで、多くの男性読者が身につまされたり、反発を覚えたりしたようだ。笑い事にしてはいけないが、やはりにんまりと笑いが漏れる。平凡で優柔不断で鈍感な男を書いたら、今、佐藤正午が日本一ではないかと私は思っている。決して登場人物を嗤《わら》っているのではない。滑稽で可笑《おか》しくて、女の私から見れば可哀相なのを通り越して可愛いくらいだ（あ、だから佐藤正午はモテるのか）。主人公の駄目さ加減は抜群で、交番での彼の観察描写など、肝心なときによそ見していることを巧みに表している。彼女の失踪の影に男がいると、いつまでも疑ってかかる。でもそれは自分にも痛い腹があるからだと、著者は物語の中で主人公に自覚させたりはしない。なにしろ駄目な鈍感男なのだから、そんなことに気がつかせてはいけないのだ。

かみあわない会話のユーモア。綿密に書き込まれる日常の風景と人々の行動。ゆきずりの人の親切、近しいはずの人間への、はにかみを含む欠けた思いやり。章の一行目にいきなり結果をもってきて読者を驚かす手法。そういう魅力に、いつものことながらぐいぐい引き込まれた。

コンビニへリンゴを買いに行ったきり失踪してしまった彼女の謎は、物語の中で徐々に明かされてゆくわけだが、その謎解きの面白さ故に本書はミステリー小説としての評価も高い。『Y』がSF的と評されたように。しかもミステリーやSFの技巧を使った恋愛小説とも必ずや評される。佐藤正午はミステリー作家なのか、恋愛小説家なのかと。

これは著者本人の口から聞かなくても推測できるが、カテゴライズなんかに意味はない。きっとご本人もそう考えているに違いないと思う。でもそれ故、これまで大きなヒットに恵まれなかったのではないかと思うのは考えすぎだろうか。半年に一冊くらいしか本を読まない人が世の中には多く（それこそ年間七万人の失踪者より多い）、その人々に本を手にとってもらうにはカテゴリーは必要な看板なのだ。

話を本書へと戻すが、この物語の主人公・三谷に感情移入できるかできないかで、共感派と反発派に別れたようだ。ネットなどで検索した結果（便利な世の中になったものだ）それは男女の差ではないようだ。男が必ずしも三谷の行動に共感を覚えるわけでなく、女性が必ずしも三谷を批判するわけではない。私はといえば、相当三谷に共感した部類に入る。

北上次郎氏の書評を引用させて頂くと、「ジャンプはヒロインの意思を描いた長編と読めないこともないが、けっしてそうではない。失踪したヒロインは青年を映す鏡だ。自分の人生を選び取ったつもりでいる青年の真実を映す鏡だ。この逆転の構造がすばらしい」（朝日新聞二〇〇〇年一〇月八日）とのことである。深く頷きはしたが、まだ引っかかるものが私の中にあった。

そこで、私が知る限りでは東京で三位に入ると思うバーへ行き、アブジンスキーなるカクテルを飲んでみた。カウンターだけでメニューもなく隠れるようにしてあるバーで、そのの強烈なカクテルを恐る恐る口に運んだ。強烈な味を想像していたのに、存外飲みやすい。同行してくれた女友達は一口なめ「森の匂い、というか松ヤニの匂いがする」と言っていた。けれどちびちび飲んでいくうちに、あっという間に酔いがまわるのを自覚した。自他共に酒が強いと認められる私でさえ、一杯ならともかく二杯目を注文する気にはなれず、（余談だがカウンターにいた他の客達も皆興味を示し、その夜、マスターは一晩にアブジンスキーをこんなに作ったのは初めてだと言い、客は皆ぐでんぐでんとなった）この酒はヤバいよと酔った頭で思い、そして二日酔いの朝こんなことを考えた。あんなカクテルを、ヒロインの行きつけのバーのママが「ナグモのボーイフレンドだからどんなに酒が強いかと思って」出したにしても、彼女は何故それを止めなかったのか。せめて「ゆっくり飲んだ方がいい」と言わなかったのか。アブジンスキーだと気が付かなかったにしても、酒飲みなら、どんなに華奢《きやしや》なグラスに入っていようと普通のカクテルならアルコール度はビールなんかより相当高いことを知っている。

さらに言えば、付き合いだして半年という微妙な時期に、女性が学生時代からの行きつけの、その店主に大変な信頼を寄せていると思われるバーに彼を連れて行ったのは、この男は付き合い続けるに値するか、試しに行ったのではないか。だから酒の飲めない彼が強いカクテルを一気に飲み干すのを止めなかったと考えるのは私の穿《うが》ちすぎだろうか。

多くの読者（共感派さえも）は三谷の落ち度と優柔不断さが彼女の失踪を招いたと感じるだろうが（そう感じさせるように著者が書いているせいもある）、私はますます三谷への共感を強くした。男が駄目で優柔不断だから、女の強い意思の掌の上で転がされるのだとは考えたくない。男はいつも仕事優先で、女は目の前の仕事やまわりの迷惑よりも自分の人生を選び取ることを優先させている、という考え方も、既に「男は、女は」というくだらないカテゴライズである。

佐藤正午の紡ぐ物語は、淡々と、冷徹なまでに普通に生きる人々の日常生活を綴っている分、同業者の私でさえも、つい自分自身の身の上に照らし合わせ考えさせられてしまう。

私個人の話になって恐縮だが、同性である失踪した彼女より、その原因を作った三谷の方の事情に私は身につまされてしまう。先に言っておくが私には「自分で自分の人生を選び取った実感」は存分にある。人の助けはあったが、基本的には何もかも自分で決めてここまでやってきた。なのに本書を読んで、忘れかけていた引っかかりを思い出してしまった。というのは、私は現実に一人の失踪者を抱えているからである。それは前の配偶者である。彼は離婚後、私の前から見事と言える程きれいに姿を消した。共通の友人知人も沢山いるのに、その誰一人とも連絡をとっておらず、どこで何をしているのか風の噂さえ聞かなくなって久しい。私は軽く探したこともある。これは現実の話なので三谷のように執拗には探さなかったが、彼の実家も転居してしまっていたのでそこで行き止まりとなった。探偵でも使えば探せないこともないのだろうが、そこまでする理由は何もない。ただ三谷のように、「芯のないリンゴ」のまま日々仕事をし、遊びにも行き、二度目の結婚をし、喜んだり怒ったりしながら夜になると眠り朝になると起きる。けれどやはり、ほんの時折自分の中の空洞を思い出す。彼自身の口から空白の数年間を埋めてほしいと切に願う瞬間がある。彼が私の前から行方をくらましたのは、私もどこかで致命的なカクテルを飲んでしまったからなのかと、考えても仕方のないことを考える。どこかで偶然出会うことがあったら、私も三谷のように、なくしたリンゴの芯を返してほしいと、罪悪感のない彼に要求するだろうと思う。その結果がこの物語同様、またひとつ何かを失う結果となるとしても。

私の話が長くなってしまったが、自分で自分の人生を選び取ったという実感がある方も、是非この物語を読んでみてほしい。後悔しろと言っているわけではなく、誰でもが生きている間に一度くらいは、致命的なカクテルを飲むようなミスをしていると思うからだ。そして存分に、佐藤正午という作家の筆に翻弄される快感を味わって頂きたい。

くどいようだが最後にもう一度問う。

何故、彼はそのカクテルを飲んだのか。

佐藤正午さんについて知ることの½

大久保《おおくぼ》雄策《ゆうさく》（編集者）

文芸部門の編集者が作家の担当になるのは、大きく分けて二つのケースがあります。先《ま》ずは現担当者が異動などの理由で不在になるために引き継いだ担当。その新任が自ら手を挙げたのか編集長から指名されたのかは、やる気の度合に大きな違いがあるかもしれません。もう一つは、その出版社から一冊も本が出ていないどころか、編集部、出版社との付き合いもまったくなかった作家を編集者が企画会議に挙げて、承認されての担当です。こちらは文芸編集者の醍醐味であり、腕の見せ所です。

佐藤正午さんの担当になったのは後者だと胸を張って言いたいところですが、前者でもないと言うのが本当です。週刊誌「女性自身」連載の『ビコーズ』が単行本になって、その文庫化から担当になりました。もちろん手を挙げました。ところがその後は名ばかりの担当で、何もしませんでした。文庫編集部にいたので、単行本が出なければ基本的に出番はありません。文庫書下ろしを旗印に創刊した編集部ですが、佐藤さんに文庫の書下ろしを依頼することは考えられませんでした。

一九九五年に『彼女について知ることのすべて』が集英社から刊行され、すぐに読みました。魂を揺さぶられました。惚れ直して復縁を迫ると言うのか、佐藤さんの小説をなにがなんでも出したくなって手紙を出すことにしました。まだ文庫編集部在籍でしたが、文庫の編集長を兼ねていた文芸部門の担当役員に直訴しての行動です。編集者が作家に初めて手紙を出すのは、仕事とは言え勇気が要ります。思いが強ければ強いほどに。いわばラブレターです。断られるのは、人格を否定されるような失恋の痛みに似ています。佐藤さんの文庫化一冊を担当しただけで、依頼は初めてです。断られたくないので、どのような依頼の仕方をすればいいか考えを巡らせました。

『ビコーズ』が週刊誌に連載されていたとき、以前に同誌で連載をもったことがある人気テレビ時代劇の原作者でもある当時の流行作家は、「『女性自身』に佐藤正午のような連載をしちゃだめだ」と言ったそうです。もっと大衆受けするものを連載すべきだという意味だったのでしょう。後にそのことを佐藤さんにお話ししました。へえと言う感じで何も言われませんでしたが、おそらく大衆受けもするのを書いてやろうじゃないかと闘志を燃やしたと思います。以降の作品に影響したに違いないと睨んでいます。仮に『ジャンプ』が「女性自身」連載だったとしても、雑誌の読者は十分に楽しんだに違いありません。

佐藤さんに依頼するにあたっては、やはり連載を考えました。当時、自社媒体に「Gainer」という小説連載のない男性月刊誌がありました。編集長の小井貞夫《こいさだお》さんに『彼女について知ることのすべて』を渡して、検討をお願いしました。しばらく経っても返事がないので催促したところ、「いいんじゃない」と承諾をもらえました。忙しくて、多分読了されていなかったと思います。文芸の編集者として信用してもらっていたのだと、小井さんには今でも感謝しているのでここにお名前を書かせてもらいました。佐藤さんには、雑誌の最新号と前の一、二号を同封して連載依頼の手紙を出しました。

グラフ誌の原稿料は文芸誌、小説誌に比べて高額です。後に佐藤さんに「札束で頬を叩かれた」とヒドイことを言われたことがありますが、佐藤さんがお金で動くなど、当時も今も考えたこともありません。

佐藤正午さんは難しい作家と思われているようですが、それは真実か。佐藤さんはご自分の気持ちに正直で、純粋な、作家らしい作家です。気が進まなければ、直木賞の授賞式にも行きません。とは言え、自分の授賞式に行かない作家はあまりいませんが、そこが個性の際立つところです。

佐藤さんが編集者に求めることは、二つしかないと思います。自分の作品をしっかり読んでくれているか、おもしろいと思ってくれているか。その二点があるから担当してくれるのだと思うのでしょう。作家と担当編集者の関係における基本のように思います。その基本、信頼関係があって初めて、原稿に対するやり取りが出来るようになります。まったく縁のない編集者が一度連絡しただけで快い返事をもらえなかったからと言ってそのままにしたら、永遠にそのままです。佐藤さんは、その人にとってはそのままで一向に差し支えないのだろう、自分とはそんなに仕事をしたいとは思っていなかったのだろう、と考えるでしょう。

人当たりはまったく悪くないです。佐藤さんのエッセイに、「人と会うと不幸になる」と言うのがあります。表面的な付き合いだけで済んでしまうなら、わざわざ人当たりを悪くすることはないとお考えのはずです。やっぱり難しい作家ですか。

教わったことはたくさんあります。初めて差しで一献交わしたときのことです。小説家はたった一人で何もないところから一字一句を紡いでいって一つの作品世界を作り上げます。そこに、作家への引け目を感じると言いました。それに対して佐藤さんは、書くことと読むことは違います、読み手のプロに徹してください、と言われました。この言葉は、編集者としての礎《いしずえ》になっています。

『ジャンプ』を読んでいない人からどんな話かと訊かれたら、いなくなった彼女を捜す男の話と答えることができます。そのようにどんな話なのかをひとことで言える作品は読者が拡がりやすいと教わりました。「この小説おもしろかった」「どんな話?」「こんな話」と人に伝わりやすいということです。また、小説は、読者が作品世界に入り込むまでにちょっと辛抱が必要です。読み始めるとき頭の中に「こんな話」があれば、すぐに作品世界に入って行けます。読みやすくなります。

おもしろい小説はすべてサスペンス、と聞いたこともあります。どうなっていくんだろうという興味に惹かれて、読者は次々とページを捲《めく》っていくという意味です。サスペンス小説がすべておもしろいということではなく、おもしろい小説は例外なくサスペンスになっている、と言う意味です。『ジャンプ』も正にそうです。

読者をクスっと笑わせる場面を書くのも佐藤さんの執筆の活力になっているようです。『ジャンプ』は主人公の三谷純之輔にとっては彼女がいなくなってしまうシリアスな話ですが、読者の笑いを意識したと窺えるところは何カ所もあります。特に、南雲みはるの友達・岡崎瑠美子さん登場の場面ではクスっとどころか、声を出して笑ってしまいます。旦那さんを突然亡くした彼女をさらに落ち込ませないための佐藤さんの優しさでしょうか。笑った覚えのない読者の方は、佐藤作品の魅力を堪能されていないのかもしれません。再読をお勧めします。

『月の満ち欠け』には、中年男が小学生の女の子に彼女の浮気を詰《なじ》る場面があります。目の前でそれを見ていた宅配便の配達員は驚きます。当然です。佐藤さんはあの六百五十枚の作品の中でいちばん書きたかった文章だと、まあ佐藤さん一流のユーモアでしょうが、エッセイに書かれていますが、その中年男の台詞が成り立つ小説を誰にも書けない文章の力で作り上げることにも密かな喜びを感じているのでしょう。

エッセイに、もう随分前にはご自身を「初老」、最近では「老人」と書かれています。確かに来年古希とは、年齢的には立派な老人なのですね。佐藤さんとは三十七年のお付き合いになりますが、ご出身・在住の佐世保以外でお会いしたことはただの一度もありません。ご本人からは、東京には一九九一年に行ったのが最後だとお聞きしています。二〇〇七年刊行の『5』の著者インタビューでは、取材には一番苦労した、舞台となった二子玉川には何度か訪れたとお答えです。こういうこと、しれっと仰るお方です。授賞式には行かなかったけど、東京ディズニーランドにはたまに行くと聞いたこともないので、やはり九一年が最後なのでしょう。

地方に籠りっきりの老人、普通ならそれだけで老け込みそうです。盛んに年取った、年取ったと言いますが、佐藤さんの文章に加齢臭、田舎臭さは皆無です。教わったことに、「エッセイは謙虚を旨とすべし」と言うのもあります。真逆が自慢話です。そんなエッセイ、だれも読みたくないですよね。その「エッセイ」のところを「人間」、「生き方」に置き換えて、指針にしています。エッセイのみならず小説を書く姿勢も謙虚を旨としているように見えます。胡坐《あぐら》をかいてではなく、いまだにきちんと正座をして背筋を伸ばして書く、とでも言うのでしょうか。その姿勢が読者にわずかなことばも見逃すまいという緊張を強《し》いる文章になり、普通なら有り得ないだろうということを誰にも真似のできない、現実で起こりうるかのように描けるのだと思います。

『ダンスホール』という作品があります。「死に様」がテーマで、サブタイトルを「最期の在り方を考えると、今の生き方が見えてくる。」として依頼しました。主人公の男は小説家で、読書をして小説を書く今まで通りの生活ができればいい、と言うところがあります。準私小説と捉えています。

『ジャンプ』の最後のシーンは、夏真っ盛りのJR有田駅のホームで蟬の声が途絶えません。新作『冬に子供が生まれる』のラストも蟬時雨です。現実の象徴として蟬の鳴き声を使うのかもしれません。主人公が知らされる衝撃的な過去の事実や、夢か現か幻のような世界から現実に戻る意味としてです。蟬が鳴くシーンで終わるのは、なにも佐藤さんの専売特許ではありません。蟬の鳴き声の直喩を知りたくて、ただそれだけの理由で読んだとエッセイに書かれている全四巻の三島由紀夫の『豊饒の海』も最後は蟬の声です。拙稿の最後は、クスっとを狙います。書かれているご本人も名称はご存知ないと思いますが、小説を蝉で締め括るのは小説作法上の技巧です。セミファイナル。

本当に最後です。件の問いに改めて背筋を伸ばしてお答えします。佐藤正午さんは、まったく難しい作家ではありません。極めて情に厚い作家です。理由は書きません。自慢話になるから。これはエッセイなので、佐藤さんの教えを守ります。

二〇〇〇年九月　光文社刊

※本作品はフィクションであり、実在の人物、団体、事件などとは一切関係ありません。

光文社文庫

ジャンプ　新装版

著者　佐《さ》藤《とう》正《しょう》午《ご》

2024年3月20日　初版1刷発行

発行者　三宅貴久
印刷　萩原印刷
製本　ナショナル製本

発行所　株式会社　光文社
〒112-8011　東京都文京区音羽1-16-6
電話（03）5395-8147　編集部
8116　書籍販売部
8125　業務部

ISBN978-4-334-10236-4　Printed in Japan

組版　萩原印刷

光文社文庫最新刊

未だ謎　芋洗河岸(3)	佐伯泰英
ジャンプ　新装版	佐藤正午
霧島から来た刑事　トーキョー・サバイブ	永瀬隼介《しゅんすけ》
黒豹の鎮魂歌　上・下	大藪《おおやぶ》春彦
猟犬検事	南　英男
青い雪	麻加　朋